जुज़े सारामागु

जुज़े सारामागु को पिछले सौ सालों के सबसे महत्त्वपूर्ण अन्तरराष्ट्रीय लेखकों में गिना जाता है। उनका जन्म 16 नवम्बर, 1922 को पुर्तगाल में हुआ। उम्र के छठे दशक में 'बाल्टासर' और 'ब्लिमुंडा' पुस्तकों के प्रकाशन के साथ एक लेखक के रूप उन्हें विशेष ख्याति मिली। उनकी अन्य प्रमुख पुस्तकें हैं—'मैनुअल ऑफ़ पेंटिंग एंड कैलीग्राफ़ी', 'द गॉस्पेल एकॉर्डिंग टू जीसस क्राइस्ट', 'ऑल द नेम्स', 'डेथ विथ इंटरपशन्स', 'द केव', 'द डबल', 'सीइंग', 'ब्लाइंडनेस', 'जर्नी टू पुर्तगाल', 'स्मॉल मेमोरीज़'। लगभग पचास भाषाओं में उनकी कृतियों के अनुवाद हुए हैं। 1998 में उन्हें साहित्य के 'नोबेल पुरस्कार' से सम्मानित किया गया।

18 जून, 2010 को स्पेन में उनका निधन हुआ।

मंजुलता शर्मा

मंजुलता शर्मा ने पुर्तगाली भाषा में दो दशकों से अधिक समय तक पठन-पाठन और शोध किया है। जवाहरलाल नेहरू विश्वविद्यालय, नई दिल्ली से फ्रांसीसी भाषा में स्नातकोत्तर की उपाधि व इतालवी भाषा में डिप्लोमा प्राप्त किया है। ब्राज़ील के रियो डी जेनेरो के विश्वविद्यालय से पुर्तगाली भाषा में पी-एच.डी. की डिग्री भी प्राप्त की है। वे जुज़े सारामागु के बहुचर्चित लघु उपन्यास 'एक अनजान द्वीप की कहानी' का हिन्दी अनुवाद कर चुकी हैं। इसके अलावा उन्होंने अंगोला के प्रथम राष्ट्रपति एवं सुप्रसिद्ध कवि ऑगस्तीनू नेतु द्वारा रचित सम्पूर्ण कविता-संग्रह का भी हिन्दी अनुवाद किया है। कई वर्षों तक वे जवाहरलाल नेहरू विश्वविद्यालय, दिल्ली विश्वविद्यालय व पुर्तगाल दूतावास में स्थित कामोंइश सांस्कृतिक केन्द्र में पुर्तगाली भाषा पढ़ा चुकी हैं।

एक हाथी का सफ़रनामा

जुज़े सारामागु

अनुवाद
मंजुलता शर्मा

राजकमल पेपरबैक्स

मूल पुर्तगाली कृति 'A Viagem do Elefante' (The Elephant's Journey) का अनुवाद

REPÚBLICA PORTUGUESA
CULTURA
DIREÇÃO-GERAL DO LIVRO, DOS ARQUIVOS E DAS BIBLIOTECAS

CAMÕES
INSTITUTO DA COOPERAÇÃO E DA LÍNGUA
PORTUGAL
MINISTÉRIO DOS NEGÓCIOS ESTRANGEIROS

राजकमल पेपरबैक्स में
पहला संस्करण : 2024

राजकमल पेपरबैक्स : उत्कृष्ट साहित्य के जनसुलभ संस्करण

राजकमल प्रकाशन प्रा. लि.
1-बी, नेताजी सुभाष मार्ग, दरियागंज
नई दिल्ली-110 002
द्वारा प्रकाशित

शाखाएँ : अशोक राजपथ, साइंस कॉलेज के सामने, पटना-800 006
पहली मंजिल, दरबारी बिल्डिंग, महात्मा गांधी मार्ग, प्रयागराज-211 001
1, अनमोल सोराबजी सन्तुक लेन, धोबी तलाव, मरीन लाइंस, मुम्बई-400 002

वेबसाइट : www.rajkamalprakashan.com
ई-मेल : info@rajkamalprakashan.com

विकास कंप्यूटर एंड प्रिंटर्स
ट्रॉनिका सिटी-201 102
द्वारा मुद्रित

मूल्य : ₹299

EK HATHI KA SAFARNAMA
Novel by José Saramago
Translated by Manjulata Sharma

ISBN : 978-93-6086-884-0

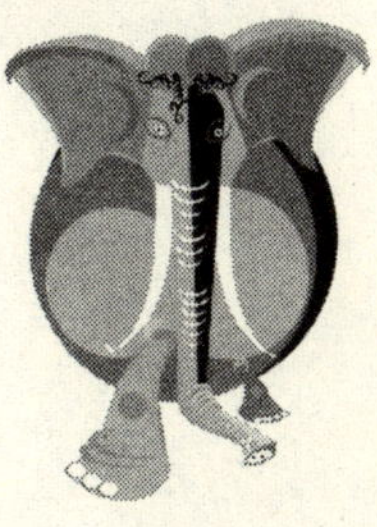

पिलार के लिए, जो मुझे मरने नहीं देगा

यदि गिल्डा लोप्स एन्कारनासाँऊ साल्ज़बर्ग विश्वविद्यालय में पुर्तगाली की प्राध्यापिका न होतीं, यदि मुझे छात्रों को सम्बोधित करने हेतु आमंत्रित न किया गया होता, यदि जिल्दा द्वारा मुझे रात्रिभोज के लिए 'ऊ ऐलीफान्त' नामक रेस्त्राँ में आमंत्रण न दिया गया होता, तो यह कृति सम्भव न हो पाती। उस रात कुछ अनजाने नक्षत्र मोजार्ट नगर के आकाश पर एकत्रित हुए ताकि मैं यह प्रश्न कर पाऊँ : वे शिल्प वस्तुएँ क्या हैं? वहाँ काठ के छोटे-छोटे शिल्प क़तारबद्ध सजाए गए थे। उनमें प्रथम, दाएँ से बाएँ की ओर था हमारा स्मारक तोर्र द बेलेम। इसके पीछे अलहदा यूरोपीय इमारतें व स्मारक थे जो असल में एक यात्रा को रेखांकित कर रहे थे। मुझे बताया गया कि वे सब सोलहवीं सदी में, 1551 ई. में एक हाथी द्वारा लिस्बन से वियना तक की यात्रा का वर्णन कर रहे थे, जब जुआँऊ तृतीय पुर्तगाल के सिंहासन पर आसीन थे। मुझे अहसास हुआ कि यहाँ एक कहानी हो सकती है और यही बात मैंने गिल्डा लोप्स एन्कारनासाँऊ से साझा की। उसे भी यही लगा और उसने मुझे आवश्यक ऐतिहासिक तथ्य जुटाने में सहायता का आश्वासन दिया। यह कृति उसी आकस्मिक मुलाक़ात का परिणाम है। इसके लिए मैं अपनी रात्रिभोज की साथी का ऋणी हूँ, मैं दिल की गहराई से उनका आभार प्रकट करना चाहता हूँ, अपनी श्रद्धा और आदर सहित।

—जुज़े सारामागु

अन्त में, हम हमेशा उसी स्थान पर पहुँचते हैं जहाँ हमसे अपेक्षा की जाती है।

—भ्रमण-निर्देशिका

जिस हाथी की असाधारण ऑस्ट्रिया यात्रा के पहले पड़ाव का वृत्तान्त हम आरम्भ करनेवाले हैं उसका अवसर हमें पुर्तगाली राजदरबार के एक राजसी शयन-कक्ष में लगभग सोने के समय प्राप्त हुआ। यह बात उन लोगों को अटपटी प्रतीत हो सकती है जो लोकशासन के सुचारु संचालन में शाही शयन-कक्ष के योगदान से अनभिज्ञ हैं। फिर भले ही उसका किसी पादरी..., राज्य सरकार या अन्य किसी व्यक्ति ने समर्थन न किया हो। स्पष्ट कर दें कि इस कृति में इन अस्पष्ट शब्दों का प्रयोग संयोगवश नहीं है। इस प्रकार हम लगभग उल्लेखनीय लालित्य के माध्यम से उन घृणित अथवा लगभग हास्यास्पद, शारीरिक अथवा अश्लील बारीकियों का वर्णन करने से मुक्त हो जाएँगे, जिन्हें काग़ज़ के पन्नों पर उतारे जाने पर वे कट्टरवादी कैथोलिक ईसाई धर्म की आस्था को ठेस पहुँचातीं। महाराज जुआँऊ तृतीय, पुर्तगाल अथवा अल्गार्व के राजा के, अथवा ऑस्ट्रिया से उनकी महारानी दोना कातारीना, उनकी पत्नी व भविष्य में उसी राजकुमार सेबासतियाँऊ की दादी के, जो अल्कासर-कीबीर पर चढ़ाई का नेतृत्व करेगा और पहले या कदाचित् दूसरे ही आक्रमण में वीरगति को प्राप्त हो जाएगा, हालाँकि कुछ लोगों का तो यहाँ तक मानना है कि वह युद्ध की पूर्वसंध्या में ही रोगग्रस्त होकर चल बसा। माथे पर गहरी शिकन डालकर राजा ने ये शब्द रानी से कहे, हम एक विषय को लेकर चिन्तित हैं रानी साहिबा। किस विषय में, महाराज? अपने चचेरे भाई मैक्सीमिलियन को उसके विवाह के अवसर पर चार साल पहले जो उपहार हमने भेंट किया वह हमें सदा उनकी वंशावली

व योग्यता के अनुरूप नहीं लगा, और अब जबकि वे हमारे इतने क़रीब आए हुए हैं, हमारे कहने का तात्पर्य यह है कि वे स्पेन के राजप्रतिनिधि के रूप में वालादोलीद नगर में हैं तो हम उन्हें अधिक शानदार कुछ भव्य भेंट देना चाहते हैं। आपका क्या विचार है रानी साहिबा? एक पवित्र स्वर्ण कलश अच्छा रहेगा, महाराज। पवित्र स्वर्ण कलश...मुझे लगता है पवित्र स्वर्ण कलश का हमेशा स्वागत ही किया जाता है। क्योंकि उसमें दोनों गुणों भौतिक व आध्यात्मिक का समन्वय है। शायद हमारे पवित्र चर्च को इतनी स्वतंत्रता स्वीकार्य न हो; निस्सन्देह उन्हें भाई मैक्सीमिलियन की लूथेरियन सुधारों के प्रति सरेआम घोषित सहानुभूति भूली नहीं होगी, या काल्वीनिस्ट...हमें कभी ठीक से ज्ञात नहीं हुआ, वादे रेत्रो, सताना[1], रानी ने अपने बदन पर क्रॉस का चिह्न बनाया। इस प्रकार का विचार मेरे मन में कभी आया तक नहीं। अब कल सुबह सबसे पहले मेरा काम होगा चर्च में अपराध क़बूल करना।

कल ही क्यों, आप तो नियमानुसार प्रतिदिन अपराध क़बूल करने जाती हैं। राजा ने प्रश्न किया। दरअसल इस कुविचार के कारण जिसे मेरे शत्रु ने मेरे स्वर रज्जु में प्रतिस्थापित कर दिया है। हाय, मुझे गले में जलन का अहसास हो रहा है, मानो इसे नारकीय वायु के झोंके द्वारा झुलसा दिया गया हो। रानी की अत्यधिक संवेदनशीलता के अभ्यस्त, राजा ने कंधे उचका दिये और ऑस्ट्रिया के आर्चदुक मैक्सीमिलियन निमित्त एक सन्तोषजनक उपहार की खोज जैसे दुष्कर कार्य में लीन हो गए। रानी एक प्रार्थना बुदबुदा रही थी व दूसरी आरम्भ की ही थी जब, अकस्मात, वह थम गई और चिल्लाकर बोली, हमारे पास सालोमाँऊ भी तो है। क्या? यहूदियों के राजा के असामयिक आह्वान से व्यग्र होकर राजा ने पूछा। जी, महाराज! सालोमाँऊ हाथी। हाथी का इस सबसे क्या लेना-देना, राजा ने चिढ़कर कहा। वह एक उपहार हो सकता है महाराज! रानी ने उत्तर दिया। खड़े होकर, उन्मादित और अत्यधिक

1. दूर हट, शैतान लातीनी भाषा।

उत्तेजित, वह विवाह के निमित्त एक उपयुक्त उपहार नहीं हो सकता, हो सकता है। राजा ने लगातार तीन बार शनैः-शनैः सर हिलाया, रुककर पुनः तीन बार सर हिलाया, तत्पश्चात उसने हामी भरी, यह एक दिलचस्प सुझाव है। दिलचस्प से भी बेहतर है। अच्छा विचार है। एक सर्वोत्तम विचार, रानी ने अधीरता के संकेत द्वारा प्रत्युत्तर दिया, लगभग अवज्ञा का, जिसे वह न दबा पाई। दो वर्ष पहले यह प्राणी भारत से आया, और तब से लेकर आज तक इसने खाने और सोने के अलावा कुछ नहीं किया। इसके लिए पानी का कुंडा सदैव भरा रहता है। चारे के ढेर लगे रहते हैं। मानो कोई पालतू हो, परन्तु इसने कभी उसके बदले कोई काम नहीं किया, इसमें बेचारे इस प्राणी का दोष नहीं है। उसके योग्य यहाँ कोई काम भी तो नहीं है। जब तक हम उसे टेगस[1] नदी के घाटों पर लकड़ी के तख़्ते ढोने न भेज दें, परन्तु वहाँ तो बेचारे को कष्ट ही होगा, क्योंकि इसकी व्यावसायिक क्षमता तो लकड़ी के लट्ठे ढोने की है। जो उसकी घुमावदार लचीली सूँड़ के लिए उपयुक्त हैं। उसे वियना भेज दो। पर वह जाएगा कैसे? ओहो, यह हमारा सिरदर्द नहीं है। यदि भाई मैक्सीमिलियन इसका स्वामी बन जाता है तो वही निश्चित करेगा।

हमें लगता है वह अभी वालादोलीद नगर में ही रहेगा, स्पष्ट है कि सालोमाँऊ को वालादोलीद नगर तक पैदल ही यात्रा करनी होगी। आख़िर उसके पास पाँव हैं। इसके पश्चात वियना तक भी, उसके पास कोई और विकल्प नहीं, यह एक लम्बा रास्ता है। रानी ने कहा, दूर तो बहुत है। राजा ने गम्भीरतापूर्वक स्वीकार किया, और बोला, मैं कल भाई मैक्सीमिलियन को पत्र लिखूँगा, यदि उन्हें स्वीकार हुआ तो हमें तिथियों और कुछ अन्य विषयों पर निर्णय लेना होगा, उदाहरण के लिए, वह वियना के लिए कब प्रस्थान करेंगे, सालोमाँऊ को लिस्बन से वालदोलीद नगर पहुँचने में भला कितना समय लगेगा, इसके आगे की ज़िम्मेदारी हमारी नहीं होगी, हम हाथ

---

1. लिस्बन में बहनेवाली नदी।

धो लेंगे, जी हाँ, हम हाथ धो लेंगे, रानी बोली। परन्तु, मन की गहराइयों में, जहाँ मनुष्य के अन्तर्द्वंद्व चलते रहते हैं। अकस्मात उसे सालोमाँऊ को अकेले इतनी दूर इतने अजनबियों के बीच भेजने की पीड़ा महसूस हुई।

अगली सुबह, राजा ने अपने सचिव पेरू द आल्कासोवा कारनइरू को बुलावा भेजा और उससे एक पत्र लिखवाया जो प्रथम प्रयास में सफल नहीं हुआ, न ही दूसरे या तीसरे। अन्त में पत्र लिखने का कार्य पूर्ण रूप से सचिव को ही सौंप दिया गया; जिसे राजाओं के मध्य उपयोग में लाए जानेवाले आवश्यक वाक्पटुता के गुण अथवा विनम्रता एवं पत्र लेखन के सिद्धान्तों का पूरा ज्ञान था। यह सब उसने बेहतरीन शिक्षण संस्थानों से सीखा था, जैसे, अपने पिता अन्तोनियु कारनइरू, जिससे उसने यह पद विरासत में प्राप्त किया था। परिणामस्वरूप वह पत्र लेखन व तर्क-विर्तक की दृष्टि से एकदम उत्कृष्ट था, जिसमें सैद्धान्तिक सम्भावना को कूटनीति के माध्यम से व्यक्त करना नहीं भूला गया, कि आर्चदुक को उपहार पसन्द न भी आए, तो भी, वह किसी भी प्रकार से उसका नकारात्मक उत्तर न दे पाए। पुर्तगाल के राजा ने पत्र के मुख्य भाग में यह कहलवाया कि पूरे राज्य में हाथी सालोमाँऊ से अधिक भव्य वस्तु नहीं थी, क्योंकि एक तो इसलिए कि वह सृष्टि की एकीकरण शक्ति का नमूना था जो सभी प्रजातियों में भाईचारा स्थापित करता है। कुछ लोग तो यहाँ तक मानते हैं कि हाथी के बचे-खुचे भागों से ही मनुष्य का निर्माण किया गया, दूसरा, इस जन्तु के प्रतीकात्मक, अन्तर्भूत व लौकिक मूल्यों के कारण। पत्र को बन्द करने के पश्चात शाही मोहर लगा दी गई, राजा ने अपने घुड़साल के मुखिया को उपस्थित होने की आज्ञा दी, उसका विश्वासपात्र अंगरक्षक, जिसे संक्षेप में पत्र का आशय समझा दिया गया, तत्पश्चात उसे अपने पद की गरिमानुसार एक रक्षकदल का चयन करने का आदेश दिया, सबसे महत्त्वपूर्ण बात, ऐसा दल, जो इस लक्ष्य की ज़िम्मेदारी निभाने के लिए सक्षम हो। अंगरक्षक ने राजा के हाथ पर चुम्बन दिया, जिसने, एक भविष्यवक्ता सदृश गम्भीरता के साथ, रहस्यात्मक रूप

से ये शब्द कहे, उत्तरी हवा के सदृश द्रुत और चील की उड़ान के समान आश्वस्त, जी, महाराज। इसके बाद, राजा ने अपने लहज़े में परिवर्तन किया और कुछ व्यावहारिक सुझाव दिये। हमें तुम्हें यह बताने की आवश्यकता नहीं कि तुम्हें आवश्यकता पड़ने पर घोड़ों को बारी-बारी बदलना होगा, सराय इसी कार्य के लिए होती हैं। यह बात समय के बचत करने की नहीं है। मैं आज्ञा दूँगा कि अस्तबल से और अधिक घोड़ों की पर्याप्त आपूर्ति की जाए, एक और बात, मेरे विचार में, यदि सम्भव हो तो, समय की बचत करने हेतु, तुम्हें कास्टील राज्य के मार्गों पर घोड़ा दौड़ाते समय घोड़े की पीठ पर ही सोना होगा। घुड़साल के मुखिया को राजा का मज़ाक़ समझ नहीं आया, या उसने इसे अनदेखा करना ही उचित समझा, मात्र इतना ही कहा, महामहिम की आज्ञा का अक्षरश: पालन होगा। मैं वादा करता हूँ कि अपना जीवन तक न्योछावर कर दूँगा, और वह प्रत्येक तीन क़दम पर झुककर सलाम करते-करते वहाँ से ओझल हो गया।

यह मेरा सर्वश्रेष्ठ घुड़सवार है, राजा बोला। सचिव ने प्रशंसा के इन भावों को सुनकर अपना विचार न देने का निश्चय किया, शायद वह यही कहता कि घुड़सवार के पास ऐसा व्यवहार करने के अलावा और कोई विकल्प भी तो नहीं था, तब जब उसे स्वयं राजा द्वारा ही चयनित किया गया था। उसे याद आया कि उन्होंने कुछ दिन पहले कुछ ऐसा ही कहा था। उसी क्षण उसे अपने पिता का एक परामर्श स्मरण हो आया। सावधान, मेरे पुत्र, प्रशंसा को बारम्बार दोहराए जाने पर वह निस्सन्देह क्षीण होती जाती है। और इस प्रकार प्रशंसा एक घाव के समान पीड़ाजनक हो जाती है। सचिव ने भी घुड़सवार के समान मगर भिन्न कारणों से, मौन रहना ही श्रेयस्कर समझा। मौन के इन क्षणों को राजा ने अन्तत: एक विचार व्यक्त करके भंग किया, जो उन्हें जागृत होने पर आया था। मैं सोच रहा था, मुझे लगता है कि हमें सालोमाँऊ को देखने हेतु जाना चाहिए। महामहिम के लिए शाही अंगरक्षक दल बुलवाऊँ, सचिव ने पूछा। नहीं, दो सेवादार ही काफ़ी हैं। एक सन्देश

भेजने हेतु और दूसरा यह देखने हेतु कि पहला अभी तक लौटा क्यों नहीं। ओह, श्रीमान सचिव! यदि तुम मेरे संग चलने के इच्छुक हो तो। महामहिम आप मुझे सम्मानित कर रहे हैं, मेरी योग्यता से कहीं अधिक। ताकि तुम अधिकाधिक योग्य होते जाओ, बिलकुल अपने पिता समान, ईश्वर उनकी आत्मा को शान्ति प्रदान करे। जिस प्रेम व आदर के साथ मैं उनके हाथों का चुम्बन किया करता था। महामहिम, मुझे अपने हाथों को चूमने की आज्ञा दें, मुझे यह अपनी योग्यता से कहीं अधिक प्रतीत हो रहा है। राजा ने मुस्कराते हुए कहा, वाक्‌पटुता में आपसे कोई नहीं जीत सकता। भले ही कुछ लोग कहते हैं कि जिन नक्षत्रों की उपस्थिति में मेरा जन्म हुआ उन्होंने मुझे वाक्‌पटुता का वरदान नहीं दिया। शब्द ही सब कुछ नहीं होते, महाराज! सालोमाँऊ को देखने जाना एक कवितामयी कृत्य का सूचक है और इतिहास इसे इसी प्रकार सदा याद रखेगा। कवितामयी कृत्य क्या होता है? राजा ने प्रश्न किया। यह तो कोई नहीं जानता, महाराज! हमें इसका अहसास इसके घटने पर ही होता है। अभी तक तो हमने सालोमाँऊ को देखने की इच्छा ही व्यक्त की है। आह, महाराज के शब्द ही, मेरी जानकारी के अनुसार, पर्याप्त हैं। इसी को, वाक्पटु लोग व्यंग्य की संज्ञा देते हैं। क्षमा कीजिए, महाराज। हम तुम्हें क्षमा करते हैं श्रीमान सचिव! और यदि तुम्हारे सभी अपराध इतने ही गम्भीर हुए, तो स्वर्ग में तुम्हारा स्थान निश्चित है। कमोबेश, महाराज, यदि यह क्षण स्वर्ग जाने के लिए उपयुक्त हुआ तो। क्या आशय है तुम्हारा, धर्म न्यायाधिकरण आनेवाला है? महामहिम, अपराध क़बूल करना व क्षमादान प्राप्त होना शुद्ध आचरण के प्रमाण के रूप में समाप्त हो चुके हैं। धर्म न्यायाधिकरण ईसाइयों में एकता बनाए रखेगा, यही उसका उद्‌देश्य है। धार्मिक उद्‌देश्य? निस्सन्देह, महाराज। बस यह जानना भर शेष है कि यह किन माध्यमों द्वारा प्राप्त किया जाएगा। धार्मिक माध्यमों का ही उपयोग किया जाएगा, राजा ने रुखाई से उत्तर दिया। क्षमा कीजिए महाराज, इसके अलावा...इसके अलावा क्या? मैं विनती करता हूँ कि मुझे सालोमाँऊ के दर्शन से विमुक्त कर दीजिए, मुझे

लगता है कि आज मैं महाराज को एक सुखद साथ न दे पाऊँगा। हम तुम्हें विमुक्त नहीं कर सकते, मुझे उसके बाड़े में तुम्हारे ही संग की आवश्यकता है। किसलिए, महाराज, क्या मैं यह पूछने का दुस्साहस कर सकता हूँ? जिस कवितामयी कृत्य के घटित होने के विषय में तुमने कहा उसका अहसास कर पाने की योग्यता हममें नहीं है। राजा ने अपनी दाढ़ी व मूँछों के मध्य से दुर्भावनापूर्ण, लगभग पैशाचिक अर्द्ध मुस्कान के साथ उत्तर दिया। मैं आपकी आज्ञा का पूर्णरूप से पालन करूँगा, महाराज! पाँच बजते ही, हमें राजभवन के मुख्यद्धार पर चार घोड़े चाहिए, ध्यान रहे हमारा घोड़ा बलवान होना चाहिए, हृष्ट-पुष्ट और सधा हुआ, हमने घुड़सवारी कम ही की है और अब तो और भी कम हो गई है। इस बढ़ती आयु की वेदना और पीड़ा के कारण। जी, महाराज! मेरे सेवादारों का चयन सावधानी से किया जाए, हमें ऐसे लोग क़तई पसन्द नहीं जो छोटी-छोटी बातों पर हँस देते हैं। हमें उनकी गर्दन मरोड़ डालने की इच्छा होती है। जी, महाराज।

उन्होंने साढ़े पाँच बजे के पश्चात ही प्रस्थान किया, क्योंकि जब रानी को इस भ्रमण की जानकारी मिली, तो उसने भी जाने की इच्छा प्रकट की। उसे विश्वास दिलाना कठिन हो गया कि बेलेम तक जाने के लिए केवल उसी के लिए एक बग्घी तैयार करवाना बड़ा कठिन कार्य था। वहीं पर ही सालोमाँऊ के लिए एक बाड़े का निर्माण किया गया था, जो स्पष्ट है। रानी साहिबा, आप घोड़े पर तो जाना नहीं चाहेंगी, राजा ने किसी भी प्रकार का प्रत्युत्तर न सहने की दृढ़ता से कहा। रानी ने इस खुली निषेधाज्ञा का पालन किया और वहाँ से चल दी, यह बुदबुदाते हुए कि पुर्तगाल में या पूरे विश्व में कोई नहीं था, सालोमाँऊ को उससे अधिक स्नेह करनेवाला। आप देख सकते हैं कि स्वयं के अन्तर्विरोध में वृद्धि होती जा रही थी। बेचारे सालोमाँऊ को पालतू कहने के पश्चात, उस जन्तु के लिए घोर अपमानजनक है जिससे बँधुआ मज़दूरी करवाई गई हो। बिना पगार के, साल-दर-साल, ऑस्ट्रिया की कातारीना अब, पश्चात्ताप प्रकट कर रही थी उस जीव के लिए जिसने ऊपरी

तौर से उसे अपने पति, राजा की प्रभुता को चुनौती तक देने पर बाध्य कर दिया था। वास्तविकता में यह राई का पहाड़ बनाने के समान था, पति-पत्नी में एक नोक-झोंक जो घुड़सवार के लौटते ही समाप्त हो जाएगी, उत्तर भला जो भी वह लाए। यदि आर्चदुक हाथी स्वीकार कर लेता है। तो समस्या स्वयं ही समाप्त हो जाएगी, बेहतर, वियना तक की यात्रा का हल कर देगी, और, जो यदि उसे स्वीकार न हुआ, तो पुनः एक बार यह कहना पड़ेगा जन साधारण के सदियों के अनुभवानुसार, कि मायूसी, निराशा के बावजूद जीवन रुकता नहीं, जो मनुष्य और हाथी के जीवन में चोली दामन का साथ निभाते हैं। सालोमाँऊ को इस बात की तनिक भी भनक नहीं थी कि उसका भविष्य बदलनेवाला है। मुख्य घुड़सवार, उसके भविष्य का प्रतिनिधि, वालादोलीद की ओर बढ़ रहा है। घोड़े की पीठ पर सोने में निष्फल, और पुर्तगाल का राजा, अपनी साधारण मंडली सचिव व सेवादारों के संग, बेलेम के समुद्रतट पहुँच रहा है। जैरोनिमुश मठ और सालोमाँऊ के बाड़े के समीप, समयानुसार, जगत के सभी कार्य पंक्तिबद्ध सम्पन्न हो जाते हैं। वो रहा हाथी। भले ही वह अफ़्रीकी हाथी की तुलना में अधिक ऊँचा नहीं है। धूल की परत से ढकी उसकी त्वचा के नीचे, दिखाई पड़ रही थी, एक सुन्दर काठी, जिसे सृष्टि ने रचने की योजना स्वयं बनाई थी। यह पशु इतना गंदेला क्यों है। राजा ने पूछा, इसका रखवाला कहाँ है। मेरा अनुमान है कि इसका एक रखवाला है। भारतीय क़द-काठी वाला, लगभग चीथड़ों से ढका हुआ एक व्यक्ति उपस्थित हुआ, अपने भारतीय व स्थानीय वस्त्रों का सम्मिश्रण, उसका बदन ढकने में असमर्थ या कुछ शानदार कपड़ों के टुकड़े, जो दो वर्ष पूर्व भेजे गए थे, उनको ढकने में असमर्थ, हाथी का वही महावत था।

शीघ्र ही सचिव को अहसास हुआ कि महावत ने राजा को नहीं पहचाना था, चूँकि यह क्षण किसी औपचारिक परिचय का नहीं था, पारम्परिक होता तो कुछ इस प्रकार होता, महामहिम, मुझे सालोमाँऊ के महावत का आपसे परिचय करवाने की आज्ञा प्रदान करें। ये हैं श्रीमान भारतीय और ये हैं पुर्तगाल

के राजा, दों जुआँऊ, तृतीय, जो इतिहास के पन्नों में दों जुआँऊ कृपालू के नाम से जाने जाएँगे, इसके स्थान पर, उसने दोनों सेवादारों को आज्ञा दी कि बाड़े में जाकर स्तब्ध महावत को इस मूँछ-दाढ़ी वाले पात्र की उपाधि व गुणों के बारे में अवगत कराएँ, जो पैनी दृष्टि द्वारा उसका अवलोकन कर रहा था। वह यहाँ के राजा हैं। महावत ठिठक गया, मानो उसे बिजली का झटका लगा हो, और वह वहाँ से भाग जाना चाहता हो, परन्तु सेवादारों ने फुर्ती से उसके चीथड़ों द्वारा धर दबोचा और उसे बाड़े की चहारदीवारी की ओर धकेल दिया। राजा, अभी तक, बाड़े के बाहर चहारदीवारी से टिकी एक साधारण सीढ़ी पर खड़ा, इस दृश्य का खिन्नता एवं जिज्ञासापूर्ण तरीक़े से जायज़ा ले रहा था, इस दृढ़त्वचीय जन्तु के अपने प्रात:कालीन उत्तेजनावश मिलने के लिए अपने उतावलेपन पर पश्चात्ताप कर रहा था, यह चार हाथ लम्बी सूँड़ वाला बेडौल प्राणी, जो भगवान ने चाहा तो, शीघ्र ही उस शान वाले शहर वियना की गलियों पर अपनी बदबूदार लीद के ढेर लगाता फिरेगा। यह दोष, कुछ सीमा तक, सचिव और उसकी कवितामयी कृत्य वाली टिप्पणी का है। जो इस क्षण तक राजा के दिमाग़ में उमड़-घुमड़ रही थीं। उन्होंने एक चुनौतीपूर्ण दृष्टि अपने चहेते पदाधिकारी पर डाली। जिसने मानो इसका आशय भाँप कर कहा, आपका यहाँ आगमन, महामहिम, वास्तव में, एक कवितामयी कृत्य है। हाथी तो मात्र एक बहाना था, इससे बढ़कर कुछ नहीं। राजा ने बुदबुदाकर कुछ कहा जो सुना नहीं जा सका, तत्पश्चात स्पष्ट स्वर में दृढ़तापूर्वक बोले, अभी इसी पल जानवर को नहलाया जाए। उन्हें अपने राजा होने का अहसास हो आया था, और ऐसा होना स्वाभाविक है। यदि हम ग़ौर करें कि अपने बतौर अपने महाराज बनने के कार्यकाल में उन्होंने ये शब्द कभी नहीं कहे थे। सेवादारों ने महाराज की इच्छा महावत के सामने प्रकट कर दी और वह फुर्ती से एक बरामदे की ओर तीव्र गति से दौड़ पड़ा जहाँ वे सारी वस्तुएँ पड़ी थीं जो इस काम में प्रयोग की जानेवाली थीं और शायद वे थीं भी, उनके अलावा और भी थीं जिनके बारे में किसी को कोई

जानकारी नहीं थी। बरामदे के बग़ल में सम्भवत: महावत हेतु लकड़ी के तख़्तों से निर्मित बिना छत वाली एक झुग्गी थी। वह एक लम्बे डंडे वाले झाड़ू, मदिरा के पीपे में पानी भर काम पर लग गया। हाथी का उल्लास देखते ही बनता था। पानी तथा झाड़ू की रगड़न से उसके मन में ख़ुशनुमा यादें जगा दी होंगी। भारत में एक नदी की, वृक्ष के खुरदरे तने की, यह इस बात से प्रमाणित होता है कि जब तक स्नान कार्य चलता रहा, लगभग आधा घंटा, वह अपने स्थान से तनिक हिला-डुला तक नहीं, अपनी शक्तिशाली टाँगों पर अडिग खड़ा रहा, मानो उस पर सम्मोहन का जादू कर दिया गया हो। शारीरिक स्वच्छता के भरपूर गुणों के विषय में यह सर्वविदित है।

किसी को आश्चर्य नहीं हुआ कि जिस स्थान पर एक हाथी खड़ा था उसके स्थान पर कोई अन्य खड़ा था। जिस धूल से ढके होने के कारण उसकी त्वचा दिखाई नहीं पड़ रही थी, वह पानी और झाड़ू के मिश्रित कार्य के फलस्वरूप ग़ायब हो चुकी थी, और सालोमाँऊ अपनी पूरी शानो-शौक़त के साथ उजागर हो गया था। किंचित तुलनात्मक शानो-शौक़त, कहा जा सकता है। एक एशियाई हाथी होने के कारण सालोमाँऊ की त्वचा मोटी है। स्लेटी कॉफ़ी रंग की तथा चित्तीदार एवं रोयेंदार, हाथी के साथ एक स्थायी छलावा, इसके बावजूद वह स्वयं को समझाता रहता कि उसे अपना भाग्य स्वीकार कर सन्तुष्ट रहना चाहिए और भगवान विष्णु का धन्यवाद करना चाहिए। उसने स्नान हेतु आत्मसमर्पण कर दिया मानो किसी चमत्कार की आशा कर रहा हो, एक नामकरण की, परन्तु परिणाम सबके लिए स्पष्ट हो चुका था, रोयें एवं चकत्ते। राजा ने इस हाथी को क़रीब एक वर्ष से अधिक समय से नहीं देखा था। वह उसकी बारीकियाँ भूल चुका था और जो भी अब उसे दिखाई दे रहा था, यानी, दृढ़त्वचीय पशु के लम्बे-लम्बे दाँत, चमकीले सफ़ेद और तनिक गोलाकार, दो नंगी तलवारों सदृश, उसे क़तई लुभावने प्रतीत नहीं हो रहे थे। परन्तु एक विषय इन सबसे भी अधिक कष्टदायी था। अकस्मात, पुर्तगाल का राजा, और अल्गार्व का, जो कुछ क्षण पहले, सम्राट

चार्ल्स पंचम के दामाद के लिए एक उपयुक्त उपहार खोज लेने पर इतना प्रफुल्लित था, उसे लगने लगा कि वह सीढ़ी से गिरकर अपयश की खुली खाई में समा जाएगा। राजा इस सोच में डूबा हुआ था, यदि आर्चदुक को हाथी पसन्द न आया तो, यदि उन्हें यह कुरूप लगा तो, यदि उन्होंने इसे स्वीकार तो कर लिया, परन्तु, बाद में इसे वापस भेज दिया तो, मैं यूरोपीय समुदाय की सहानुभूति अथवा व्यंग्यपूर्ण दृष्टि में निहित इतना अपमान किस प्रकार सहन कर पाऊँगा। तुम्हारा इसके बारे में क्या विचार है? यह प्राणी कैसी छवि प्रस्तुत करता है? राजा ने अपने सचिव से पूछा, आशा की एक किरण के लिए बेचैन जो केवल उसी से आ सकती थी। सुन्दर या कुरूप, महाराज, ये तुलनात्मक संज्ञाए हैं। उल्लू को तो अपने बच्चे प्यारे ही लगते हैं।

मेरे अनुभव के अनुसार, एक विशेष सन्दर्भ में एक सामान्य नियमानुसार, यह एक एशियाई हाथी का भव्य नमूना है। अपने रोयें व चकत्तों सहित जो सृष्टि ने इसे प्रदान किए हैं। आर्चदुक को यह सम्मोहित कर देगा तथा न केवल दरबारियों व वियना की जनता को बल्कि जहाँ से भी यह गुज़रेगा चकाचौंध कर देगा। राजा ने चैन की साँस ली, मुझे लगता है कि तुम सही कह रहे हो। निश्चित रूप से, महाराज! यदि मुझे मनोविज्ञान का सही ज्ञान है। विशेषकर मनुष्य प्रजाति का, यदि महाराज मुझे आज्ञा दें, तो मैं यहाँ तक कहूँगा कि यह हाथी अपने रोयें और चकत्तों सहित ऑस्ट्रिया के आर्चदुक के लिए प्रथम श्रेणी का राजनीतिक अस्त्र प्रमाणित होगा, यदि वे इतने ही कूटनीतिज्ञ हैं, जितना उन्होंने अभी तक प्रमाणित किया है। सीढ़ी से उतरने में मेरी सहायता करो, इस वार्तालाप से हमें चक्कर आ रहे हैं। सचिव तथा सेवादारों की सहायता से राजा, बिना किसी कठिनाई के कुछ सीढ़ियाँ नीचे उतर आया जिन पर चढ़कर वह ऊपर गया था। उसने गहरी साँस ली जब उसने अपने पाँव धरती पर रखे और बिना किसी विशेष कारण के, जब, और यह शुद्ध अनुमान है। चूँकि पूर्ण रूप से जानने में अभी विलम्ब है। अकस्मात रक्त का ऑक्सीजन से मिश्रित होना, जिसके फलस्वरूप धाराप्रवाहित रक्त

का उसके मस्तिष्क में नवीनीकरण होने पर उसे वह सोचने के लिए बाधित करने लगा, जो साधारण परिस्थितियों में, उसे शायद कभी नहीं सूझता। वह यह कि महावत इन कपड़ों में वियना नहीं जा सकता, चीथड़ों में, तो इसके लिए दो जोड़ी कपड़ों का प्रबन्ध किया जाए, पहला, इस काम के लिए, जब वह हाथी की पीठ पर सवारी करेगा और दूसरा, सामाजिक कार्यक्रमों के लिए, ताकि वह ऑस्ट्रिया के राजदरबार में हमारी विपरीत छवि न प्रस्तुत करे, हाँ, बहुत शानो-शौक़त वाला नहीं, समझे, पर इस राष्ट्र की गरिमानुसार जो इसे वहाँ भेज रहा है। बिलकुल, महाराज। अरे हाँ, ध्यान आया, इसका नाम क्या है? तुरन्त एक सेवादार को भेजा गया यह जानकारी प्राप्त करने के लिए, जिसका उत्तर सचिव को दे दिया गया, जो कुछ इस प्रकार था, सुभ्रो। सुबरो, राजा ने दोहराया, यह कैसा नाम है। यह भ अक्षर के साथ उच्चारित किया जाता है महाराज! उसने यही बताया है। सचिव ने खुलासा किया। हमें उसे केवल जुआकीं बुलाना चाहिए जब पहली बार वह पुर्तगाल आया था, राजा ने बड़बड़ाते हुए कहा।

तीन दिन पश्चात, देर दोपहर, घुड़साल का मुखिया, उस रक्षकदल का नेता, जिसकी शान, मार्ग की धूल तथा मनुष्य व घोड़ों के स्वाभाविक पसीने की दुर्गंध के कारण धूमिल हो चुकी थी, महल के द्वार पर पहुँचा। धूल झाड़ कर, सीढ़ियाँ चढ़ा, और वर्दीधारी प्रधान द्वारपाल, एक उपाधि। हम शीघ्र ही स्पष्ट कर दें, शायद उन दिनों न रही हो, परन्तु हमें उपयुक्त प्रतीत हुई। उसके बदन के पसीने के कारण, पूर्वधारणा व बनावटी विनम्रता का मिश्रण, जो वह विपुलतापूर्वक उड़ेल रहा था, शीघ्रता से उसे बैठक तक ले गया। आर्चदुक का उत्तर जानने को उत्सुक, राजा ने तुरन्त आगन्तुक का स्वागत किया। रानी कातारीना भी राजकक्ष में उपस्थित थीं, जो अवसर की महत्ता को देखते हुए, किसी को आश्चर्य नहीं होना चाहिए, विशेषकर इसलिए कि राजा यानी अपने पति के निर्णय अनुसार, वह नियमित रूप से, राज्य की सभाओं में सम्मिलित हुआ करतीं, जहाँ वह कभी मात्र मूकदर्शक बनकर नहीं रहती थीं। यहाँ एक अन्य कारण था उसका पत्र पढ़ा जाना, रानी की प्रबल इच्छा थी, हालाँकि उसे इसकी सम्भावना कम ही लग रही थी कि आर्चदुक मैक्सीमिलियन का पत्र जर्मन भाषा में लिखा होगा, इस हालत में अति विशेष अनुवादक, वहाँ उपस्थित रहेंगे, यानी, सेवा उपलब्ध करने के लिए तत्पर। इस बीच राजा अपने मुख्य घुड़सवार के हाथों से पत्र प्राप्त कर चुका था, और उसे खोल चुका था, आर्चदुक की मोहर लगे फीते को खोलने के पश्चात वह एक नज़र में ही जान गया कि वह लातीनी भाषा में लिखा हुआ था। अब दों जुआँऊ, पुर्तगाल के इस नाम से जाने जानेवाले

तीसरे राजा थे, हालाँकि वह लातीनी भाषा में पूर्ण रूप से अनभिज्ञ नहीं था, क्योंकि अपने यौवन काल में इसका अध्ययन कर चुका था, और अपनी निश्चित लड़खड़ाहट भली-भाँति जानता था, उसके अधिक लम्बे विराम अथवा भाषान्तरण की त्रुटियाँ उपस्थित जनों को राजा की निन्दनीय तथा भ्रमात्मक छवि प्रस्तुत करेंगी। सचिव, जैसा कि हम उसकी दक्षता और हाज़िरजवाबी का नमूना देख चुके हैं। दो क़दम विनम्रता से आगे बढ़ा और वह प्रतीक्षा करने लगा। अपने अत्यधिक सामान्य स्वर में, मानो नाटक का पूर्वाभ्यास किया हो, राजा ने कहा, मेरा सचिव यह पत्र पढ़ेगा, वही इस सन्देश का पुर्तगाली में अनुवाद करेगा जिसमें हमारे प्रिय चचेरे भाई मैक्सीमिलियन ने निश्चित रूप से हाथी सालोमाँऊ की भेंट के विषय में उत्तर दिया है। मुझे पूरा पत्र पढ़ना आवश्यक नहीं लगता, अभी के लिए यही काफ़ी है कि हमें इसका सार पता चल जाए। ऐसा ही होगा, महाराज।

सचिव ने अपनी निगाहें उन अभिवादन सूत्रों की प्रचुरता पर दौड़ाई, जो उन दिनों के पत्र लेखन शैली में, बरसाती कुकुरमुत्तों की तरह उभर आई थीं, उसने आगे पढ़ा जिसे वह ढूँढ़ रहा था वह उसे मिल गया। उसने अनुवाद न करके, केवल घोषणा कर दी कि ऑस्ट्रिया के आर्चदुक मैक्सीमिलियन आभार सहित पुर्तगाल के राजा का उपहार स्वीकार करेंगे। दाढ़ी-मूँछ के घने बालों के जाल के बीच से, राजा के चेहरे पर एक सन्तोष भरी मुस्कान उभर आई। रानी भी मुस्करा दी, साथ-ही-साथ उसने दोनों हाथों को जोड़कर कृतज्ञता की मुद्रा बनाई। जो पहले तो ऑस्ट्रिया के आर्चदुक मैक्सीमिलियन के लिए थी, उसके बाद उसका लक्ष्य सर्वशक्तिमान ईश्वर थे। रानी के हृदय में अन्तर्द्वंद्व की अनेक भावनाओं का संश्लेषण हो चुका था, जिनमें सबसे साधारण यह थी कि कोई भी अपने भाग्य से भाग नहीं सकता। सचिव ने पत्र के अन्य विषयों पर उस स्वर में बोलना जारी रखा जिसमें लातीनी भाषा की मठ सम्बन्धी गम्भीरता थी जो बोलचाल की उस पुर्तगाली भाषा को प्रतिबिम्बित करते प्रतीत हो रही थी जिसमें वह अनुवाद कर रहा था। आर्चदुक कहते हैं कि उन्होंने अभी तक

वियना जाने की तिथि निर्धारित नहीं की है। हो सकता है अक्तूबर के मध्य, परन्तु अभी कुछ तय नहीं है। और अब अगस्त मास शुरू हो चुका है रानी ने अनावश्यक टिप्पणी की। आर्चदुक यह भी कहते हैं कि यदि आपको आपत्ति न हो तो, आपको सोलीमाँऊ को वालादोलीद भेजने के लिए उनके प्रस्थान की प्रतीक्षा करने की आवश्यकता नहीं है। यह सोलीमाँऊ कौन है? राजा ने गुस्से से तमतमाते हुए पूछा, उसे अभी हाथी प्राप्त भी नहीं हुआ और वह उसका नाम परिवर्तन करना चाहता है। महान सोलीमाँऊ, महाराज! ऑटोमन सुल्तान[1]! तुम्हारे बिना हम क्या करते, सचिव, यदि तुम्हारी अद्‌भुत स्मरण शक्ति ने हमेशा मेरा दिग्दर्शन न किया होता तो हमें सोलीमाँऊ के बारे में कैसे पता चलता। क्षमा करें, महाराज। सचिव ने उत्तर दिया। एक तनावपूर्ण सन्नाटा छा गया जिसमें उपस्थित सभी लोग एक दूसरे को देखने तक से कतराने लगे। सचिव का चेहरा, जो रक्तचाप के बढ़े दबाव के कारण लाल हो गया था, अब पीला पड़ गया था। क्षमा तो हमें तुमसे माँगनी चाहिए, राजा ने कहा, और यह मैं बिना किसी हिचकिचाहट के माँगता हूँ, अपनी अन्तरात्मा के संकेत द्वारा। महाराज, सचिव पेरू द आल्कासोवा कारनइरू मिमिया दिया।

हम कौन होते हैं तुम्हें क्षमा करनेवाले, तुम हमारे सचिव हो, जिसका हमने अनादर किया है। भगवान के लिए, महाराज...राजा ने संकेत के द्वारा उसे मौन रहने का आदेश दिया, और बोले, सालोमाँऊ जब तक यहाँ है उसे इसी नाम से पुकारा जाएगा। हमारी दुविधाओं की कोई कल्पना भी नहीं कर सकता जिस दिन से हमने उसे आर्चदुक के यहाँ भेजने का निर्णय लिया है। मुझे लगता है वास्तव में, यहाँ कोई नहीं चाहता कि वह चला जाए, अजीब परिस्थिति है। यह कोई बिल्ली नहीं जो हमारे पैरों से लिपट जाए, कोई कुत्ता नहीं जो हमारी आँखों में झाँके मानो हम उसके अन्नदाता हैं। फिर भी हम सब यहाँ कष्ट व विषाद में हैं। मानो हम से हमारी कोई वस्तु छीनी जा रही

---

1. ऑटोमन साम्राज्य का दसवाँ तुर्की सम्राट सुलेमान (1495-1566)।

हो, कोई भी इसे बेहतर शब्दों में व्यक्त नहीं कर सकता। महाराज! सचिव बोला, परन्तु विषय पर वापस आते हैं। सालोमाँऊ को वालादोलीद भेजने के विषय पर हम क्या कह रहे थे, राजा ने पूछा, आर्चदुक ने लिखा है कि हाथी जितना शीघ्र पहुँच जाए उतना ही अच्छा है। ताकि वह लोगों और वातावरण परिवर्तन का अभ्यस्त हो जाए, इसके लिए जिस लातीनी शब्द का उपयोग किया गया है उसका अर्थ यह नहीं है। इस समय तो मैं यही बेहतर कह सकता हूँ, अधिक घुमाने-फिराने की आवश्यकता नहीं है। हम समझ गए तुम क्या कहना चाहते हो, राजा ने कहा। फिर एक मिनट विचार करने के पश्चात राजा बोला, इस यात्रा का नेतृत्व मेरी घुड़साल का मुखिया करेगा, उसे महावत की सहायता के लिए दो व्यक्ति उपलब्ध कराए जाएँगे, कुछ और लोग खान-पान की पर्याप्त आपूर्ति सुनिश्चित करने के लिए, एक बैलगाड़ी किसी चीज़ की आवश्यकता पड़ने पर। उदाहरण के लिए हाथी के लिए पानी लाने के लिए, हालाँकि पुर्तगाल में, नदियों या घाटों की कोई कमी नहीं है सालोमाँऊ जहाँ चाहे पानी पी सकता है और उसमें अठखेलियाँ कर सकता है। कठिनाई तो उसे उस बंजर कास्टील राज्य में आएँगी, जहाँ सदा इतना सूखा पड़ा रहता है मानो किसी हड्डी को धूप में छोड़ दिया गया हो, और, अन्त में, घुड़सवार सैनिकों की एक पलटन उन लोगों से सुरक्षा के लिए जो हमारे प्यारे सालोमाँऊ को चुरा ले जाना चाहें, घुड़साल के मुखिया हमारे राज्यसचिव को नियमित जानकारी प्रेषित करते रहेंगे, क्षमा करना, सचिव, तुम्हें इतने तुच्छ कार्यों में उलझाने के लिए।

बिलकुल नहीं, महाराज! यह कार्य मेरे लिए विशेष महत्त्व रखता है। चूँकि हम यहाँ अपनी राष्ट्र सम्पत्ति के स्थानान्तरण के बारे में चर्चा कर रहे हैं। सालोमाँऊ, मुझे पूर्ण विश्वास है कि उसने कभी भी स्वयं को राष्ट्र सम्पत्ति के रूप में नहीं देखा होगा, राजा ने एक तिरछी मुस्कान के साथ उत्तर दिया। उसे यह समझना चाहिए कि वह जो पानी पीता है अथवा चारा खाता है वह आसमान से नहीं टपकता। बिलकुल सही, जहाँ तक मेरा विचार है। रानी बोली,

मैं चेतावनी देती हूँ कि कोई भी व्यक्ति मुझे सालोमाँऊ के प्रस्थान के बारे में सूचित न करे, मैं स्वयं इसके बारे में प्रश्न करूँगी जब मैं इसके लिए तैयार हो जाऊँगी, तभी मैं उत्तर जानना चाहूँगी। अन्तिम शब्द न के बराबर सुनाई दिये, मानो अश्रुओं से शाही गला रुँध गया हो। अश्रुपूर्ण रानी एक ऐसा नज़ारा है जिससे, विनम्रता के नियमानुसार, हमें अपनी नज़रें फेर लेनी चाहिए। और यही राजा, राज्यसचिव एवं घुड़साल के मुखिया ने किया। जब वह वहाँ से चली गईं और उसके लिबास की ज़मीन पर सरसराहट सुनाई देना बन्द हो गई, राजा ने कहा, देखा, मेरा आशय यही था, हममें से कोई नहीं चाहता कि सालोमाँऊ हमको छोड़कर चला जाए, निर्णय बदलने के लिए अभी देरी नहीं हुई है। महाराज, ओह, मेरा हृदय परिवर्तन हो गया है। निस्सन्देह, परन्तु अब समय नहीं है। सालोमाँऊ निकल चुका है। महाराज को और भी महत्त्वपूर्ण कार्य करने हैं। एक हाथी को अपने कार्यकलापों का केन्द्र मत बनने दीजिए। महावत का नाम क्या है? राजा ने अकस्मात पूछा। सुभ्रो है शायद, महाराज! इसका अर्थ क्या है? नहीं मालूम, परन्तु पूछा जा सकता है। तो पूछो, हमें जानकारी चाहिए कि सालोमाँऊ किन हाथों में रहेगा। उन्ही हाथों में जिनमें पहले था, महाराज। यदि आज्ञा हो तो मैं याद दिलाना चाहूँगा कि हाथी इसी महावत सहित भारत से यहाँ आया था, दूर या पास होना सब कुछ बदल देता है।

आज तक हमें इस व्यक्ति का नाम जानने में कोई रुचि नहीं थी, परन्तु अब है। मैं समझता हूँ, महाराज। मुझे तुम्हारी यही बात अच्छी लगती है। तुम्हें किसी विषय पर बात करने के लिए सभी शब्द बताने की आवश्यकता नहीं पड़ती। मुझे एक अच्छे गुरु के रूप में मेरे पिता मिले और महाराज आप उनसे कहीं कम नहीं। पहली नज़र में इस प्रशंसा का कोई अधिक मोल नहीं, परन्तु चूँकि तुम मेरी तुलना अपने पिता से कर रहे हो तो, मैं प्रसन्न हूँ। क्या मैं प्रस्थान कर सकता हूँ महाराज? सचिव ने प्रश्न किया, हाँ, जाओ अपना कार्य करो, और महावत के लिए नये वस्त्रों के बारे में मत भूल जाना, क्या नाम बताया तुमने उसका? सुभ्रो, महाराज, अक्षर भ के उच्चारण के साथ। ठीक है।

इस बातचीत के दस दिन पश्चात, जब सूर्य क्षितिज पर अभी उदय नहीं हुआ था, सालोमाँऊ अपने बाड़े से बाहर निकला जहाँ उसने पिछले दो वर्ष बिताए थे। राजा की आज्ञानुसार क़ाफ़िला शत-प्रतिशत वैसा ही था, हाथी की पीठ पर बैठा महावत उसी ऊँचाई से मार्गदर्शन कर रहा था। उसके लिए निर्धारित किए गए दो सेवक आवश्यकतानुसार किसी भी कार्य के लिए तत्पर, भोजन उपलब्ध करवाने के लिए सेवक, पानी का पीपा ले जाती बैलगाड़ी, जो मार्ग में पड़ी खाइयों के कारण इधर-उधर लुढ़क जाती थी, विभिन्न प्रकार का विशाल चारा भंडार, पैदल सैनिकों का सुरक्षा दल जिनके कंधों पर मार्ग में सुरक्षा प्रदान करने की ज़िम्मेदारी थी, और अन्त में, वह जिसके बारे में राजा ने विचार नहीं किया था, आवास का प्रबन्ध करनेवाले क्वार्टर मास्टर की दो खच्चरों की गाड़ी। सुबह सवेरे होने के कारण जिज्ञासु भीड़ नहीं थी और इसके साथ ही इस यात्रा की सूचना गुप्त रखी गई थी, हालाँकि एक अपवाद भी था, वह शाही बग्घी जो लिस्बन की ओर दौड़ पड़ी जैसे ही हाथी और क़ाफ़िला मार्ग के पहले मोड़ से ओझल हुए। उसके भीतर पुर्तगाल का राजा, दों जुआँऊ तृतीय और उसका राज्य सचिव, पेरू द आल्कासोवा कारनइरू, जिसके बारे में हम पुन: नहीं सुनेंगे, हो भी सकता है। क्योंकि जीवन भविष्यवाणी पर हँसता है और हमारा परिचय करवाता है उन शब्दों से जहाँ हम सन्नाटे की कल्पना करते हैं। और अकस्मात वापसी की जब हम सोचते हैं कि पुन: मिलना न होगा। मैं महावत के नाम का अर्थ भूल गया, पुन: बताओ, राजा पूछ रहा था, सफ़ेद महाराज! सुभ्रो का अर्थ सफ़ेद

होता है। हालाँकि वह ऐसा दिखता नहीं। महल के एक कक्ष में, अवसाद के अन्धकार में रानी सो रही है और उसे दुःस्वप्न आता है। वह देखती है कि सालोमाँऊ को बेलेम क्षेत्र से ले गए, वह सबसे पूछती है। मुझे क्यों नहीं बताया गया, परन्तु जब उसने उठने का निश्चय किया लगभग दोपहर में, तो वह इस प्रश्न को नहीं दोहराएगी, और स्वेच्छा से कभी नहीं। हो सकता है कि दो या तीन वर्ष के भीतर कोई उसके समक्ष हाथी शब्द का उच्चारण करे, और पुर्तगाल की रानी, ऑस्ट्रिया की कातारीना पूछेगी, सालोमाँऊ का क्या हुआ, क्या वह अभी तक बेलेम में ही है या इसे वियना भेज दिया गया है। तब वे उसे बताएँगे कि वह अब वियना में ही है। किसी चिड़ियाघर में अन्य जंगली जानवरों के साथ, तब वह अनभिज्ञ होने का नाटक करेगी, कितना भाग्यशाली जन्तु है।

वह वहाँ अपने जीवन का आनन्द ले रहा है, विश्व के सर्वाधिक सुन्दर शहर में, और एक मैं हूँ यहाँ क़ैद, वर्तमान और भविष्य के मध्य जहाँ दोनों ओर निराशा ही निराशा है। राजा, यदि वह उपस्थित होगा, तो अनसुना करने का नाटक करेगा, और वही राज्यसचिव, पेरू द आल्कासोवा कारनइरू जिससे हम मिल चुके हैं। हालाँकि वह धार्मिक नहीं है। हमें स्मरण करना पड़ेगा कि उसने धर्म न्यायाधिकरण के विषय में क्या कहा था, और इससे भी महत्त्वपूर्ण है कि उसने क्या नहीं कहा था। एक मौन प्रार्थना करेगा कि हाथी एक विलुप्तता की चादर ओढ़ ले जो उसके आकार को इस प्रकार विकृत कर दे कि वह किसी की कल्पना में कोई अन्य प्राणी प्रतीत हो, एक ड्रोमेदरी ऊँट, या किसी अन्य प्रकार का ऊँट, जिसके दुर्भाग्यशाली दोहरे कूबड़ उन लोगों की कल्पना में अधिक समय तक नहीं टिक पाएँगे जिन्हें इन प्रकार के बेतुके कार्यक्रमों में कोई रुचि नहीं। भूतकाल एक विशाल पथरीला क्षेत्र है जिस पर बहुत लोग यूँ निकलना चाहेंगे मानो वह एक सड़क हो, जबकि अन्य लोग एक पत्थर से दूसरे पत्थर पर पाँव रखते हुए धैर्यपूर्वक पार करेंगे, उन्हें उठाकर यह देखने के लिए कि उनके नीचे क्या है। कभी-कभी केकड़े

और कानखजूरे भी निकल आते हैं। सफ़ेद पिल्लू या परिपक्व कोष, परन्तु यह असम्भव नहीं, कि एक बार, एक हाथी प्रकट हो जाए, जो अपनी पीठ पर उस सुभ्रो नामक महावत को ढो रहा हो, जिसका अर्थ श्वेत होता है। एक अत्यन्त अनुपयुक्त नाम उस व्यक्ति के लिए जो, पुर्तगाल के राजा और उसके राज्य सचिव के समक्ष, बेलेम में, उतना की मैला दिखाई देता था जितना वो हाथी जिसकी वह देखरेख करता था। इस कहावत में सच्चाई हो सकती है कि सबसे सफ़ेद चादर पर ही धब्बा जल्दी लगता है। यही हुआ महावत और उसके हाथी के साथ। जब वे पहली बार बेलेम पहुँचे, लोगों की उत्सुकता चरम सीमा पर पहुँच गई और शाही दरबार ने विशेष भ्रमण आयोजित किए भद्र पुरुषों व महिलाओं के लिए, इस दृढ़त्वचीय जन्तु को देखने के लिए, परन्तु, प्रारम्भिक उत्सुकता शीघ्र ही घटती चली गई, और इसका परिणाम स्पष्ट देखा जा सकता था, महावत के भारतीय वस्त्र चीथड़ों में बदल गए और हाथी के रोयें तथा चकत्ते दो वर्षों की जमी धूल की परत के नीचे लगभग ओझल हो गए। परन्तु अब सब बदल चुका है। टाँगों तक मार्गों की धूल से सने पाँवों के बावजूद, सालोमाँऊ शान से चलता है। और महावत, अपने रंग-बिरंगे भारतीय वस्त्रों में न सही, सुन्दर लगता है अपनी नई शानदार वर्दी में, जिसके लिए या तो भुलक्कड़पन या उसके नियोक्ताओं की करुणा के कारण, उसे निःशुल्क प्राप्त हुई थी। हाथी की गर्दन पर बैठा वह अपने वाहन का परिचालन कर रहा था, कभी हल्के प्रहार करके, तो कभी नुकीली छड़ी से जो उस जन्तु की खुरदरी त्वचा पर अपने निशान छोड़े जा रही थी। महावत सुभ्रो, यानी श्वेत रंग, कहानी का दूसरा या तीसरा महत्त्वपूर्ण पात्र बन जानेवाला है।

पहला पात्र है हाथी सालोमाँऊ, जो स्वाभाविकता से मुख्य पात्र का स्थान ग्रहण करता है। उसके बाद महावत और आर्चदुक, जिनमें परस्पर होड़ लगी है मुख्य पात्र बनने की। परन्तु, इस रंगमंच का मुख्य पात्र इस वक़्त महावत है। इस शोभायात्रा पर एक छोर से दूसरे छोर एक निगाह डालने

पर, उसे इसकी अद्‌भुत विविधता का अहसास होता है। जो जानवरों की उपस्थिति के कारण स्वाभाविक है। जैसे हाथी, मनुष्य, घोड़े, खच्चर और बैल। सभी अपनी-अपनी गति से चलते हुए, कभी स्वाभाविक कभी विवशता के कारण, क्योंकि इस प्रकार की यात्रा में कोई भी सबसे धीमी गति वाले से अधिक तेज़ नहीं चल सकता, और सबसे मन्द गति, स्पष्ट है बैलों की। बैल, अकस्मात चिन्तित होकर, सुभ्रो ने पूछा, बैल कहाँ हैं। उनका कोई अता-पता न था न ही उनके द्वारा ढोये जानेवाले सामान का, चारे के बंडल और पानी से भरा कुंडा। वे पीछे छूट गए होंगे, उसने सोचा, आश्वस्त, कि प्रतीक्षा करने के अतिरिक्त और कोई विकल्प नहीं था। उसने हाथी की पीठ से नीचे उतरने का सोचा, परन्तु थम गया। यदि उसे पुनः चढ़ना पड़ा और वह न कर पाया तो। यथार्थ में, हाथी अपनी सूँड़ द्वारा उठाकर अपने ऊपर बिठा लेगा। किन्तु उसके विवेक ने उसे समझाया कि हमें उन परिस्थितियों के बारे में अनुमान होना चाहिए जब जानवर, अपनी दुर्भावना, चिड़चिड़ेपन या हठ के कारण, पीठ पर बैठाने की सेवा से इनकार कर देता है। इसी कारण सीढ़ी लाई गई थी, हालाँकि यह विश्वास कर पाना कठिन था कि एक क्रुद्ध हाथी मात्र सहारा बनना स्वीकार करेगा और बिना किसी विरोध के महावत अथवा अन्य किसी भी व्यक्ति को अपने कंधों पर बैठने देगा। सीढ़ी तो मात्र औपचारिकता थी, गले में पहननेवाला तावीज़ या किसी संत की मूर्तिवाला तावीज़। इस परिस्थिति में वह सीढ़ी का प्रयोग नहीं कर सकता था क्योंकि वह उसी बैलगाड़ी पर लदी थी जो पीछे छूट गई थी।

सुभ्रो ने अपने एक सहायक को बुलाया ताकि वह घुड़सवार सैनिकों के कमान अधिकारी को सूचित कर सके कि उन्हें बैलगाड़ी के पहुँचने तक प्रतीक्षा करनी होगी। इसके अलावा, विश्राम घोड़ों के लिए अच्छा होगा, जबकि, सच तो यह था, उन्हें परिश्रम करने का अवसर ही नहीं मिला था, एक बार भी वे सरपट या दुलकी चाल नहीं चले थे, परन्तु मन्द गति से आगे बढ़ रहे थे। यह घुड़साल के मुखिया द्वारा हाल ही में की गई

वालादोलीद तक की यात्रा के विपरीत था, जिसकी यादें उनके साथियों के मस्तिष्क में ताज़ा थीं, शोभायात्रा के धुरन्धर जाँबाज़ सैनिक। घुड़सवार घोड़ों से उतर गए, पैदल व्यक्ति बैठ गए या भूमि पर लेट गए, और कइयों ने इस सुअवसर का लाभ लेते हुए झपकी ले ली। हाथी की पीठ पर सवार, महावत ने अब तक की यात्रा का जायज़ा लिया और चिन्ताग्रस्त हो गया। सूर्य की आसमान में ऊँचाई की स्थिति के अनुसार, वे लगभग तीन घंटे चल चुके थे, हालाँकि यह परिस्थिति का सकारात्मक पक्ष है क्योंकि समय का एक बड़ा भाग टेगस नदी में सालोमाँऊ के स्नान पर व्यतीत हो गया था, जो उसके मिट्टी में लोटने से बार-बार होता रहा था, जो हाथियों की प्रवृत्ति अनुसार, लम्बे अवधि के स्नान की अनिवार्यता का कारण है। स्पष्ट रूप से सालोमाँऊ उत्तेजित और तनावग्रस्त था, इसलिए उसके साथ धैर्य अथवा शान्ति से पेश आने की आवश्यकता थी। हमने एक घंटे से अधिक सालोमाँऊ की अठखेलियों पर व्यतीत कर दिया, महावत ने सोचा, और तब, समय पर विचार करने के पश्चात उसने अपना ध्यान दूरी पर केन्द्रित किया। हमने कितनी दूरी तय कर ली है? एक लीग[1] या दो, वह सोचने लगा। एक क्रूर सन्देह, एक मीमांसात्मक प्रश्न। यदि हम अभी तक प्राचीन यूनानी और रोमानी लोगों के मध्य रह रहे होते, तो हम कहते, व्यावहारिक ज्ञान की गम्भीरता से, कि उन दिनों रास्ते की दूरी नापने के मानक अनुसार स्टेडियम[2], मील[3] और लीग थे। स्टेडियम और मील के विभाजन फुट और क़दम को किनारे कर, हम लीग के विषय में सोचेंगे, जिस शब्द का सुभ्रो ने उपयोग किया था, उसमें क़दम अथवा फुट भी थे, जो हमें चिरपरिचित शब्दावली क्षेत्र के भीतर ही रखता है। सच तो है जो सभी जानते हैं कि लीग क्या होता है।

1. आज एक लीग 4.8280417 किलोमीटर के बराबर है।
2. एक किलोमीटर में 5.398 स्टेडियम होते हैं।
3. एक किलोमीटर में 0.621 मील होते हैं।

हमारे समकालिक एक व्यंग्य भरी मुस्कान के साथ कहेंगे। सबसे अच्छा उत्तर हम ही दे सकते हैं। वह यह कि हाँ, उन दिनों सभी जानते थे, परन्तु केवल उसी युग में जिसमें वे रहते थे। प्राचीन शब्द लीग या लेउगा का सबके लिए सभी युगों में एक ही अर्थ था, यथार्थ में सात हज़ार पाँच सौ फुट या एक हज़ार पाँच सौ रोमानी क़दम जो रोमानियों और प्रारम्भिक मध्यकालीन काल से लेकर आज के किलोमीटर और मीटर जिससे हम आज दूरी नापते हैं। क्रमश: पाँच और पाँच हज़ार से कम नहीं। हमें इसी प्रकार के माप के उदाहरण हर क्षेत्र में मिलते हैं। यदि आपको इस बात का प्रमाण चाहिए, तो अल्मूद[1] के बारे में सोचिए जो बारह कानादों में या अड़तालीस पाव में विभाजित किया जाता था, और जो लिस्बन में, लगभग साढ़े सोलह लीटर, के बराबर था, और पोरतू में पच्चीस लीटर के। यह सब वे कैसे कर पाए, उत्सुक और ज्ञान के भक्त पाठकगण पूछेंगे, हम ये सब कैसे समझ पाए, उस व्यक्ति ने पूछा जिसने सबसे पहले नाप-तौल की समस्या उठाई थी, इस प्रकार चालाकी से उत्तर देने से बच गया। अब, इस समस्या को इतनी गहराई से प्रस्तुत करने के पश्चात, हम एक क्रान्तिकारी निर्णय ले सकते हैं। जैसे, अन्य कोई विकल्प के अभाव में, महावत और उसके साथी, दूरी के विषय में बात करते रहेंगे अपने-अपने रिवाजों व समय के अनुसार, हम यह समझने के लिए, हम अपनी आधुनिक दूरी नाप का उपयोग करेंगे, जिसके द्वारा हम सम्परिवर्तन सारणी के निरन्तर प्रयोग से बच जाएँगे। ऐसा लगेगा मानो हम अपनी ही भाषा में एक फ़िल्म के उपशीर्षक लगा रहे हों, ऐसी धारणा जिसका सोलहवीं सदी में कोई अस्तित्व नहीं था, पात्रों द्वारा बोली जानेवाली भाषा की जानकारी के अभाव की भरपाई करने के लिए। हमारे पास, दो समानान्तर संवाद होंगे जो कभी नहीं मिलेंगे, एक यह, जिसे हम बिना किसी कठिनाई के समझ पाएँगे और दूसरा, वह जो इस क्षण से, मौनावस्था में रहेगा। एक रोचक हल।

1. प्राचीन पुर्तगाल में द्रव्य का माप। अरबी मूल का शब्द अल-मूद से उत्पन्न।

इन सभी विचार, गहन चिन्तन व मनन ने महावत को हाथी की पीठ से उतरने पर विवश कर दिया, वह सूँड़ पर से फिसलकर नीचे उतरा, और स्वेच्छा से घुड़सवारों की पलटन की ओर बढ़ा। कमान अधिकारी को ढूँढ़ना कठिन नहीं था। एक झिलमिलाता शामियाना निस्सन्देह किसी प्रतिष्ठित व्यक्ति को अगस्त की गर्मी की तपिश से छाया दे रहा था, इसलिए अनुमान लगाना सरल था। यदि झिलमिलाता शामियाना है तो उसके नीचे कमान अधिकारी होना निश्चित है। यदि कमान अधिकारी है तो उसकी सुरक्षा हेतु झिलमिलाता शामियाना होना अनिवार्य है। महावत के पास एक विचार था पर उसे यह नहीं मालूम था कि वह किस प्रकार उसे बातचीत में प्रस्तुत करे, परन्तु कमान अधिकारी ने उसका कार्य सरल कर दिया। वो बैल कहाँ रह गए उसने पूछा। मैंने उन्हें अभी तक देखा नहीं। श्रीमान, परन्तु वे किसी भी क्षण यहाँ पहुँच सकते हैं। आशा करता हूँ, महावत ने लम्बी साँस ली और उत्तेजित स्वर में रुँधे हुए गले से बोला, यदि आप मुझे आज्ञा दें, श्रीमान, तो मुझे एक विचार आया है। यदि तुम्हें विचार आ ही चुका है तो तुम्हें हमारी आज्ञा की क्या ज़रूरत है? आप सही कह रहे हैं श्रीमान, मेरे व्याकरण के उपयोग में हुई त्रुटि के लिए क्षमा करें। तो बताओ अपना विचार। मुख्य समस्या बैलों की है। हाँ, वे अभी तक नहीं पहुँचे।

मेरा मतलब है श्रीमान, कि यह समस्या बनी रहेगी उनके आ जाने के बाद भी, क्यों, क्योंकि बैल प्रवृत्ति से, मन्द गति के होते हैं श्रीमान। वो तो हमें मालूम है। मुझे एक भारतवासी द्वारा यह बतलाए जाने की आवश्यकता नहीं। यदि हमारे पास दो जोड़ी बैल और हों और उन्हें अपनी बैलगाड़ी के साथ जोत दिया जाए, तो हम सब एक साथ अधिक गति से बढ़ पाएँगे। विचार तो अच्छा लग रहा है। परन्तु हमें एक और जोड़ी बैल प्राप्त कहाँ से होंगे? आसपास गाँव हैं श्रीमान। कमान अधिकारी की त्योरी चढ़ गई। उसे ज्ञात था कि वास्तव में आसपास गाँव थे जहाँ से वे एक जोड़ी बैल ख़रीद सकते थे। ख़रीदना ही क्यों, उसने सोचा, हम राजा के नाम पर बैलों का

अधिग्रहण कर लेंगे, और वालादोलीद से वापसी पर, उन्हें यहाँ छोड़ जाएँगे, उसी अवस्था में जिस अवस्था में वे अभी हैं। उसी क्षण, हल्ला मच गया। बैलों को आते देख लिया गया था। सभी ने तालियाँ बजाईं और हाथी ने भी सूँड़ उठाकर उल्लास प्रकट किया। उसकी कमज़ोर दृष्टि अपने चारे के बंडल दूर से देख नहीं पाई, परन्तु उसके विशाल पेट की गुड़गुड़ाहट ने बताया कि उसने कई घंटों से नहीं खाया था। किन्तु इसका यह मतलब भी नहीं कि एक स्वस्थ हाथी को इनसान की तरह नियमित समय पर खाना पड़ेगा। भले ही यह विचित्र लगे, एक हाथी लगभग दो सौ लीटर पानी एक दिन में पी लेता है और डेढ़ सौ से तीन सौ किलो चारा चट कर जाता है। इसलिए हमें उसे गले में नैपकिन डाले टेबल पर बैठा तीन बार भोजन कराने की कल्पना नहीं करनी चाहिए, नहीं, हाथी को जो भी, जहाँ भी, जितना भी मिले खा लेता है। और उसका यही नियम है कि वह कुछ भी ऐसा नहीं छोड़ना चाहिए जिसकी बाद में आवश्यकता पड़े। उसे बैलों के पहुँचने की आधा घंटा प्रतीक्षा करनी पड़ी। इस बीच, कमान अधिकारी ने शामियाना गाड़ने का आदेश दिया। पहले उनको धूप से सुरक्षित एक स्थान ढूँढ़ना था ताकि सैनिक और नागरिक गर्मी से झुलस न जाएँ। लगभग पाँच सौ मीटर की दूरी पर पोपलार वृक्षों का झुरमुट था, सब उसी ओर बढ़ गए। छाँव अधिक नहीं थी, परन्तु नक्षत्रों के राजा की गोलाकार धातु के नीचे झुलस जाने से तो बेहतर था।

जो व्यक्ति इस क़ाफ़िले में आवश्यकता पड़ने पर काम करने आए थे, जिनकी बहुत कम, लगभग, नहीं के बराबर, आवश्यकता पड़ी थी, उनके पास एक ही प्रकार का भोजन था उनके थैलों और पोटलियों में, एक बड़ा डबलरोटी का टुकड़ा, कुछ सूखी मछली, कुछ सूखी अंजीर, एक टुकड़ा बकरी के दूध से बना पनीर जो पत्थर समान कड़ा हो जाता है और जिसे, चबाने के बजाय शान्ति से कुतरना पड़ता है। इस प्रकार आप उसका अधिक समय तक आनन्द उठा सकते हैं। जहाँ तक सैनिकों का प्रश्न है। उनका निजी प्रबन्ध था। एक घुड़सवार सैनिक को, जिसके पास नंगी तलवार या

भाला हो, चाहे शत्रु के पीछा करते सरपट भागे या साधारण रूप से एक हाथी को वालादोलीद तक पहुँचाने जाए, राशन की कोई चिन्ता नहीं होती। उसे इस बात से कोई मतलब नहीं कि भोजन कहाँ से आता है या कौन बनाता है। महत्त्वपूर्ण केवल यह है कि उसकी थाली भरी हो, और सूप खाने योग्य हो। छिटपुट झुंडों में सभी, सालोमाँऊ के अलावा, भक्षण अथवा निगरण गतिविधियों में मगन थे। सुभ्रो, महावत, ने दो बंडल चारा ले जाने का आदेश दिया जहाँ सालोमाँऊ अपनी बारी की प्रतीक्षा कर रहा था। इसे खुला छोड़ दें, आवश्यकता पड़ने पर, उसे एक और बंडल दे दिया जाए, उसने कहा। बहुत लोग निस्सन्देह इन बारीकियों से किए गए वर्णन पर आपत्ति जताएँगे, परन्तु यह एक बहुत उपयोगी उद्देश्य है। यात्रा के भविष्य के बारे में सुभ्रो के मन को एक सकारात्मक निष्कर्ष तक पहुँचाने के लिए ये प्रोत्साहित करेगा, यदि सालोमाँऊ दिन में कम-से-कम तीन या चार बंडल खा लेता है। उसने सोचा, तो बैलगाड़ी पर बोझ धीरे-धीरे कम होता जाएगा, और यदि हमें एक जोड़ी बैल और मिल जाते हैं तब, जब बहुत सारे पहाड़ हमारे रास्ते आएँगे, हमें कोई रुकावट नहीं आएगी।

अच्छे विचारों के साथ ऐसा ही होता है। और, कभी-कभी, बुरे विचारों के साथ, जैसे डेमोक्रेट्स के अणु या एक टोकरी में चैरी, वे सभी एक-दूसरे से जुड़ी हुई होती हैं। जब सुभ्रो ने बैलों द्वारा एक पहाड़ के ऊपर गाड़ी खींचने की कल्पना की, उसे अहसास हुआ कि क़ाफ़िले के मूल संयोजन में भूल हो गई है। जिसे अब तक की यात्रा के दौरान सुधारा नहीं गया है। एक भूल जिसके लिए वह स्वयं को दोषी मानने लगा। तीस लोग जो सहायक के रूप में साथ आए थे, और जिन्हें एक-एक करके गिनने का कष्ट सुभ्रो ने उठाया था, उन्होंने लिस्बन से यात्रा आरम्भ होने के पश्चात कोई कार्य नहीं किया था, गाँवों में सुबह सैर पर जाने के अलावा। बैलगाड़ी के दो व्यक्ति चारे के बंडल खोलने व सालोमाँऊ तक घसीटने में सक्षम हैं। आवश्यकता पड़ने पर, वह भी उनकी सहायता कर सकता था। मैं क्या करूँ? उन्हें लौटा

दूँ और ज़िम्मेदारी से मुक्त हो जाऊँ, सुभ्रो ने चिन्तन किया। वह एक अच्छा विचार होता यदि उससे बेहतर कोई विचार न होता। इस विचार से महावत के चेहरे पर एक मुस्कान खिल उठी। उसने चिल्लाकर सभी को अपने इर्द-गिर्द इकट्ठा कर लिया, कुछ तो अभी तक अपनी अन्तिम अंजीर चबा रहे थे, और उसने बोलना आरम्भ किया। इस क्षण से, आपको दो समूहों में विभाजित किया जाएगा, बैलगाड़ी को धक्का लगाने या खींचने के लिए, क्योंकि पशुओं के ऊपर अत्यधिक बोझ है। इसके अलावा, वे प्रवृत्ति से ही मन्द हैं। तो हर दो किलोमीटर पर, समूह अदला-बदली करेंगे, और यही आप लोगों का मुख्य कार्य होगा वालादोलीद पहुँचने तक। बुदबुदाहट हुई जिससे अप्रसन्नता का आभास हुआ, परन्तु सुभ्रो ने अनसुना कर दिया और बोलना जारी रखा। प्रत्येक समूह का एक नेता होगा, जो समूह के अच्छे परिणामों के बारे में मुझे सूचित करेगा, अनुशासन रखेगा और सामूहिक एकता बनाए रखेगा जो सामूहिक कार्यों के लिए अति आवश्यक होती है। उसके बोलने का अन्दाज़ लोगों को नहीं भाया, क्योंकि वही सुगबुगाहट पुन: सुनाई दी। बढ़िया, सुभ्रो बोला, यदि किसी को मेरे सुझाव पर कोई आपत्ति है तो वह कमान अधिकारी के पास जा सकता है। जो राजा का प्रतिनिधि होने के नाते, सर्वोच्च अधिकारी है। भीड़ में सन्नाटा छा गया, सुगबुगाहट के स्थान पर पैरों की भगदड़ मच गई। सुभ्रो ने पूछा, दल के नेता बनने के लिए कोई स्वयंसेवक आगे आना चाहेगा? तीन हाथ ऊपर उठे, महावत ने समझाया, मुझे दो स्वयंसेवक चाहिए, तीन नहीं। तीसरा हाथ नीचे खिंच गया और ओझल हो गया, दूसरे खड़े रहे। तुम और तुम, सुभ्रो बोला, अपने सदस्य चुनो, पर एक समान होने चाहिए, ताकि दोनों समूहों की क्षमता बराबर हो, अब तुम सब जाओ, मुझे कमान अधिकारी से बात करनी है।

ऐसा करने से पहले उसे अपने एक सहायक से बात करनी पड़ी, जो उसे यह बताने आया था कि उसने एक बंडल चारा खोल दिया, परन्तु सालोमाँऊ ने लगता है अधिक खा लिया है। और सोना चाहता है। मुझे कोई

आश्चर्य नहीं है। उसने अच्छी तरह खा लिया है और अब उसके सोने का समय है। समस्या यह है कि उसने लगभग कुंडे का सारा पानी पी लिया है। बिलकुल, इतना खाने के पश्चात यह स्वाभाविक है। हम बैलों को नदी पर ले जा सकते हैं। कोई रास्ता तो अवश्य होगा, वह इस नदी का जल नहीं पीएगा, यह अभी तक खारा है। तुम्हें कैसे मालूम, एक सहायक ने पूछा, क्योंकि सालोमाँऊ ने उस नदी में अनेकों बार स्नान किया है। अन्तिम बार तो बिलकुल उसके पास, पर उसने एक बार भी अपनी सूँड़ पानी पीने के लिए नहीं डाली। यदि समुद्र का पानी यहाँ तक आता है तो इसका यही मतलब है कि हमने कितनी कम दूरी तय की है। सच है। पर मैं तुम्हें आश्वासन देता हूँ कि हम आगे से तीव्र गति से बढ़ेंगे, यह एक महावत का वादा है। अपना यह वादा कर, वह कमान अधिकारी से मिलने निकल गया। उसने उसे घने पोपलार की छाँव के नीचे सोते पाया, एक अच्छे सैनिक की हल्की नींद, हल्की हलचल होने पर अपने शस्त्र उठाने के लिए तैयार। दो रक्षक पहरा दे रहे थे, जिन्होंने एक संकेत द्वारा, सुभ्रो को थमने की आज्ञा दी। सुभ्रो ने अपना हाथ उठाकर संकेत दिया कि वह समझ चुका है और प्रतीक्षा करने के लिए ज़मीन पर बैठ गया। कमान अधिकारी आधे घंटे बाद उठा, अँगड़ाई ली जम्हाई ली, दुबारा अँगड़ाई और जम्हाई ली, तब तक उसे लगा कि वह पूरी तरह जग चुका है। हालाँकि, उसे महावत को दो बार देखना पड़ा, उसने रुख़ाई से कहा, अब क्या चाहिए, अब यह मत कहना कि तुम्हारे पास और विचार हैं। मेरे पास भी हैं। श्रीमान, जल्दी बोलो, मैंने लोगों को दो समूहों में बाँट दिया है। जो हर दो किलोमीटर पर, बैलों की सहायता के लिए काम की अदला-बदली करेंगे। इसका मतलब है पन्द्रह लोग बैलगाड़ी को धक्का लगाएँगे, इस तरह आपको यक़ीनन अन्तर दिखाई देगा।

अच्छा विचार है। निस्सन्देह, कंधों पर रखी तुम्हारी ये खोपड़ी वास्तव में काम की चीज़ है और मेरे घोड़ों को भी अन्तर अनुभव होगा, वे भी यदा-कदा क़दमताल कर पाएँगे, परेड मैदान में चलने के स्थान पर। जी हाँ,

श्रीमान मुझे भी यही लगा। तुम्हारे चेहरे को देखकर लगता है कि और भी कुछ सोचा है। है ना, कमान अधिकारी ने प्रश्न किया। जी हाँ, श्रीमान, सोचा है। चलो बताओ। मुझे लगता है कि हमें अपने क्रिया-कलाप को सालोमाँऊ की ज़रूरतें और आदतों के अनुसार ढाल लेने चाहिए। उदाहरण के लिए, अब वह सो रहा है। यदि हम उसे जगा देते हैं तो वह बहुत चिड़चिड़ा हो जाएगा और हमारे लिए समस्या खड़ी करेगा। पर वह खड़े-खड़े कैसे सो सकता है? कमान अधिकारी ने हैरान होकर प्रश्न किया। वह कभी-कभी ही लेटकर सोता है। परन्तु अक्सर वह खड़े-खड़े ही सोता है। मुझे नहीं लगता कि मैं हाथियों को कभी समझ पाऊँगा। मैं तो जन्म से ही हाथियों के साथ काम कर रहा हूँ और अब तक उन्हें समझ नहीं पाया। ऐसा क्यों? शायद इसलिए कि हाथी एक पशु से बढ़कर कुछ है। इतनी बातचीत काफ़ी है। परन्तु मेरे पास एक और विचार है श्रीमान! और विचार, कमान अधिकारी ने हँसते हुए कहा, तुम एक साधारण महावत नहीं हो, तुम विचारों की एक खान हो। आपकी कृपा है श्रीमान, तुम्हारे करिश्माती मस्तिष्क ने और क्या पैदा किया है। मैंने सोचा कि बैलगाड़ी गति ही निर्णायक होगी, तो बेहतर यही होगा यदि आप अपने सैनिकों के साथ क़ाफ़िले के पीछे चलें, बैलगाड़ी सबसे आगे चलकर पूरे क़ाफ़िले की गति तय करे, उसके पीछे मैं और हाथी, पैदल टुकड़ी और क्वार्टर मास्टर की गाड़ी। बहुत बढ़िया, इसे कहते हैं सुझाव। जी हाँ, मैंने भी यही सोचा। बहुत घटिया सुझाव मेरी नज़र में। क्यों, सुभ्रो ने पूछा। स्तब्ध, उसे नहीं पता था कि एक अधिकारी से सीधा प्रश्न करना अपमानजनक होता है। एक बड़ा अपराध, सीधा स्पष्ट सवाल करना। क्योंकि मुझे और मेरे सैनिकों को तुम सबके पैरों से उठती धूल चाटनी पड़ेगी। ओह, यह तो बुरा हुआ, मुझे इसके बारे में सोचना चाहिए था जो मैंने नहीं किया, श्रीमान, मैं आपसे भीख माँगता हूँ, आपको सभी संतों का वास्ता, मुझे क्षमा करें। तो अब हम कभी-कभी द्रुत गति से आगे चलेंगे और आप सबके पहुँचने की प्रतीक्षा करेंगे। जी, श्रीमान, यह एक उत्तम सुझाव है।

क्या मैं अब जा सकता हूँ, सुभ्रो ने पूछा। रुको, मैं तुम्हारे साथ दो अन्य विषयों पर बात करना चाहता हूँ। पहला यह, यदि तुमने दुबारा इस अन्दाज़ में सवाल पूछा जैसा तुमने अभी किया, तो मैं तुम्हारी पीठ पर अच्छी तरह कोड़े मारने का आदेश दूँगा। जी, श्रीमान, सर झुकाए, सुभ्रो ने बुदबुदाकर कहा, और दूसरा विषय, तुम्हारे कंधों पर टिकी इस खोपड़ी और इस यात्रा से सम्बन्धित है जो अभी आरम्भ हुई है। मैं यह जानना चाहता हूँ, क्या तुम्हारे मस्तिष्क में कुछ उपयोगी विचार बाक़ी हैं। क्या तुम हमें सदा यहीं टिकाए रखोगे, हमेशा-हमेशा के लिए, सदियों तक। सालोमाँऊ अभी तक सो रहा है श्रीमान। इसका मतलब यह है कि हम हाथी पर निर्भर हैं। ऐसा है क्या, कमान अधिकारी ने पूछा, थोड़ा चिढ़कर, थोड़ा मज़े लेते हुए। नहीं, श्रीमान, आपको याद होगा कि मैंने आप सबसे अपने आपको व्यवस्थित होने के लिए कहा था, और मैं स्वीकार करता हूँ कि मुझे नहीं मालूम कि यह वाक्य मुझे कैसे आया। सालोमाँऊ की ज़रूरतें और आदतें, मतलब, कमान अधिकारी ने पूछा। वह अपना धैर्य खो रहा था, सालोमाँऊ को, अच्छे हाल में रहने के लिए, और उसे अच्छी सेहत के साथ ऑस्ट्रिया के आर्चदुक को सौंपने के लिए, गर्मी में उसको विश्राम की आवश्यकता है। ठीक है। कमान अधिकारी ने कहा, आर्चदुक का नाम सुनकर वह तनिक सावधान हो गया, परन्तु वास्तव में उसने विश्राम के अलावा पूरे दिन कोई और काम नहीं किया है। आज का दिन तो किसी गिनती में नहीं आता श्रीमान, यह पहला दिन है। जैसा कि सब जानते हैं। पहले दिन कुछ भी अच्छा नहीं होता। तो हमें क्या करना चाहिए? हमें दिन को तीन भागों में विभाजित करना चाहिए। पहला, प्रभात समय, तीसरा, सूर्यास्त तक, ताकि हम जितनी जल्दी हो सके आगे बढ़ सकें, दिन का दूसरा भाग, जो अब चल रहा है। खान-पान और विश्राम के लिए होना चाहिए! यह एक अच्छी योजना लगती है। कमान अधिकारी ने कहा, एक विनम्र अन्दाज़ अपनाते हुए।

इस अन्दाज़ में परिवर्तन ने महावत को हौसला दिया वह विचार व्यक्त करने का जो उसे पूरे दिन खाए जा रहा था, इस यात्रा के बारे में एक बात

है श्रीमान, जो मुझे समझ नहीं आ रही। कौन सी बात? इस यात्रा में हमें एक भी व्यक्ति नहीं दिखा और यह, मेरे विचार में, अस्वाभाविक है। तुम्हें ग़लतफ़हमी हुई है। हम काफ़ी लोगों से मिले हैं, दोनों दिशाओं से। तो मैं उन्हें क्यों नहीं देख पाया, सुभ्रो ने पूछा, आश्चर्यपूर्ण आँखों से। तुम हाथी को स्नान करवा रहे थे। तो आप यह कहना चाहते हैं कि जब-जब लोग गुज़रते थे तब-तब सालोमाँऊ स्नान कर रहा होता था। मुझे दोहराने पर विवश मत करो, विचित्र संयोग है। ऐसा लगता है मानो सालोमाँऊ दिखना नहीं चाहता था, सम्भव है। हाँ, परन्तु हम तो यहाँ काफ़ी घंटों से हैं। और कोई यहाँ से नहीं गुज़रा, इसका कारण यह है कि लोग दूर से हाथी को देखते हैं। भूत जैसे, और उलटे पाँव वापस चले जाते हैं। या दिशा बदल लेते हैं। शायद यह सोचते हुए कि सालोमाँऊ को शैतान ने भेजा है। बड़ी विचित्र बात है। क्यों, मैंने यह भी सोचा था कि राजा ने सड़कों को ख़ाली करवाने का आदेश दिया था। तुम इतने महत्त्वपूर्ण नहीं हो। जी, मैं नहीं हूँ, लेकिन सालोमाँऊ तो है। अधिकारी ने मौन रहना बेहतर समझा और बोला, जाने से पहले, मैं तुमसे कुछ पूछना चाहता हूँ। जी, पूछिए। तुम्हें याद है। अभी इस क्षण, तुमने सभी संतों की क़सम खाई थी। जी हाँ, श्रीमान। क्या इसका मतलब है कि तुम ईसाई हो? सोच-समझकर उत्तर देना। लगभग, श्रीमान, लगभग।

आसमान में पूर्ण चन्द्रमा, अगस्त मास की चाँदनी रात थी। सब लोग सो रहे हैं। पहरा दे रहे दो घुड़सवार चौकीदारों के अलावा, जो पूरे ख़ेमे का चक्कर लगा रहे थे, लगाम की खनखनाहट के अलावा कुछ सुनाई नहीं पड़ता, पूरा क़ाफ़िला गहरी निद्रा में था। वे इस विश्राम के अधिकारी भी थे। हालाँकि, दिन के पहले भाग में, बैलगाड़ी को धक्का लगानेवालों ने अपने आलसी होने और कुछ न कर सकनेवालों की बुरी छवि प्रस्तुत की थी, पर उन्होंने बड़ी लगन के साथ काम किया था और स्वयं को एक सच्चा कामगार प्रमाणित कर दिया था। यह सच है कि मैदानी इलाक़ा होने के कारण उनका काम सरल हो गया था, परन्तु यह दावे के साथ कहा जा सकता है कि बैलगाड़ी के पूरे इतिहास में पहले कभी ऐसा दिन नहीं आया था। यात्रा के पहले साढ़े तीन घंटों में, लघु विश्राम के बावजूद, उन्होंने सत्रह किलोमीटर दूरी तय कर ली थी। यह आँकड़ा कमान अधिकारी ने महावत सुभ्रो के साथ बातचीत करके तय किया था, जिसने सोचा कि दूरी कम तय हुई है और बेहतर होगा कि स्वयं को किसी ग़लतफ़हमी में न रखा जाए। कमान अधिकारी सहमत नहीं था, उसका मानना था कि इससे उनके सैनिक उत्साहित होंगे, क्या फ़र्क़ पड़ता है यदि हमने चौदह किलोमीटर की दूरी तय की है। बाक़ी के तीन हम कल तय कर लेंगे, और अन्त में सब सही हो जाएगा, तुम देख लेना। महावत ने उसे समझाना त्याग दिया। मैंने सब कुछ किया, उसने सोचा, यदि कमान अधिकारी की झूठी गणना ही मान ली जाती है तो उससे हमारी यात्रा की

असलियत नहीं बदल जाती। हाँ, सुभ्रो, तुम्हें अधिकारी से बहस नहीं करना सीखना चाहिए।

जब वह उठा तो उसे लगा कि सोते समय उसके पेट में तीव्र पीड़ा का अनुभव हो रहा था, यद्यपि उसे लगता था कि ऐसा दुबारा नहीं होगा, उसके भीतर अजब बेचैनी थी, उसकी आँतों में गुड़गुड़ हो रही थी, अकस्मात वह फिर से होने लगी, वही चुभन। वह शीघ्र उठा, पहरेदार को संकेत द्वारा सन्देश दिया कि उसे ख़ेमे से दूर जाने की आवश्यकता है और उस ढलान की चोटी पर उगे वृक्षों के घने झुरमुट की ओर चल दिया जहाँ उन्होंने पड़ाव डाला था, ढलान इतनी हल्की मानो वे एक शैया पर लेटे हों जिसका तकिये वाला सिरा हल्के से ऊँचा उठा दिया गया हो। वह समय पर लौट आया। हम अपनी निगाहें हटा लेते हैं। अब जब वह अपने वस्त्र बदल रहा है। जो, चमत्कारी रूप से, अभी तक मैले नहीं हुए हैं। हम आशा करते हैं कि वह सर उठाकर वह दृश्य देख ले जिसे हम पहले ही देख चुके हैं। वह अगस्त की शानदार चाँदनी से नहाया हुआ गाँव जो वहाँ का हर नज़ारा रेखांकित कर रही थी, हर साये को सौम्य बना रही थी और साथ-ही-साथ, जहाँ भी निर्विरोध फैल रही थी उन स्थानों को आलोकित कर रही थी। जिस चेतावनी की हमें प्रतीक्षा थी अन्ततः वह सुनाई पड़ गई, एक गाँव दिखाई दिया, एक गाँव। थकान के कारण, किसी को ढलान पर चढ़कर दूसरी ओर देखना याद नहीं रहेगा, निस्सन्देह एक गाँव दिखाई पड़ना अच्छा लगता है। यदि यह नहीं तो कोई और, परन्तु वहाँ एक जोड़ी ताक़तवर बैल मिल पाना असम्भव लगता है। अपने लघुशंका के कार्य को समाप्त करके, महावत ने स्वयं को मुट्ठी भर हरी झाड़ियों से अच्छी तरह साफ़ किया, उसका भाग्य अच्छा था कि उसमें तिनके, जिन्हें खरपतवार भी कहा जाता है, नहीं थे। क्योंकि उनकी चुभन के कारण वह संत वीटस[1] के शिकार के समान कूद-कूदकर नाचने

1. एक न्यूरोलॉजिकल विकार।

लगता, इतनी बुरी तरह से वे उसकी कोमल निचली लेश्मा झिल्ली में जलन पैदा कर देते। एक घने बादल ने चाँद को छिपा लिया, गाँव अन्धकार में डूब गया, मानो वह आसपास के अँधेरे में स्वप्न के समान ग़ायब हो गया हो। इससे कोई अन्तर नहीं पड़ता, सूर्य अपने समय अनुसार ही उदय होता और उस अस्तबल का रास्ता उज्ज्वल करता है। जहाँ जुगाली करते हुए बैलों को आभास हो चुका था कि उनका जीवन बदलनेवाला था। सुभ्रो घने वृक्षों से वापस लौटकर क़ाफ़िले के बाक़ी लोगों में शामिल हो गया। रास्ते में, उसने सोचा, यदि कमान अधिकारी अभी जग रहा होगा, तो यह जानकारी उसे पूरे विश्व की सन्तुष्टि प्रदान करेगी। नक्षत्रों की शब्दावली में कहा जाए तो गाँव की खोज का श्रेय मुझे मिलेगा, वह बुदबुदाया। क्योंकि व्यर्थ भ्रम में बने रहने का कोई लाभ नहीं था। बची-खुची रात के दौरान, अन्य लोगों को लघुशंका जाने की आवश्यकता पड़ सकती है।

वृक्षों के घने झुरमुट ही ऐसे स्थान थे जहाँ वे दिखाई दिये बिना काम को अंजाम दे सकते थे। यदि मान लिया जाए कि ऐसा न हो, तो सुबह होने तक प्रतीक्षा करनी पड़ेगी। जब हम अपनी अँतड़ियों और मूत्राशय का आज्ञा पालन करते लोगों का एक जुलूस देखेंगे, इसमें विस्मय की कोई बात नहीं है क्योंकि अन्त में हम सब पशु ही तो हैं। इन भावों के साथ, महावत ने उस स्थान का निरीक्षण करने का निश्चय किया जहाँ कमान अधिकारी सो रहा था, जो कभी कहा नहीं जा सकता, क्योंकि कभी-कभी लोगों को नींद न आने की बीमारी होती है या कभी-कभी वे स्वप्न में स्वयं को मृत देखकर घबराए हुए उठ जाते हैं या खटमल के द्वारा काट खाए जाने पर, उनमें से एक जो कम्बल के किनारों में छिप जाते हैं। सुप्त व्यक्ति का रक्त चूसने आ जाते हैं। यह जान लीजिए कि खटमल रक्त-आधान का अप्रत्याशित आविष्कारक था। आशा के विपरीत। कमान अधिकारी सो रहा था, सो ही नहीं रहा था, बल्कि खर्राटे ले रहा था। एक पहरेदार महावत से पूछने आया कि वह वहाँ क्या कर रहा था, सुभ्रो ने उत्तर दिया कि उसे कमान अधिकारी को एक सन्देश देना

है। परन्तु यदि उसे यह पता चले कि वह सो रहा था, वह लौट जाएगा। यह समय किसी को सन्देश देने का नहीं है। सुबह की प्रतीक्षा करो। अत्यावश्यक है, महावत ने उत्तर दिया। परन्तु, हाथी दर्शन के अनुसार, जो नहीं हो सकता, वह नहीं हो सकता, यदि तुम सन्देश मुझे देना चाहो तो दे दो, मैं उसके उठने के तुरन्त बाद उसे दे दूँगा। महावत ने सभी सम्भावनाओं के बारे में विचार किया और इस निर्णय पर पहुँचा कि इस पहलू पर दाँव लगाना सही होगा। यदि पहरेदार ने कमान अधिकारी को गाँव के बारे में बता दिया, जब, सूर्य की पहली किरण के साथ ही हल्ला मच गया। अलवीस्सराश[1] (शुभ समाचार), अलवीस्सराश, यहाँ एक गाँव है। जीवन के कठोर अनुभवों ने हमें सिखाया है कि मनुष्य को प्रकृति पर अधिक विश्वास नहीं करना चाहिए। आगे, हम यह भी सीखेंगे कि हमें घुड़सवारों पर भी अधिक भरोसा नहीं करना चाहिए, जहाँ तक एक भेद को गुप्त रखने की बात है।

इस प्रकार, महावत के पुन: सो जाने से पहले ही, दूसरे पहरेदार को भनक लग गई थी, कुछ पलों के अन्दर, आसपास सो रहे सैनिकों को भी मालूम हो गया। अत्यधिक प्रसन्नता की लहर दौड़ गई, एक सैनिक ने तो यहाँ तक सुझाव दे डाला कि गाँव के बारे में प्राथमिक जानकारी एकत्र की जानी चाहिए, जो स्रोत की सत्यता के आधार पर, सुबह बनाई जानेवाली आगे की कार्यनीति को सशक्त करेगी। कमान अधिकारी के उठ जाने के भय से और, उसके द्वारा किसी भी सैनिक को वहाँ न पाकर, या इससे भी बदतर, कुछ को पा और अन्य को न पाकर, उन्हें इस आशाजनक अभियान को स्थगित कर देना पड़ा। पल बीतते गए, पूर्व में रोशनी की किरण ने एक चमकीले द्वार की गोलाकार रूपरेखा प्रस्तुत की जहाँ से सूर्य का प्रवेश होनेवाला था, इसी बीच, दूसरी तरफ़, चाँद धीरे-धीरे एक अन्य रात की बाँहों में समाता चला जा रहा था। हम सब इसी में व्यस्त थे, उजागर होने के पल को सरकाते

1. प्राचीन पुर्तगाली भाषा में अरबी शब्द अल-बुशरा जो विलुप्त हो चुका है।

जा रहे थे, आत्मचिन्तन में डूबे विचार कर रहे थे कि समस्या का क्या कोई अन्य नाटकीय हल निकल सकता है। या, जो सोने पर सुहागा सिद्ध हो, कोई सांकेतिक शक्ति वाला, तभी एक चीख़ गूँज उठी, एक गाँव है यहाँ। जब हम अपनी ही करनी में व्यस्त थे, हम यह न देख पाए कि एक व्यक्ति उठकर ढलान पर चढ़ गया था, परन्तु अब हम उसे वृक्षों में स्पष्ट देख सकते हैं। हम उसे विजयी सूचना दोहराते हुए सुन सकते हैं। जबकि वह अलवीस्सराश शब्द का प्रयोग नहीं करता, जिनकी हमने कल्पना की थी, ओ गाँव, यहाँ एक गाँव है। ये शब्द थे कमान अधिकारी के। भाग्य, जब इसकी इच्छा होती है। उस भगवान से अच्छी या बेहतर होती है जो टेढ़ी-मेढ़ी पंक्तियों में सीधा सटीक लिखता है। अपने कम्बल पर बैठे-बैठे, सुभ्रो ने सोचा, इससे भी बदतर हो सकता था, वह कह सकता था कि वह आधी रात को उठा था और गाँव देखनेवाला वह पहला व्यक्ति था। वह कमान अधिकारी द्वारा तिरस्कार से पूछने का ख़तरा मोल लेगा। हम जानते हैं कि वह कहेगा, क्या कोई गवाह है तुम्हारे पास, और वह उत्तर देगा, दुम पैरों के बीच दबाकर, नहीं श्रीमान, मैं अकेला ही था। तब तुमने सपना देखा होगा। न, केवल मैंने सपना ही नहीं देखा, बल्कि मैंने ही इसकी सूचना आपके पहरेदार को भी दी ताकि वह आपके उठने पर आपको बता सके। मेरे किसी सैनिक ने इस विषय में कुछ नहीं बताया, परन्तु आप तो उससे बात कर सकते थे, मैं आपको बता सकता हूँ कि वह कौन था। कमान अधिकारी ने इस प्रस्ताव के लिए सकारात्मक प्रतिक्रिया नहीं दी। यदि हाथी को चलाने के लिए हमें तुम्हारी आवश्यकता न होती तो मैं तुम्हें लिस्बन भेज देता। पहले आप अपनी स्थिति के बारे में सोचिए। तो तुम मेरा विरोध कर रहे हो, मैं तुम्हें इसके परिणाम के बारे में सोचने के लिए छोड़ता हूँ, क्या तुम भारत निर्वासित होना चाहते हो।

अधिकारिक तौर पर किसने गाँव को पहले देखा इस प्रश्न का हल निकालकर, कमान अधिकारी महावत की तरफ़ पीठ कर मुड़ने ही वाला था

जब महावत ने कहा, इसका कोई महत्त्व नहीं है। महत्त्व तो इस बात का है कि गाँव के पास एक जोड़ी अच्छे बैल हों। हमें शीघ्र पता लग जाएगा, इस दौरान, तुम अपने काम से काम रखो और बाक़ी मुझ पर छोड़ दो। आप नहीं चाहते कि मैं गाँव जाऊँ, श्रीमान, सुभ्रो ने पूछा। नहीं, मैं नहीं चाहता, मैं सार्जेंट और बैलगाड़ी चालक को अपने साथ ले जाऊँगा। सुभ्रो ने सोचा, कम-से-कम अबकी बार, कमान अधिकारी सही था। यदि किसी को स्वाभाविक अधिकार था तो, वह था बैलगाड़ी चालक। कमान अधिकारी, सार्जेंट और क्वार्टर मास्टर के आदमियों को आज्ञा देने में व्यस्त था, वह चाहता था कि वे सैनिकों और हृष्ट-पुष्ट बैलगाड़ी चालकों को भोजन उपलब्ध कराया जाए, क्योंकि यदि वे सूखी अंजीर और फफूँदी लगी डबलरोटी पर ही निर्भर रहते तो उनकी शक्ति क्षीण पड़ सकती थी। शर्म आनी चाहिए उनको, जिन्होंने इस यात्रा का आयोजन किया, राजदरबार के बड़े लोग सोचते हैं कि हम हवा खाकर जीवित रहते हैं। वह दाँत पीसते हुए बुदबुदाया। ख़ेमा उखाड़ा जा चुका था, कम्बलों को लपेटा जा रहा था, औज़ारों को सँभाला जा रहा था, जो बहुत बड़ी संख्या में थे, उनमें से अधिकतर कभी उपयोग में नहीं लाए जाएँगे, जब तक हाथी किसी गहरी खाई में नहीं गिर जाता और उसे निकालने के लिए गरारी का प्रयोग किया जाता। कमान अधिकारी की योजना आगे बढ़ने की थी, एक जोड़ी नये बैलों सहित या उनके बिना। उसके गाँव वापस लौटते ही सूर्य क्षितिज से ऊपर उठ चुका था और दिन निकल आया था, आसमान में कुछ बादल तैर रहे थे। आशा है कि इतनी गर्मी न हो जाए जिससे हमारी मांसपेशियाँ ही पिघल जाएँ, और ऐसा आभास हो कि त्वचा पर आपका पसीना उबलने ही वाला है। कमान अधिकारी ने बैलगाड़ी चालक को बुला भेजा, उसे समझाया कि वे आगे क्या करनेवाले थे और उसको बैलों पर अच्छी तरह नज़र डालने के लिए कहा, यह सोचकर कि वे वहाँ उपस्थित थे, क्योंकि उन्हीं के ऊपर इस क़ाफ़िले की गति और शीघ्र लिस्बन वापसी आधारित थी। बैलगाड़ी चालक ने दो बार कहा, जी, श्रीमान।

इसलिए नहीं कि उसे परवाह थी, वह तो लिस्बन में रहता भी नहीं था, वह रहता था समीपवर्ती गाँव में जिसका नाम मेम मरतींश या इससे कुछ मिलता-जुलता। चूँकि बैलगाड़ी चालक घुड़सवारी नहीं जानता था, एक जीवन्त उदाहरण, जैसा कि आप देख सकते हैं। अति विशेषज्ञता के नकारात्मक परिणाम, वह कठिनाई से घोड़े पर सवार हुआ और सार्जेंट के पीछे चल दिया। अत्यन्त धीमी आवाज़ में बुदबुदाते हुए, हे अनन्त, हमारे पिता परमेश्वर, एक प्रार्थना जिसमें, ऋण माफ़ करनेवाला भाग उसका विशेष रूप से पसन्दीदा था। समस्या, जो सदा बनी रहती ही है। जो सदा अपने अस्तित्व का अहसास दिलाती रहती है ताकि हमें जानवर की प्रकृति समझने में भ्रम न हो। अगली पंक्ति कहती है कि ईसाई होने के कारण हमें अपने क़र्ज़दारों को क्षमा कर देना चाहिए। इसका कोई अर्थ नहीं निकलता, एक चीज़ नहीं तो दूसरी होनी चाहिए। बैलगाड़ी चालक भुनभुनाया, यदि कुछ लोग ऋण चुका देते हैं और अन्य लोग नहीं, तो उससे क्या लाभ, उसने सोचा। पहली सड़क मिलते ही वे उस पर नीचे उतरते गए। आपके पास जीवन्त काल्पनिक शक्ति होनी चाहिए उस कच्चे रास्ते को सड़क कहने के लिए, उसके लिए रोलर कोस्टर ही पुकारना बेहतर होगा, यदि ऐसी वस्तुएँ उन दिनों रही होंगी तो, कमान अधिकारी ने सबसे पहले मिलनेवाले व्यक्ति से गाँव का नाम और उस गाँव के मुख्य ज़मींदार के बारे में पूछा। व्यक्ति, एक वृद्ध कृषक जिसने अपने कंधों पर फावड़ा उठा रखा था। उत्तर जानता था, मुख्य ज़मींदार एक कोऊंट[1] है। परन्तु इस समय वह यहाँ नहीं है। कोऊंट, कमान अधिकारी ने दोहराया, घबराकर, जी हाँ, श्रीमान, उसके पास तीन-चौथाई या उससे अधिक ज़मीन-जायदाद है। पर तुमने बताया कि इस पल वह यहाँ नहीं है। उसके परिचायक से बात कर लो, श्रीमान। परिचायक तो जहाज़ का होता है। क्या तुमने कभी समुद्र में काम किया है? दरअसल किया है, श्रीमान! पर मृत्यु-

1. मध्यकालीन यूरोप में राजस्वी मध्यम कोटि की उपाधि।

दर बहुत ऊँची थी, डूबने का डर, अभद्र व्यवहार अथवा आपदा के कारण, मैंने घर लौटने का निश्चय किया और धरती पर ही मरने का निर्णय लिया। मुझे परिचायक कहाँ मिलेगा? यदि वह खेतों में न मिला, तो वह महल में मिलेगा। यहाँ महल भी है। कमान अधिकारी ने पूछा। आगे-पीछे देखते हुए। यह ऊँची मीनारों वाला महल नहीं है, इसमें केवल दो स्तर हैं। भूतल और प्रथम तल, लेकिन कहते हैं कि इसके अन्दर लिस्बन के सभी महलों और कोठियों से अधिक ख़ज़ाना है। क्या तुम हमें वहाँ ले जा सकते हो, कमान अधिकारी ने पूछा। मैं वहीं जा रहा हूँ। और यह कोऊंट कहाँ का कोऊंट है? वृद्ध ने बता दिया, और कमान अधिकारी ने विस्मित होकर सीटी मारी, मैं उसे जानता हूँ, परन्तु मुझे मालूम नहीं था कि उसके पास यहाँ जायदाद है। बताया जाता है कि उसके पास कहीं और भी जायदाद है।

गाँव ऐसा था जो आजकल देखने को नहीं मिलता। यदि शीत ऋतु होती तो यह पानी और कीचड़ से भरा सूअर का तबेला होता, अब यह किसी और चीज़ की याद दिलाता है। एक प्राचीन सभ्यता के पथराए हुए अवशेष, धूल से आच्छादित, जैसा देर-सबेर सभी खुले संग्रहालयों के साथ हो जाता है। वे एक खुले चौराहे पर आ पहुँचे और महल वहीं था। वृद्ध ने घंटी बजाई श्रमिक द्वार पर, और एक या दो मिनट पश्चात किसी के बोलने पर वृद्ध भीतर चला गया। घटनाएँ कमान अधिकारी की कल्पनानुसार नहीं हो रही थीं, परन्तु शायद यही एक बेहतर था। वृद्ध बातचीत आरम्भ करेगा, तब उसी को यह बतलाना पड़ेगा कि वे लोग वहाँ क्या कर रहे थे। पन्द्रह मिनट पश्चात, द्वार पर एक बड़ी-बड़ी झुकी मूँछों वाला बलिष्ठ व्यक्ति प्रकट हुआ। उसकी मूँछें जहाज़ पर लगाए जानेवाले पोंछे से कम नहीं थी। कमान अधिकारी ने उसके समीप जाकर अपने पहले शब्द घोड़े पर ही बैठे हुए सम्बोधित किए, ताकि सामाजिक सीमांकन बिलकुल स्पष्ट हो जाए, क्या तुम कोऊंट के परिचायक हो? आपकी सेवा में, श्रीमान। कमान अधिकारी घोड़े से नीचे उतरा और, असाधारण निपुणता का प्रदर्शन करते हुए वह परिचायक

द्वारा मानो थाली में परोसे गए शब्दों की लय में बोला, तब तो, तुम मेरी, कोऊंट की और राजा की एक साथ सेवा कर रहे हो! क्या आप कृपा करके यह बताने का कष्ट करेंगे कि आपको क्या चाहिए, श्रीमान? जब तक मेरे आत्मसम्मान पर या मेरे मालिक के आदर-सम्मान पर आँच नहीं आती, मैं आपकी निश्चित रूप से सेवा करूँगा, मैं आपको विश्वास दिलाता हूँ! तो चलो हम उस विषय पर बात करें जिसके लिए हम यहाँ आए हैं। वह रुका, बैलगाड़ी चालक को संकेत कर अपने पास बुलाया और बोला, मैं राजा की सेना में अधिकारी हूँ, और राजा ने मुझे वालादोलीद, एक हाथी को स्पेन ले जाने के लिए नियुक्त किया है। जिसे ऑस्ट्रिया के आर्चदुक मैक्सीमिलियन के सुपुर्द करना है। वह इस समय अपने ससुर, चार्ल्स पंचम के महल में बतौर अतिथि है। परिचायक की आँखें फटी की फटी रह गईं और मुँह खुला का खुला रह गया। कमान अधिकारी ने इन उत्साहवर्धक संकेतों का मानसिक जायज़ा लिया। उसने बोलना जारी रखा, हमारे क़ाफ़िले में हाथी के खाने के लिए चारे के गट्ठर और पीने का पानी का कुंडा ढोने के लिए एक बैलगाड़ी है। इस बैलगाड़ी को एक जोड़ी बैल खींचते हैं। जिन्होंने अब तक, बढ़िया काम किया है। परन्तु मुझे लगता है कि वे पर्वतों के ढलान चढ़ने का कार्य उसी तरह न कर पाएँगे। परिचायक ने सर हिलाया, परन्तु कुछ न कहा। कमान अधिकारी ने गहरी साँस ली, मन-ही-मन कुछ दार्शनिक वाक्यों की तैयारी की और सीधा मुद्दे की बात पर आ गया, मुझे एक जोड़ी बैल चाहिए और मुझे लगा कि मुझे यहाँ मिल सकते हैं। कोऊंट घर पर नहीं हैं। और केवल वही...कमान अधिकारी ने उसे बीच में काटते हुए कहा, लगता है, तुमने सुना नहीं, मैंने क्या कहा। मैं यहाँ राजा की तरफ़ से आया हूँ, मैं अपने लिए तुमसे कुछ दिनों के लिए एक जोड़ी बैल उधार नहीं माँग रहा हूँ, बल्कि महामहिम पुर्तगाल के राजा के लिए...ओह, मैंने आपकी बात सुन ली, श्रीमान! पर मेरा मालिक, घर पर नहीं है।

मैं समझ गया हूँ, पर उसका परिचायक तो है। और वह राष्ट्र के प्रति

अपना कर्तव्य भली-भाँति जानता है। राष्ट्र श्रीमान! क्या तुमने इसे कभी नहीं देखा, कमान अधिकारी ने पूछा, शृंगार रस में घुली काव्यात्मक उड़ान भरते हुए, क्या तुम उन घनघोर बादलों को देख पा रहे हो जो अपना रास्ता भटक गए हैं। वे हैं राष्ट्र, वो जो सूरज तुम देख रहे हो जो अब है अब नहीं, वो है राष्ट्र वो वृक्षों की पंक्तियाँ जो तुम देख रहे हो, जहाँ यही पतलून पहने, मैंने सुबह पहली बार गाँव देखा, वे भी हैं राष्ट्र। इसलिए, तुम मुझे न नहीं कह सकते या इस अभियान में रुकावट नहीं डाल सकते। यदि आप कहते हैं तो श्रीमान...मैं कमान अधिकारी की हैसियत से, बहुत बातें हो चुकीं, अस्तबल की ओर जाते हैं और तुम्हारे बैल देखते हैं। परिचायक ने मूँछों पर ऐसे हाथ फेरा मानो उनसे कुछ सुझाव माँग रहा हो, और अन्त में उसने निर्णय ले लिया, राष्ट्र सर्वोपरि है। हालाँकि, उसे अपनी करनी के नकारात्मक परिणामों से भय भी लग रहा था। उसने कमान अधिकारी से पूछा कि क्या वह किसी प्रकार की गारंटी दे सकता था? कमान अधिकारी ने उत्तर दिया, मैं तुम्हें अपने हाथों से लिखित एक पत्र दे दूँगा जिसमें मैं एक जोड़ी बैल लौटाने का वादा करूँगा, जैसे ही हम हाथी को ऑस्ट्रिया के आर्चदुक मैक्सीमिलियन के सुपुर्द कर देंगे। इसलिए, तुम्हें, हमारे यहाँ से वालदोलीद जाने तक और वहाँ से लौटने तक की प्रतीक्षा करनी होगी। अब अस्तबल की ओर चलते हैं, जहाँ हम अपने बैल रखते हैं, परिचायक बोला। यह हमारा गाड़ीवान है जो हमारे साथ आएगा, कमान अधिकारी ने कहा, मुझे तो केवल घोड़ों और युद्ध के विषय में ही जानकारी है; जहाँ भी युद्ध होता है। अस्तबल में आठ बैल थे। हमारे पास चार और भी हैं, परिचायक बोला। परन्तु वे खेतों में हैं।

कमान अधिकारी का संकेत पाते ही गाड़ीवान बैलों के समीप जाकर उनका निरीक्षण करने लगा, एक के बाद एक, बैठे हुए दो बैलों को खड़ा कर उनको भी भली-भाँति परखा, और अन्त में घोषणा कर दी, यह और यह, अच्छा निर्णय है। ये हमारे बेहतरीन बैल हैं, परिचायक बोला। कमान अधिकारी को गर्व की एक लहर अपने अमाशय से गले की ओर चढ़ती हुई प्रतीत हुई।

उसका प्रत्येक हावभाव, प्रत्येक क़दम, प्रत्येक निर्णय, उसे एक उत्तम श्रेणी का रणनीतिज्ञ प्रमाणित कर रहा था, इसी बल पर, उसे सर्वोच्च सम्मान के योग्य बना रहा था, कम-से-कम, कर्नल की पदोन्नति के लिए। परिचायक जो अस्तबल के बाहर जा चुका था क़लम और काग़ज़ लिये लौट आया, और वहाँ एक लिखित सहमति-पत्र तैयार हुआ। जब परिचायक ने दस्तावेज़ हाथों में लिया, उसके हाथ ख़ुशी से काँप रहे थे, परन्तु तब वह शान्त हो गया जब गाड़ीवान ने कहा, हमें जीन भी चाहिए। वो वहाँ रखी है, परिचायक बोला। अब, इस कहानी में मानव स्वभाव पर गहन चिन्तन और सटीक चर्चा हुई है। और हमने उनकी प्रासंगिकता अथवा उन क्षणों की मनोदशा पर टिप्पणी भी की है। परन्तु हमें आशा नहीं थी, वास्तव में, कि एक दिन ऐसा आएगा जब हम एक इतना करुणापूर्ण, इतना उत्कृष्ट, इतना भव्य विचार जो बिजली की किरण समान कमान अधिकारी के मन में कौंध गया देखने को मिलेगा, वह यह, कि कोऊंट जो इन पशुओं का स्वामी था, के कुलचिह्न में एक जोड़ी बेड़ियाँ भी सम्मिलित की जानी चाहिए, इस घटना की याद में। ईश्वर करे ऐसा ही हो। बैलों को जोत दिया गया था और गाड़ीवान उन्हें अस्तबल से बाहर ले जा रहा था, जब परिचायक ने पूछा, और हाथी? इस प्रकार किया गया, देहाती और सीधे सटीक, प्रश्न को नज़रअन्दाज़ किया जा सकता था, परन्तु कमान अधिकारी को लगा कि वह उसका ऋणी है। और कृतज्ञता सदृश अहसास ने उसे बोलने पर विवश कर दिया, वह उन वृक्षों के पीछे है। जहाँ हमने रात बिताई, आपको पता है, मैंने अपने पूरे जीवन में हाथी नहीं देखा। परिचायक उदास होकर बोला, मानो उसकी और उसके परिवार की ख़ुशी हाथी देखने पर ही टिकी हो। चलो, हम इसको इसी पल हल कर देते हैं। हमारे साथ आओ। आप आगे चलिए, श्रीमान, मैं खच्चर पर सवार होकर कर आता हूँ। कमान अधिकारी चौराहे पर लौट आया, जहाँ उसका सार्जेंट प्रतीक्षा कर रहा था। वह बोला, हमें बैल प्राप्त हो गए हैं। जी, श्रीमान, वे अभी कुछ देर पहले यहाँ से गुज़रे हैं। और गाड़ीवान बेहद प्रसन्न प्रतीत हो

रहा था, तो चलें, कमान अधिकारी बोला, घोड़े पर चढ़ते हुए। जी, श्रीमान, सार्जेंट ने कहा, उसका अनुसरण करते हुए।

उन्हें अपने लोगों तक पहुँचने में देरी नहीं लगी, और वहाँ पहुँचकर कमान अधिकारी एक गम्भीर दुविधा में पड़ गया कि उसे सरपट दौड़ते हुए आगे जाकर अपने विजय की घोषणा एकत्रित लोगों से करनी चाहिए या बैलों के साथ-साथ चलते प्रशंसा और अपनी चतुराई का प्रमाण स्वीकार करना चाहिए। इस प्रश्न को हल करने में एक सौ मीटर का गहन चिन्तन लग गया, एक हल, जो पाँच सदियों पहले की शब्दावली के अनुसार, तीसरा तरीक़ा कहा जा सकता है। और वह था पहले सार्जेंट को सूचना सहित भेजकर लोगों को उल्लासपूर्ण स्वागत करने के लिए तैयार करना। ऐसा ही हुआ। वे अधिक दूर नहीं गए थे जब उन्होंने खच्चर को लड़खड़ाते क़दमों से पास आते हुए सुना। इस जीव को पहले कभी लय-ताल पर नहीं चलाया गया था, सरपट दौड़ना तो और भी कम। विनम्रता के कारण, कमान अधिकारी थम गया, सार्जेंट ने भी वही किया, हालाँकि उसे कारण मालूम नहीं था, केवल बैल और गाड़ीवान, मानो वे किसी अन्य संसार से हों और उन पर अन्य नियम लागू होते हों, वे अपने ताल पर चलते रहे, अत्यन्त धीमे। कमान अधिकारी ने सार्जेंट को आगे जाने की आज्ञा दी, परन्तु शीघ्र ही उसे पछतावा होने लगा। मिनट दर मिनट उसका धैर्य घटता जा रहा था। सार्जेंट को आगे भेजना बहुत बड़ी भूल थी। अब तक, उसे वह प्रशंसा प्राप्त हो गई होगी जो पहली बार शुभ समाचार सुनकर मिलती है। उसके बाद, भले कितने ही ऊँचे स्वर वाली ही क्यों न हो, उसका स्वाद सदा पिछले दिन का पुनः गरम किए हुए सूप के समान होता है। उसका अनुमान ग़लत निकला।

जब कमान अधिकारी ख़ेमे तक पहुँचा, चाहे वह बैलों और गाड़ीवान के साथ, चाहे वे उसके साथ, कहना कठिन था। व्यक्तियों ने दो पंक्तियाँ बना ली थीं, श्रमिक एक तरफ़, सैनिक दूसरी तरफ़, और बीचोबीच, हाथी की पीठ पर सवार महावत। और सभी तालियों की गड़गड़ाहट से हर्षोल्लास

व्यक्त कर रहे थे, मानो समुद्री लुटेरों का जहाज़ हो, यह पल मानो घोषणा कर रहा हो, रम मदिरा का सबको दोहरा राशन। जैसा भी हो, हो सकता है कि आनेवाले पलों में, लाल मदिरा को पूरे समूह में बाँटने का मौक़ा आए। जब सब शान्त हो गए, तो क़ाफ़िला व्यवस्थित होना आरम्भ हो गया। गाड़ीवान ने कोऊंट के बैलों को गाड़ी में जोत दिया, क्योंकि वे अधिक बलशाली व सधे हुए थे, और वे बैल जो लिस्बन से चलकर आए थे आगे चलने लगे, ताकि उन्हें कुछ विश्राम मिल सके। परिचायक जो भी सोच रहा हो, अपने खच्चर पर सवार, वह अपने बदन पर क्रास का संकेत बनाता जा रहा था, बनाता जा रहा था, उसे अपनी आँखों पर विश्वास नहीं हो रहा था, हाथी, तो यह है वह हाथी, वह बुदबुदाया, चार हाथ ऊँचा तो ज़रूर होगा, और सूँड़ भी है, पैर भी हैं। देखो तो इसके पैर कितने विशाल हैं। जब क़ाफ़िला चल पड़ा तो वह इसके पीछे-पीछे सड़क तक चलता गया। उसने कमान अधिकारी को अलविदा कहा। उसको यात्रा की और बेहतर वापसी की शुभकामनाएँ दीं, और उसके ओझल होने तक ज़ोर-ज़ोर से हाथ हिलाता रहा। हमारे जीवन में हाथी रोज़-रोज़ थोड़े ही दिखाई देता है।

यह सच नहीं है कि ईश्वर हमारी चिन्ताओं अथवा व्यग्रताओं के प्रति उदासीन है। वह हमें निरन्तर संकेत, चेतावनियाँ भेजता रहता है। और इस सूची में अच्छे सुझाव न जोड़ने का कारण है अनुभव, एक या दूसरी तरफ़ से, मतलब, उसका और हमारा, दर्शाया गया है कि स्मरणशक्ति पर दबाव डालने से कोई लाभ नहीं, हम सभी की वह कमज़ोर होती है। संकेत, चेतावनियाँ समझना सरल होता यदि हमारी नज़र चौकस होती, जैसा कमान अधिकारी ने पाया जब यात्रा के एक क्षण में, क़ाफ़िला मूसलाधार वर्षा से भीग गया। बैलगाड़ी को धक्का लगाने का कठिन कार्य करनेवालों के लिए, यह वर्षा तो वरदान सिद्ध हुई, उस निम्न वर्ग के लिए जो सदा ही कष्टों से जूझता रहता है, एक करुणामयी आशीर्वाद साबित हुई। सालोमाँऊ और महावत सुभ्रो ने भी शीत वर्षा का भरपूर आनन्द उठाया, हालाँकि सुभ्रो यह सोचने पर विवश हो गया कि भविष्य में इन परिस्थितियों में उसके पास एक छाता अवश्य होना चाहिए, ऊँचाई पर बैठा बादलों के गिरते पानी से असुरक्षित, विशेषकर वियना के मार्ग पर। केवल घुड़सवारों को यह वर्षा नहीं भायी, उनकी रंग-बिरंगी वर्दियाँ, मैली और भीग चुकी थीं, मानो वे युद्ध से लौटकर आ रहे हों, पराजित होकर। कमान अधिकारी, अपनी प्रमाणित मानसिक चतुराई के साथ, समझ गया कि वे एक गम्भीर समस्या से गुज़र रहे थे। एक बार फिर, यह साफ़ हो गया कि इस अभियान की रणनीति का आयोजन अक्षम लोगों द्वारा किया गया था जो साधारण घटनाएँ, जैसे अगस्त की वर्षा का पूर्वानुमान लगाने तक में असमर्थ थे, जबकि लोक संस्कृति

आदिम काल से चेतावनी देती आ रही है कि शीतकाल अगस्त में आरम्भ होता है। यदि यह बौछार आकस्मिक घटना नहीं थी और अच्छा मौसम लम्बे समय बाद लौट आया हो, तो वे चाँद या सितारों की आकाशगंगा तले रातें समाप्त हो चुकी थीं। और यही नहीं था। गाँवों में रात बिताने का मतलब था वहाँ विशाल क्षेत्र में घोड़ों व हाथी के लिए छत वाला आश्रय होना अत्यन्त वांछनीय था, चार बैल, और दर्जनों आदमी, और यह, आप कल्पना कर सकते हैं। सरल नहीं था सोलहवीं सदी के पुर्तगाल में, जहाँ उन्होंने तब तक औद्योगिक मालगोदाम या पर्यटकों के लिए धर्मशाला का निर्माण करना भी नहीं सीखा था, तब क्या होगा जब हम मार्ग में वर्षा में फँस जाते हैं। इस प्रकार बौछार में नहीं, पर मूसलाधार निरन्तर बरसात जो घंटों तक चलती रहती है। कमान अधिकारी ने सोचा, यह निष्कर्ष निकालते हुए कि हमारे पास भीगने के अलावा अन्य कोई विकल्प नहीं। उसने आसमान की ओर नज़रें उठाकर देखा, मुआयना कर बोला, अभी के लिए तो साफ़ हो गया है।

आशा है कि यह मात्र चेतावनी ही हो। दुर्भाग्यवश, ऐसा नहीं था। यदि थोड़ी-थोड़ी दूरी पर बनी कुछ झुग्गी-झोंपड़ियों को बन्दरगाह का नाम दिया जा सकता है। और एक बिना छत का गिरजाघर, मतलब, केवल आधी मीनार वाली, जिसके आसपास कोई औद्योगिक मालगोदाम दिखाई नहीं देता था, वे और दो बौछारों में भीग गए, जिसे कमान अधिकारी, जो अब तक इस संचार प्रणाली का विशेषज्ञ हो चुका था, तुरन्त अनुमान लगाकर ईश्वर की दो और चेतावनियों के रूप में देखा, उसका धैर्य निस्सन्देह घटता जा रहा था क्योंकि आवश्यक बचाव के उपाय नहीं किए गए थे। भीगे क़ाफ़िले को ठंड, नजला-जुकाम और निस्सन्देह निमोनिया से बचाने के लिए कोई उपाय नहीं था। यह ईश्वर की सबसे बड़ी भूल है। जिसके लिए कुछ भी असम्भव नहीं है। कल्पना करता है कि मनुष्य, निर्मित, जैसा कहा जाता है उसी की आकृति और समानता में, एक समान विशेषाधिकार का लाभ उठाते हैं। हम आगे देखना चाहते हैं। ईश्वर क्या करेगा कमान अधिकारी के स्थान पर,

घर-घर जाकर वही पुरानी कहानी दोहराएगा कि मैं पुर्तगाल के महामहिम राजा की सेना में अधिकारी हूँ, और हमारा लक्ष्य एक हाथी को स्पेन के नगर वालादोलीद तक ले जाने का है। और शंकित चेहरों का सामना करेगा, असल में यह अचम्भे की बात नहीं, यह ध्यान में रखते हुए कि विश्व के इस कोने में हाथी के बारे में सुना भी नहीं गया था और हाथी के विषय में तनिक भी जानकारी नहीं थी। हम ईश्वर को पूछते देखना चाहते हैं। यदि वहाँ एक रिक्त गोदाम था, यदि नहीं है तो उसके स्थान पर औद्योगिक मालगोदाम, जहाँ मनुष्य और पशु रात के लिए आश्रय पा सकें, जो असम्भव नहीं होना चाहिए यदि हम स्मरण करें प्रसिद्ध गालीली के येसु को अपने चरम यौवन में, डींग हाँकते थे एक मन्दिर को नष्ट कर तीन दिनों में उसे पुन: निर्मित कर देने की, हम नहीं मालूम कर सकते कि उनके न कर पाने का कारण श्रमिकों या सीमेंट का अभाव था, या वह शीघ्र इस निष्कर्ष पर पहुँचे कि इतने श्रम की कोई आवश्यकता नहीं थी, यदि वह किसी चीज़ को नष्ट करके इसी को पुन: निर्मित ही करना चाहते थे, तो उसे यूँ ही छोड़ देना बेहतर होगा।

दूसरी ओर, वह डबलरोटी और मछलियों वाला क़िस्सा अति प्रभावशाली था, हम यहाँ इसलिए बता रहे हैं। क्योंकि कमान अधिकारी की आज्ञा से और क्वार्टर मास्टर के प्रयासों द्वारा, आज पूरे क़ाफ़िले को गरम खाना परोसा जाएगा, जो कोई छोटा-मोटा चमत्कार नहीं है यदि हम इस मौसम की सुविधाओं के अभाव के बारे में सोचें। सौभाग्यवश, वर्षा थम गई। सभी व्यक्तियों ने अपने भारी- भरकम कपड़े उतारकर उन्हें सूखने के लिए खम्भों पर लटका दिया। उस आग की गर्मी में जो उन्होंने जला ली थी। इसके पश्चात केवल प्रतीक्षा करनी थी गरमागरम सूप की, और आनन्द उठाना अपने पेट की सांत्वनाप्रद गुड़गुड़ाहट भोजन की ख़ुशबू द्वारा जो अपनी भूख के शान्त होने की आस से पैदा होती है, और उस मनुष्य के समान अनुभव करना, जिसे सही समय पर, मानो सौभाग्यवश, भोजन और एक टुकड़ा रोटी का मिल जाता है। कमान अधिकारी औरों के जैसा नहीं है। अपने आदमियों के

बारे में सोचता है। सैनिकों और असैनिकों के लिए एक समान, जैसे उसके अपने ही बच्चे हों। इसके अलावा, वह सामाजिक वर्गीकरण की परवाह नहीं करता था, कम-से-कम इन परिस्थितियों में, वह अलग नहीं खाता था, वह यहीं था, आग के इर्द-गिर्द, और, यदि इसने अब तक बातचीत में कम भाग लिया है तो वह इसलिए कि लोग उसकी उपस्थिति से संकोच न करें। यहाँ एक घुड़सवार ने अभी सबके मन में, घुमड़ रहा एक प्रश्न पूछा है। वियना में हाथी के साथ तुम क्या करनेवाले हो, महावत, शायद वही जो लिस्बन में करता था, कुछ ख़ास नहीं, सुभ्रो ने कहा, बहुत तालियाँ बजेंगी, बहुत लोग गलियों में निकल आएँगे, फिर इसे भूल जाएँगे, यही जीवन का नियम है। विजय और विस्मरण, हमेशा नहीं, हाथी और मनुष्यों के लिए होता है। यद्यपि मुझे मनुष्यों के बारे में नहीं बोलना चाहिए, मैं तो परदेसी ज़मीन पर एक भारतीय हूँ, किन्तु, जहाँ तक मैं जानता हूँ, केवल एक ही हाथी पर यह नियम लागू नहीं हुआ। कौन था वो हाथी? एक श्रमिक ने पूछा। वह हाथी जिसका सर काट दिया गया उसके मरणोपरान्त, तो सब समाप्त हो गया, नहीं, उसका सर एक भगवान की गर्दन पर लगा दिया गया जिसका नाम था गणेश जो मृत हो चुका था। हमें इस गणेश के बारे में बताओ, कमान अधिकारी ने कहा। कमांडर साहिब, हिन्दू धर्म बहुत पेचीदा है। केवल एक हिन्दू को ही इसे समझ पाने की क्षमता है। और सभी ऐसा नहीं कर पाते। मुझे याद है कि तुमने मुझसे कहा था कि तुम ईसाई हो और मुझे याद है कि मैंने कहा था, लगभग, कमांडर साहिब, लगभग, इसका मतलब क्या होता है?

तुम ईसाई हो या नहीं हो? भारत में बचपन में मेरा नामकरण कर दिया गया था, और फिर, फिर कुछ नहीं, महावत ने कंधे उचकाते हुए कहा। तुमने कभी धर्म का पालन नहीं किया। मुझे बुलाया ही नहीं गया, श्रीमान। वे मुझे भूल गए होंगे, तुम्हें किसी कमी का अहसास नहीं हुआ, किसी आवाज़ ने पूछा जिसे कभी ढूँढ़ा न जा सका, लेकिन, भले ही कितना अविश्वसनीय लगे, लगता था मानो आग के अंगारों से आया हो। गहरी चुप्पी छा गई,

जिसे केवल जलती लकड़ी के चटखने की आवाज़ भंग कर रही थी। तुम्हारे धर्म के अनुसार, इस विश्व का रचयिता कौन है? कमान अधिकारी ने पूछा। ब्रह्मा, श्रीमान। तो, यह भगवान है। जी हाँ, परन्तु एकमात्र नहीं है। विस्तार से समझाओ। सृष्टि का निर्माण कर देना ही काफ़ी नहीं है, उसे संरक्षित रखने के लिए भी कोई होना चाहिए, और यह कार्य दूसरे भगवान का है। उसका नाम विष्णु है। इनके अलावा और भी भगवान हैं क्या, महावत। हज़ारों हैं। परन्तु तीसरा महत्त्वपूर्ण भगवान हैं शिवजी, संहारकर्ता। तुम्हारा मतलब उस विश्व को जिसे विष्णु संरक्षित रखता है। शिवजी उसे नष्ट कर देते हैं। नहीं, कमांडर साहिब, शिवजी की दृष्टि में, मृत्यु जीवन की मुख्य उत्पत्ति मानी जाती है। यदि मैं सही समझ पा रहा हूँ, तो ये तीनों मिलकर त्रिमूर्ति बनाते हैं। ये त्रिमूर्ति हैं। ईसाई धर्म के समान। ईसाई धर्म में तो चार हैं। कमांडर साहिब, श्रीमान, यदि मेरी गुस्ताख़ी माफ़ करें। चार, कमान अधिकारी ने चिल्लाते हुए, अचम्भित होकर कहा, और ये चौथा सदस्य कौन है। मैरी, श्रीमान, मदर मैरी तो त्रिमूर्ति में शामिल नहीं हैं। हम तो पिता, पुत्र व पवित्र आत्मा को ही मानते हैं। और मदर मैरी, यदि तुमने खुलासा नहीं किया, तो मैं तुम्हारा सर काट दूँगा, वैसे ही जैसे उस हाथी का काटा गया था। अच्छा, मैंने कभी किसी को भगवान, यीसु या पवित्र आत्मा से कुछ माँगते नहीं सुना, परन्तु वरजिन मैरी के द्वार पर सदा माँगों, प्रार्थनाओं और भीख माँगनेवालों की आँधी लगी रहती है जिसका उन्हें दिन-रात सामना करना पड़ता है। सावधान, न्यायाधिकरण[1] सभा आसपास कहीं है। यदि अपना भला चाहते हो, तो ख़तरों से मत खेलो। यदि मैं वियना तक पहुँच गया तो मैं वापस नहीं लौटूँगा। क्या तुम भारत वापस नहीं जाओगे? कमान अधिकारी ने पूछा। नहीं, मैं अब भारत का नहीं रहा। तब भी तुम हिन्दू धर्म के बारे में इतना जानते हो? लगभग,

1. कैथोलिक ईसाई धर्म के अन्तर्गत धार्मिक संस्थाएँ जिन्हें विधर्म को दंडित करने के लिए 1232 ई. में गठित किया गया।

श्रीमान। लगभग, तुम ऐसा क्यों कहते हो? क्योंकि ये केवल शब्द हैं। शब्दों के अलावा और कुछ नहीं। क्या गणेश एक शब्द है? कमान अधिकारी ने पूछा। जी हाँ, एक शब्द, जो अन्य शब्दों की तरह, जिनका अन्य शब्दों द्वारा वर्णन किया जा सकता है। परन्तु जिन शब्दों का उपयोग हम वर्णन करने के लिए करते हैं, सफलतापूर्वक या असफलतार्पूवक। बदले में, समझाने पड़ेंगे, और हमारी बातचीत किसी दिशा में नहीं जाएगी, ग़लत-सही एक दूसरे से घुल-मिल जाएँगे, किसी अभिशाप की तरह, और हम कभी ग़लत-सही की पहचान नहीं कर पाएँगे।

मुझे गणेश के बारे में बताओ, गणेश शिवजी और पार्वती का पुत्र है। जो दुर्गा और काली के नाम से भी जानी जाती हैं। देवी जिसकी एक सौ भुजाएँ हैं। अगर उसकी एक सौ टाँगें होतीं तो हम उसे कनखजूरा बुलाते, एक व्यक्ति ने खिसियानी सी हँसी हँसते हुए कहा, मानो कहने के बाद पश्चात्ताप कर रहा हो। महावत ने उसे नज़रअन्दाज़ कर दिया और बोलना जारी रखा, कहना पड़ेगा, जैसा आपकी वरजिन के साथ हुआ, गणेश भी अपनी माँ पार्वती द्वारा उत्पन्न किया गया, बिना अपने पति की सहायता से, शिवजी, जो अनन्त हैं। उन्हें पुत्र की कभी आवश्यकता अनुभव नहीं हुई। एक दिन, जब पार्वती ने स्नान करने का निर्णय लिया, तब उनके पास कोई द्वारपाल नहीं थे जो उन्हें घुसपैठियों से सुरक्षित कर सकें। इसलिए उन्होंने एक नन्हे बालक की प्रतिमा का निर्माण किया, एक तरह के साबुन से, जो उन्होंने स्वयं बनाया। तब देवी ने इसमें प्राण फूँक दिये, और यह गणेश का प्रथम जन्म था। पार्वती ने गणेश से कहा कि वह किसी को भीतर न आने दे और उसने अपनी माँ की आज्ञा का अक्षरशः पालन किया। कुछ समय पश्चात, शिवजी वन से लौट आए, पर गणेश ने उन्हें भीतर जाने नहीं दिया, और इसी बात से ज़ाहिर है, शिवजी क्रोधित हो गए। दोनों में यह संवाद हुआ, मैं पार्वती का पुत्र हूँ, इसलिए यह मेरा घर है। केवल वही लोग प्रवेश कर सकते हैं, जिन्हें मेरी माता अनुमति देगी, और उसने मुझे नहीं बताया कि मैं

तुम्हें अन्दर आने दूँ। शिवजी के धैर्य का बाँध टूट चुका था उन्होंने गणेश के साथ द्वंद्व युद्ध छेड़ दिया, जो भगवान के त्रिशूल द्वारा गणेश का गला काटे जाने पर समाप्त हुआ। जब पार्वती ने बाहर आकर अपने पुत्र के मृत शरीर को देखा, उनका क्रन्दन आवेशपूर्ण चीख़ों में बदल गया। उन्होंने शिवजी को गणेश को पुनर्जीवित करने की आज्ञा दी, परन्तु, दुर्भाग्यवश, जिस वार से गणेश का सर कटा था वह इतना शक्तिशाली था कि सर इतनी दूर जा गिरा कि कभी नहीं मिल पाया। तब, अन्तिम विकल्प के तौर पर, शिवजी ने ब्रह्मा से सहायता माँगी, जिन्होंने सुझाव दिया कि वह गणेश का सर किसी उस जीवित प्राणी के सर से बदल दिया जाए जो सबसे पहले मार्ग में दिखे, बस वह उत्तर दिशा में दिखना चाहिए।

शिवजी ने अपनी सेना भेज दी ताकि वह उस प्राणी का शीश ला सकें जो उत्तर दिशा की ओर सर रखकर सोया हो। उन्हें एक मरता हुआ ऐसा हाथी मिल गया जो इसी प्रकार सो रहा था, उसकी मृत्यु के पश्चात, इन्होंने उसका सर काट दिया। लौटकर उन्होंने वह सर शिवजी और पार्वती को दे दिया जिसे गणेश के शरीर पर लगाकर उसे जीवित कर दिया गया। और इस प्रकार गणेश का जन्म हुआ जीने और मृत्यु के पश्चात। परियों की कहानियाँ, एक सैनिक बुदबुदाया, वैसे ही जैसे एक व्यक्ति मरणोपरान्त, जीवित हो उठा तीसरे दिन। सुभ्रो ने प्रत्युत्तर दिया, सावधान, महावत, तुम बहुत दूर जा रहे हो, कमान अधिकारी ने चेतावनी दी। देखो, मैं ऐसी कहानी पर विश्वास नहीं करता जिसमें साबुन से निर्मित एक लड़का भगवान बन गया जिसका शरीर एक मोटे पेट वाले मनुष्य का था और सर एक हाथी का, परन्तु आपने ही मुझे गणेश के बारे में पूछा था, और वही मैंने बताया। परन्तु तुमने ईसा मसीह और वरजिन के बारे में जो कड़े शब्द कहे वो यहाँ लोगों को अच्छे नहीं लगे। तो, मैं उनसे क्षमा माँगता हूँ जिन्हें बुरा लगा, मेरा उद्देश्य ठेस पहुँचाने का नहीं था, महावत ने उत्तर दिया। लोगों में सहमति की सुगबुगाहट सुनाई दी, सच तो यह है कि इन लोगों को, सैनिक

हो अथवा नागरिक, धार्मिक विवादों की परवाह नहीं थी, वे तो चाहते थे कि इस पेचीदा विषय के बारे में आसमानी गुम्बद के नीचे चर्चा की जाए। कहा जाता है कि दीवारों के भी कान होते हैं। कल्पना करिए, तारों के कानों का आकार कितना होगा। जो भी हो, सोने का समय हो चला था, भले ही चादरें और कम्बल ही वे कपड़े थे जो उन्होंने दिन में पहने थे, सबसे चिन्ताजनक बात तो यह थी कि कहीं उन पर वर्षा न हो जाए, और इसका प्रबन्ध कमान अधिकारी ने घर-घर जाकर आश्रय माँगकर, उस रात के लिए, उसके दो या तीन आदमियों के लिए किया, जो रसोई में, अस्तबल में, भूसे के छप्पर में सो गए, परन्तु इस बार भरपेट, जिसने इस असुविधा की अच्छी भरपाई कर दी। उनके साथ गाँव के कुछ लोग फैल गए, सभी पुरुष, जो हाथी को देखने की इच्छा से आकर्षित होकर ख़ेमे तक चल के आए थे, यद्यपि, भय के कारण, उनकी हिम्मत बीस क़दमों से अधिक पास जाने की नहीं हुई। अपनी सूँड़ को चारे के एक बंडल पर लपेटकर, जो गायों के एक बड़े समूह की भूख मिटा सकता था, सालोमाँऊ ने अपनी क्षीण दृष्टि के बावजूद, एक कड़ी निगाह उन पर डाली, यह स्पष्ट करते हुए कि वह कोई सर्कस का जानवर नहीं था, अपितु एक ईमानदार कामगार है जिसे उन दुर्भाग्यपूर्ण परिस्थितियों के कारण नौकरी से निकाल दिया गया था जिनका वर्णन करना बहुत कठिन था, और इसलिए, वह लोगों के भिक्षादान पर जीवित रहने पर बाध्य हो गया था। सर्वप्रथम, गाँव के एक व्यक्ति ने, डींग मारने के लिए, कुछ क़दम अदृश्य सीमारेखा के पार चला गया, परन्तु सालोमाँऊ ने उसे एक चेतावनी भरी दुलत्ती देकर भगा दिया, जो भले ही अपने लक्ष्य को छू नहीं पाई, पर इससे लोगों में पशुओं में परिवारवाद और बिरादरी पर रुचिकर बहस छिड़ गई। खच्चरियाँ, खच्चर, गधे, गधियाँ, घोड़े, घोड़ियाँ, सभी चार पैरों वाले जानवर हैं।

जैसा सब जानते हैं। इनमें से कुछ परेशान किए जाने पर, दुलत्ती मार देते हैं। यह समझ में आता है। क्योंकि उनके पास कोई और हथियार भी तो

नहीं, न हमला करने का न ही बचाव करने का, परन्तु हाथी, अपनी सूँड़ और दाँतों, इतनी बड़ी-बड़ी हथौड़ेनुमा टाँगें, भले ही वह सौम्यता की मूर्ति लगे, परन्तु आवश्यकता पड़ने पर वह एक खूँखार प्राणी बन सकता है। विचित्र बात है कि वह ऊपर बताए गए पशुओं की श्रेणी में आता है जो दुलत्ती मारते हैं। वह नाल नहीं पहनता। गाँव के एक व्यक्ति ने कहा, हाथी में कुछ ख़ास बात तो है नहीं। बाक़ियों ने सहमति जताई, उसके इर्द-गिर्द एक चक्कर लगा लेने के बाद आप सब कुछ जान लेते हैं। वे सब अपने घरों को लौट सकते थे, परन्तु उनमें से एक ने कहा कि वह थोड़ी देर और रुकनेवाला था। वह सुनना चाहता था कि आग के आसपास बैठे लोगों में क्या बातचीत चल रही थी। उसके साथी उसके साथ गए। पहले तो, उन्हें समझ ही नहीं आया कि बातचीत का विषय क्या था, उन्हें वे नाम समझ नहीं आ रहे थे, जिनके कुछ विचित्र उच्चारण थे, परन्तु तब स्पष्ट हो गया जब वे इस निष्कर्ष पर पहुँचे कि ये व्यक्ति हाथी के बारे में बात कर रहे थे और वह हाथी भगवान था। वे अब अपने-अपने घरों को लौट रहे थे, अपनी आरामदेह गृहस्थियों को, प्रत्येक व्यक्ति अपने साथ दो या तीन अतिथियों को ले जा रहा था, सैनिक और श्रमिक दोनों को। दो घुड़सवार पीछे रुक गए हाथी की रखवाली करने के लिए, जिसने गाँव वालों के इस विचार को पुष्ट कर दिया कि उन्हें पादरी से शीघ्र-अतिशीघ्र मशवरा करना चाहिए। किवाड़ बन्द हुए और गाँव अँधेरे में सिमट गया। कुछ देर बाद, कुछ किवाड़ सावधानीपूर्वक खुले और पाँच व्यक्ति निकलकर चौराहे के कुएँ की ओर बढ़े जहाँ उन्होंने मिलने की योजना बनाई थी। उन्होंने पादरी से बात करने का निर्णय लिया था, जो इस समय, निस्सन्देह सो रहा होगा। पादरी बेवक़्त जगाए जाने पर अपने क्रोध के लिए प्रसिद्ध था, और वह, उसके लिए, ऐसे पल थे जब वह नींद के आगोश में सुरक्षित था। उनमें से एक व्यक्ति ने सुझाव दिया, क्यों न हम कल सुबह आ जाएँ, परन्तु दूसरे ने दृढ़ता से, जो सतर्कता के तर्कशास्त्र के प्रति अत्यन्त संवेदनशील था, आपत्ति जताई।

यदि वे लोग प्रभात वेला में प्रस्थान करने का निर्णय कर चुके हैं। तो हमें किसी को भी न पाने का ख़तरा मोल लेना पड़ेगा, और हम एक गधों का झुंड बनकर रह जाएँगे। वे लोग पादरी के घर में बग़ीचे के गेट पर खड़े थे, ऐसा लगता था मानो इस रात के किसी भी अतिथि में साँकल बजाने की हिम्मत नहीं थी। पादरी के घर के दरवाज़े पर भी साँकल थी, पर इतनी छोटी थी कि घर के स्वामी को उठाने के लिए पर्याप्त न थी। अन्त में, गाँव की शान्ति में एक तोप का गोला दाग दिया गया, बग़ीचे की साँकल बज उठी। उन्हें दो बार और बजाना पड़ा, जब उन्हें भीतर से पादरी की भारी-भरकम क्रुद्ध आवाज़ सुनाई दी, कौन है? ज़ाहिर है, बातचीत करनेवाली दोनों पार्टियों के बीच मोटी दीवारों और लकड़ी के दरवाज़े के आर-पार भगवान के बारे में बीच रास्ते में बात करना न ही सूझ-बूझ न ही सुविधाजनक होता। पड़ोसियों को ऊँची आवाज़ें सुनने के लिए कान खड़े करते देरी न लगती जिसमें दोनों तरफ़ के लोगों को बोलना पड़ता, और गम्भीर धार्मिक विषय पर चर्चा एक गरमागरम गप्प बनकर रह जाती। घर का दरवाज़ा अन्ततः खुला और पादरी का गोलाकार शीश बाहर निकला, क्या चाहिए तुम लोगों को रात की घड़ी में? लोगों ने गेट से घर की ओर चलना आरम्भ किया। क्या कोई मर गया है? पादरी ने पूछा। उन सभी ने कहा नहीं, श्रीमान। तो क्या बात है? भगवान के इस दास ने पूछा, कम्बल को कंधों पर और अधिक कसकर लपेटते हुए। हम यहाँ खुले में बात नहीं कर सकते, एक व्यक्ति ने कहा। पादरी भुनभुनाया, यदि तुम खुले में बात नहीं कर सकते, तो कल गिरजाघर आ जाना। हमें आपसे अभी बात करनी है।

फ़ादर, कल बहुत देर हो जाएगी। जिस बात के लिए हम यहाँ आए हैं, वह काफ़ी गम्भीर है। गिरजाघर का मामला, गिरजाघर का मामला, पादरी ने दोहराया, अचानक व्याकुल होकर, वह सोचने लगा कि कहीं गिरजाघर की छत की खोखली कड़ी तो नहीं गिर गई। अन्दर आओ तो, अन्दर आओ। वह उन्हें किचन में ले गया, जहाँ अभी तक आग सुलग रही थी, उसने एक

मोमबत्ती जलाई, एक स्टूल पर बैठा और बोला, बोलो। आदमियों ने एक दूसरे को देखा, कि कौन पहले मुँह खोले, साफ़ था कि केवल वही उपयुक्त व्यक्ति था जिसने कहा था कि वह झुंड की बातचीत सुनने जा रहा था जिसमें कमान अधिकारी और महावत शामिल थे। वोट की कोई आवश्यकता नहीं थी, उस व्यक्ति ने बोलना आरम्भ किया, भगवान एक हाथी है फ़ादर! पादरी ने राहत की साँस ली, यह छत गिरने से कहीं बेहतर था। इससे भी अच्छी बात यह थी कि कही गई अधार्मिक बात का उत्तर बहुत सरल था, भगवान सभी प्राणियों में है। उसने कहा। व्यक्तियों ने सर हिलाया। परन्तु वक्ता, अपने अधिकारों व उत्तरदायित्व के प्रति जागरूक, ने प्रत्युत्तर दिया, लेकिन उन सबमें से कोई भगवान नहीं है। बस इसी की कमी थी, पादरी ने उत्तर दिया। संसार भगवानों से भर जाएगा, और वे कभी किसी विषय पर सहमत नहीं होंगे। सब अपनी-अपनी खिचड़ी पकाएँगे, श्रीमान पादरी! हमने सुना, अपने इन्हीं कानों से जो एक दिन मिट्टी में मिल जाएँगे, कि वहाँ जो हाथी है वो भगवान है। किसने ऐसी नीच बात कहने की हिमाकत की है। पादरी ने पूछा, वो शब्द जो गाँव में आमतौर पर अज्ञात था, और यह, इस बात का संकेत था कि वह आपे से बाहर हो चुका था, घुड़सवारों का कमांडर और जो ऊपर बैठता है। किसके ऊपर, भगवान, पशु।

पादरी ने गहरी साँस ली, और कुछ कर बैठने की इच्छा को दबाते हुए पूछा, तुमने पी रखी है क्या? नहीं, फ़ादर! उन्होंने एक स्वर में उत्तर दिया। इन दिनों पीना काफ़ी कठिन हो रखा है। दाम इतने बढ़ गए हैं। तो, अगर तुमने पी नहीं रखी, इस मनगढ़ंत कहानी सुनने के बावजूद तुम एक अच्छे ईसाई हो, मुझे ध्यान से सुनो। लोग और पास आ गए ताकि एक शब्द तक न छूटने पाए, और पादरी ने अपने गले की बलगम को साफ़ करने, जो उसका विचार था कि उसे अकस्मात अपने गरम बिस्तर से घसीटकर ठंडे माहौल में लाने के कारण हुई थी, प्रवचन देना आरम्भ किया। मैं चाहता तो तुम्हें पश्चात्ताप करने की हिदायत देकर घर भेज सकता हूँ, कुछ हे मेरे पिता

परमेश्वर और कुछ हेल मरिया जाप करने की, पर चूँकि तुम मुझे अच्छे धर्म का पालन करनेवाले लगते हो, कल प्रात:, सूर्योदय से पहले, हम सभी जाएँगे, तुम लोगों के कुटुम्ब और अन्य गाँववासियों सहित, तुम चाहे जिसे बुला लो, इस हाथी को देखने के लिए, उसे निकाल देने के लिए नहीं, क्योंकि, एक पशु होने के नाते, उसने कभी नामकरण वाली पवित्र शिक्षा ग्रहण नहीं की होगी न ही उसने गिरजाघर द्वारा दिये जानेवाले आध्यात्मिक कार्यकलापों का लाभ उठाया होगा, परन्तु उसे किसी शैतानी आत्मा से बचाने के लिए जो उसकी प्रकृति में प्रवेश कर गई होगी, जैसा उन दो हज़ार सूअरों के साथ हुआ जो गैलीली के समुद्र में डूब गए, मुझे यक़ीन है कि तुम्हें याद होगा। उसने विराम लिया, और पूछा, समझे, जी, फ़ादर! उन्होंने उत्तर दिया। उस प्रवक्ता को छोड़कर जो अपनी भूमिका गम्भीरता से ले रहा था। फ़ादर, वह बोला, मुझे हमेशा यह कहानी हैरानी में डाल देनेवाली लगी, क्यों, मुझे यह समझ नहीं आता कि सूअरों को मरना क्यों पड़ा, यह ठीक है कि ईसा मसीह ने जेरासेनू के शरीर से शैतानी आत्मा को निकाल बाहर कर चमत्कार किया, लेकिन उन्होंने उस आत्मा को सूअरों के शरीर में प्रवेश होने दिया जिनका इस कहानी से कोई वास्ता नहीं था, मुझे एक काम को सम्पन्न करने का तरीक़ा अच्छा नहीं लगा, इसलिए क्योंकि शैतान तो कभी नहीं मरते, अगर वे मरते तो भगवान ने उन्हें जन्म लेते ही मार दिया होता, मेरा मतलब है। जब सूअर पानी में डूब रहे थे, शैतान तो निकल भाग गए होंगे, और मुझे लगता है कि ईसा मसीह ने ठीक से ध्यान नहीं दिया। और तुम कौन होते हो यह कहनेवाले कि ईसा मसीह ने ध्यान नहीं दिया। यह सब लिखा हुआ है फ़ादर।

लेकिन तुम तो पढ़ना नहीं जानते। जी हाँ, पर मैं सुनना तो जानता हूँ। क्या तुम्हारे घर में बाइबिल है? नहीं, फ़ादर, केवल गोस्पल हैं। वो बाइबिल का हिस्सा है। किन्तु किसी ने इन्हें फाड़कर निकाल लिया। और अब कौन पढ़ता है उन्हें? मेरी सबसे बड़ी बेटी, वह तेज़ी से नहीं पढ़ पाती है। परन्तु यही क़िस्सा वह बार-बार पढ़कर हमें सुना चुकी है। और अब हम इसे

बेहतर ढंग से समझने लगे हैं। समस्या यह है कि तुम्हारे इन विचारों और मान्यताओं का पता यदि धर्म न्यायाधिकरण को लग जाता है तो तुम सबसे पहले आग की लपटों के हवाले कर दिये जाओगे। हम सबने एक-न-एक दिन किसी तरह मरना तो है ही, फ़ादर! पागलपन की बातें मत करो, अपने गोस्पल को छोड़ो और गिरजाघर में मैं जो कहता हूँ उसे ध्यान से सुनो, सही पथ प्रदर्शन करना केवल मेरा काम है किसी और का नहीं, याद रखना, खाई में गिरने से बेहतर है लम्बा रास्ता पकड़ना। जी फ़ादर। जो भी यहाँ हुआ इसका एक शब्द भी किसी से न कहना, यदि इस दस्ते के बाहर किसी से मैंने एक शब्द भी सुना तो मैं तुम्हें बिरादरी से बेदख़ल कर दूँगा, इसके लिए भले ही मुझे गवाह के तौर पर रोम तक क्यों न जाना पड़े। उसने अल्पविराम लिया नाटकीय प्रभाव डालने के लिए, और एक रौबीले अन्दाज़ में पूछा, समझ आया? जी फ़ादर, हमें समझ आ गया। कल प्रातः, सूर्योदय से पहले, मैं सब लोगों को गिरजाघर के सामने देखना चाहता हूँ, मैं, तुम्हारा पास्टर, आगे चलूँगा, मेरे शब्दों व तुम लोगों की उपस्थिति सहित, हम सब अपने पवित्र धर्म के लिए लड़ेंगे, याद रखना, एकजुट हुए लोग कभी नहीं हारते।

प्रभात धुँधली थी, परन्तु उबले हुए आलुओं से बने सूप समान घनी होने के बावजूद, कोई रास्ता नहीं भटका था, सब लोग गिरजाघर पहुँच चुके थे ठीक उसी प्रकार जैसे वे अतिथि जिन्हें गाँव वासियों ने आश्रय दिया था और वे वापस अपने ख़ेमे को लौट चुके थे। पूरे का पूरा गाँव मौजूद था, गोद में नन्हे शिशु से लेकर चल सकनेवाले वयोवृद्ध तक, भला हो उस लाठी का जिसकी सहायता से वह चल पाए। सौभाग्यवश, उनकी कानखजूरे समान सौ टाँगें नहीं थीं, कानखजूरे, जब बूढ़े हो जाते हैं। उन्हें बहुत बड़ी संख्या में लाठियों के सहारे की आवश्यकता होती है। यही बात मनुष्य में बेहतर है जिन्हें केवल एक ही की आवश्यकता होती है। उन अति गम्भीर परिस्थितियों के अलावा, जब ये छड़ियाँ अपना नाम बदलकर बैसाखियाँ बन जाती हैं। ईश्वर की कृपा दृष्टि से गाँव में ऐसा कोई नहीं था। गाँव वासियों

का हुजूम तेज़ गति से आगे बढ़ रहा था अपनी पूरी हिम्मत जुटाकर गाँव के इतिहास में निःस्वार्थ शूरता का एक नया पन्ना लिखने की तैयारी में, बाक़ी पन्नों में पाठक के पढ़ने के लिए कुछ विशेष नहीं था, केवल इस बात के, कि हम पैदा हुए, हमने मेहनत-मज़दूरी की, और हमारी मृत्यु हो गई। लगभग सभी महिलाएँ हाथ में जपमाला लेकर आई थीं और प्रार्थना मन-ही-मन बुदबुदा रही थीं, निस्सन्देह पादरी के निर्णय को और सुदृढ़ करने के लिए, जो उनके आगे चल रहा था, एक आसपरजीलम[1] और एक पात्र में पवित्र जल लिये। धुंध के कारण, क़ाफ़िले के आदमी अभी तितर-बितर नहीं हुए थे जैसा साधारणतया होता है। किन्तु छोटे-छोटे समूहों में अपने रोज़ के नाश्ते की प्रतीक्षा कर रहे थे डबलरोटी का एक टुकड़ा, उन सैनिकों सहित, जो, सुबह जल्दी उठने के कारण अपने घोड़े कस चुके थे। जब आलू के सूप के बाद गाँव वाले पास आते दिखे, तो हाथी पर पहरा देनेवाले उनसे मिलने के लिए आगे बढ़े, सबसे पहले घुड़सवार, जैसे उनकी ज़िम्मेदारी थी। जब दोनों दलों का आमना-सामना हुआ तो, पादरी थम गया, उसने शान्ति दूत के समान हाथ उठाकर, शुभ प्रभात कहा और पूछा, हाथी कहाँ है? हम उसे देखना चाहते हैं।

सार्जेंट ने दोनों ही प्रश्न और प्रार्थना उचित मानकर चिन्तन किया और बोले, उन पेड़ों के पीछे, यदि तुम उसे देखना चाहते हो तो, तुम्हें पहले पलटन के कमान अधिकारी और महावत से बात करनी होगी। महावत क्या होता है? वह मनुष्य जो ऊपर बैठता है। किसके ऊपर, हाथी के ऊपर, जैसा साधारणतया होता है। तो महावत का मतलब वह व्यक्ति जो ऊपर बैठकर जाता है? मुझे नहीं मालूम, केवल इतना पता है कि वह ऊपर से जाता है। लगता है यह शब्द भारत से आया है। इस बातचीत से ऐसा प्रतीत होता था

1. धार्मिक क्रिया-कर्म में प्रयोग किए जानेवाला गदानुमा पवित्र जल का छिड़काव करने का यंत्र।

कि यह इसी प्रकार चलती रहेगी यदि जिज्ञासु कमान अधिकारी और महावत न आ पहुँचते, छनती धुंध में से देखकर, जो दो सेनाओं का आमना-सामना भी हो सकता था। ये रहे कमान अधिकारी, सार्जेंट ने कहा, वह उस बातचीत से पीछा छुड़ाकर प्रसन्न था जो उसे परेशान कर रही थी। कमान अधिकारी ने, शुभ प्रभात कहा और पूछा, मैं कैसे आपकी सहायता कर सकता हूँ? हम हाथी देखना चाहते हैं। यह सही समय नहीं है। महावत बोला, जब वह जगता है तो वह चिड़चिड़ा हो जाता है। इस पर पादरी बोला, हाथी देखने के अलावा, मेरे आदमी और मैं उसे आशीर्वाद देना चाहते हैं। उसके लम्बी यात्रा पर निकलने से पहले, इसीलिए मैं यह सुगंधित और पवित्र जल लाया हूँ। विचार तो बहुत बढ़िया है, कमान अधिकारी ने कहा। हमारी यात्रा के मार्ग में अब तक जितने भी पादरी आए किसी ने भी सालोमाँऊ को आशीर्वाद नहीं दिया। यह सालोमाँऊ कौन है? पादरी ने पूछा, हाथी का नाम सालोमाँऊ है। महावत ने उत्तर दिया, एक पशु को मनुष्य का नाम देना सही नहीं है। पशु मनुष्य नहीं होते और मनुष्य पशु नहीं होते, जी, मुझे पक्का पता नहीं है। महावत ने कहा, जो इस बकवास से ऊबने लगा था, यही अन्तर होता है एक शिक्षित और अशिक्षित में, पादरी ने प्रत्युत्तर दिया, निन्दनीय अहंकार के साथ। उसके बाद वह कमान अधिकारी की ओर मुड़कर बोला, श्रीमान, क्या आप मुझे अपने धर्म पालन करने की अनुमति प्रदान करेंगे? अवश्य, फ़ादर, हाथी की देखभाल करने का भार मुझ पर नहीं है। यह काम महावत का है। इससे पहले कि पादरी उसे सम्बोधित करे, सुभ्रो ने बनावटी दोस्ती दिखाते हुए कहा, जी बिलकुल, सालोमाँऊ तो आप ही का है। पाठकों को यह बताने का समय आ गया है कि दोनों पात्र, एक दूसरे के प्रति ईमानदारी से पेश नहीं आ रहे थे। सबसे पहले, पादरी, जो अपने कहने के विपरीत, पवित्र जल के स्थान पर, कुएँ का पानी लाया था। किचन में पड़े घड़े से सीधा उड़ेलकर लाया था, बिना ईश्वर के आशीर्वाद के, प्रतीकात्मक रूप से भी नहीं। दूसरी ओर महावत, जो चाहता है कि कुछ हो और भगवान

गणेश से विनती कर रहा है कि कुछ हो जाए। बहुत पास मत जाना, कमान अधिकारी ने चेतावनी देते हुए कहा, वह तीन मीटर ऊँचा है और चार टन उसका वज़न है। वह लवियाथन[1] जितना ख़तरनाक नहीं हो सकता, एक जानवर जिसे पवित्र कैथोलिक और रोमन चर्च ने वशीभूत कर रखा है, जिससे मैं जुड़ा हुआ हूँ, अब ज़िम्मेदारी केवल तुम्हारी है। मैं तो तुम्हें सचेत कर चुका हूँ, कमान अधिकारी ने कहा, जिसने, अपने सैनिक के दिनों में, बहुत बहादुरी की डींगें सुनी थीं और उनका दुखान्त भी देखा था। पादरी ने आसपरजीलम को जल में डुबाया, तीन क़दम आगे बढ़ा, और हाथी के सर पर इसका छिड़काव करने लगा, साथ-ही-साथ कुछ शब्द बुदबुदाते जा रहा था जो लातीनी भाषा के प्रतीत होते थे, हालाँकि उन्हें कोई भी नहीं समझ पा रहा था, वहाँ उपस्थित कुछ अल्पसंख्यक शिक्षित लोग भी नहीं समझ पाए, जैसे कि कमान अधिकारी जिसने कुछ वर्ष पादरी शिक्षा संस्थान में गुज़ारे थे, एक आध्यात्मिक संकटवश जो बाद में स्वयं ठीक हो गया। पादरी ने बुदबुदाना जारी रखा और धीरे-धीरे हाथी के दूसरी ओर गया, दूसरी तरफ़ गणेश के प्रति महावत की प्रार्थना बढ़ गई और कमान अधिकारी को अहसास हुआ कि पादरी के शब्द व संकेत भूत भगाने की पुस्तिका से थे मानो बेचारा हाथी भूत के चंगुल में हो। यह आदमी पागल है।

कमान अधिकारी ने सोचा, और ठीक उसी पल उसने पादरी को चारों खाने चित ज़मीन पर पड़े देखा, एक तरफ़ जल का पात्र लुढ़का पड़ा था, दूसरी तरफ़ पानी चारों ओर बिखरा हुआ था। लोग पादरी के सहायतार्थ दौड़ पड़े, परन्तु सैनिकों ने बीच आकर लोगों को इस भगदड़ में कुचले जाने से बचा लिया, और, यदि उन्होंने ऐसा सोचा, तो सही किया, क्योंकि, गाँव वालों की सहायता से, वह उठने का प्रयास कर रहा था, और स्पष्टतया उसके बाएँ कमर में चोट आई थी, किन्तु, सभी संकेतों से लगता था कि उसकी कोई हड्डी

1. एक समुद्री राक्षस जो व्हेल और मगरमच्छ के बीच का एक काल्पनिक जीव है।

नहीं टूटी थी, जो उसकी बढ़ती आयु और थुलथुल शरीर को ध्यान में रखते हुए, लगभग एक स्थानीय संत द्वारा किया गया अद्भुत चमत्कार ही कहा जा सकता है। असल में क्या हुआ, हम कभी नहीं जान पाएँगे, अनेकों रहस्यों में यह रहस्य भी जुड़ गया, हुआ यह कि सालोमाँऊ, जब एक भारी-भरकम लात मारने के लिए लक्ष्य बने पादरी से एक हाथ की दूरी पर था, उसने बल को घटाकर कम कर दिया, ताकि उसका परिणाम उसे एक धक्के के बराबर हो, जो जान-बूझकर न मारा गया हो और मार डालने के लिए तो बिलकुल नहीं। इस जानकारी से अनभिज्ञ स्तब्ध पादरी मात्र यही दोहराता रहा, यह ईश्वर की सज़ा है। ईश्वर की सज़ा है। उस दिन से, जब कोई उसके सामने हाथी का नाम लेता है। और यह कई बार हुआ होगा यह देखते हुए जो यहाँ हुआ, इस धुँधली सुबह, इतने गवाहों के सामने, वह सदा यही कहेगा कि ये जानवर, दरअसल, इतने बुद्धिमान हैं कि लातीनी भाषा के अलावा वे साधारण जल और पवित्र जल में अन्तर जान सकते हैं। पादरी को ले जाया गया, लँगड़ाते हुए, एक रोज़वुड की कुर्सी तक, ऐसा भव्य नमूना जो पादरी के सिंहासन के लिए ही उपयुक्त थी, जिसे उसके सर्वाधिक वफ़ादार चार भक्त भागकर गिरजाघर से ले आए थे। हम लोग यहाँ नहीं होंगे जब ये लोग लौटकर गाँव जाएँगे। गरमागरम बहस होगी, जैसा स्वाभाविक है उन लोगों से आशा करना, जिनका अक्ल से कोई लेना-देना नहीं होता, आदमी और औरतें जो छोटी-सी बात पर मुक्का-लात पर उतारू हो जाते हैं। जैसे इस स्थिति में, जहाँ वे एक धार्मिक विषय पर एकमत होने की कोशिश कर रहे हैं कि किस प्रकार अपने पादरी को घर तक ले जाकर बिस्तर पर लिटाया जाए। पादरी इस झगड़े को सुलझाने में कोई सहायता नहीं कर पाएगा, क्योंकि वह अचेतन अवस्था में चला जाएगा, और यह सबको असमंजस में डाल देगा, स्थानीय जादूगरनी को छोड़कर, घबराओ मत, वह बोली, कोई आसार नहीं है। तात्कालिक मौत के, न आज न कल, ऐसी कोई बीमारी नहीं जिसे प्रभावित अंगों की मालिश और काढ़े से ख़ून साफ़ करके ठीक नहीं किया जा सकता, अब, कहा-सुनी बन्द

करो जो हमेशा रोने-धोने पर जाकर ही समाप्त होती है। तुम्हें उसे हर पचास क़दम पर बारी-बारी उठाकर ले जाना चाहिए, इस तरह आपस में भाईचारा बना रहेगा। और जादूगरनी का कहना बिलकुल सही था।

मनुष्यों, घोड़ों, बैलों और हाथी का क़ाफ़िला धुंध ने इस प्रकार निगल लिया कि उसके विशाल आकार की रूपरेखा भी देख पाना कठिन हो गया। हमें दौड़कर उनके साथ चलना पड़ेगा। सौभाग्यवश, इस बात को ध्यान में रखते हुए कि हमने गाँव के दिग्गजों की बहस सुनने में कम समय लगाया, क़ाफ़िला बहुत दूर नहीं गया होगा। साधारण दृश्यता या जब धुंध आलू के सूप समान प्रतीत नहीं होती, हमें मुलायम मिट्टी पर बैलगाड़ी और क्वार्टर मास्टर की बग्घी के पहियों के निशान का पीछा करना होता, परन्तु, अब मिट्टी पर नाक रखने पर भी, नहीं बताया जा सकता कि यहाँ से कोई गुज़रा है। केवल मनुष्य ही नहीं, जानवर भी, कुछ बड़े आकार के, जैसे बैल और घोड़े, विशेषकर मोटी खाल वाला विशाल जानवर, जिसका पुर्तगाल के दरबार में सालोमाँऊ नाम था, जिसके पाँव ज़मीन पर विशाल, लगभग गोलाकार पदचिह्न छोड़े थे, गोलाकार पैरों वाले डायनासोर के समान, यदि वे कभी रहे होंगे। जहाँ तक जानवरों की बात है। यह असम्भव है कि लिस्बन में किसी ने कुछ कुत्तों को अपने साथ लाने के बारे में नहीं सोचा। कुत्ता एक जीवन बीमा निधि होता है। शोर का पीछा करता है। चार टाँगों वाला दिशा सूचक होता है। आपको उसे केवल इतना ही कहना होता है। ले आओ, और पाँच मिनटों के अन्दर, ले आता है। पूँछ हिलाते और प्रसन्नता से चमकती आँखों के साथ। हवा नहीं बह रही है। जबकि धुंध चक्रवात बना रही है मानो बोरियास[1] स्वयं उत्तर दिशा में बर्फ़ीली चोटियों से नीचे फूँक रहा हो। सच कहें तो, परिस्थिति की नज़ाकत को ध्यान में रखते हुए, यह पल अपने गद्य को साध कर बहुत मौलिक कविनुमा बात करने का नहीं है। अभी

1. उत्तरी दिशा से बहनेवाली तीव्र गति की हवा।

तक, क़ाफ़िले में यात्रा करनेवाले लोगों को पता चल गया होगा, कि कोई ग़ायब है।

दरअसल दो लोग जिन्होंने स्वेच्छा से अपनी सेवाएँ डूबते बेचारे नाविकों को बचाने के लिए प्रदान कर दी थीं, और यह प्रशंसा के पात्र हैं यदि कायर शब्द नाविकों का जीवन-भर पीछा न करता। कल्पना कीजिए, लोग कहते, वह बैठा है हाथ-पर-हाथ धरे इस इन्तज़ार में कि कोई, उसको बचाने आए, कुछ लोगों को बिलकुल भी शर्म नहीं आती। यह सच है कि वह बैठा हुआ था, परन्तु अब उठकर उसने बहादुरी से पहला क़दम बढ़ाया, बायाँ क़दम, अपने भाग्यों के अहितों और उसके शक्तिशाली संगियों को ध्वस्त करने के लिए, और शंकित दाहिना पाँव तीसरे क़दम पर वह अपने आगे बढ़े हुए हाथों तक को नहीं देख पा रहा, ना ही एक दरवाज़े से अपना नाक टकराने से बचा पाने के लिए। यहाँ पर उसे एक विचार सूझा, क्या होता यदि रास्ता घुमावदार होता, और जो दिशा उसने पकड़ी इस आशा से कि न केवल वह सीधी रेखा होगी बल्कि वह हमेशा इसी दिशा में जाएगी और वहाँ समाप्त हो जहाँ उसकी आत्मा और शरीर का भटक जाना, निश्चित था, और सबसे अन्तिम स्थिति में परिणाम निश्चित थे। और यह सब, हे फूटी क़िस्मत, जब ऐसा हुआ तो एक कुत्ता तक नहीं था उसके आँसू पोंछने के लिए। उसने लौट जाने का सोचा, गाँव में धुंध के छँट जाने तक आश्रय माँग लेने का सोचा, परन्तु, होशोहवास खो देने पर, उसने दिशाओं की सुध-बुध खो दी जैसे किसी अनजानी जगह पर होता है। उसे एक बार फिर वहीं बैठकर इन्तज़ार करना बेहतर लगा जो क़िस्मत, भाग्य और कारण—कार्य सिद्धान्त इन तीनों में से एक या इकट्ठे, निःस्वार्थ स्वयंसेवकों को उस छोटे से ज़मीन के टुकड़े की ओर ले आते जहाँ वह बैठा था, जिस प्रकार एक समुद्री द्वीप में होता है। जहाँ कोई संचार माध्यम नहीं होता। यूँ कहिए, सुई को भूसे के ढेर में खोजने जैसा था। तीन मिनट बाद वह सो गया। मनुष्य भी कितना अजीब प्राणी है। बिना किसी कारण के भयानक अनिद्रा का शिकार हो जाता है। और युद्ध

के पहले घोड़े बेच के सोता है। ऐसा ही हुआ, मुमकिन है कि अब भी वह सो रहा होता, यदि धुंध में कहीं सालोमाँऊ ने गरजती चिंघाड़ न मारी होती जिसकी प्रतिध्वनि दूर गंगा के किनारे सुनी गई होगी। अचानक जगाए जाने पर चिड़चिड़ा, वह अनुमान न लगा पाया कि आवाज़ कहाँ से आ रही थी, इस धुंध संकेत ने उसे एक बर्फ़ीली मौत से बचा लिया, या इससे भी बदतर, भेड़ियों का ग्रास बनने से, क्योंकि यह भेड़ियों का इलाक़ा है।

अकेला और निहत्था व्यक्ति, इतने सारे भेड़ियों के समक्ष असहाय हो जाता है। दरअसल, एक के सामने भी। सालोमाँऊ की दूसरी चिंघाड़ पहली से भी ऊँची थी और गरारे करने जैसी आवाज़ के साथ उसके गले की गहराई से निकली, जैसे ढोल पर लुढ़कने की आवाज़ होती है। उसके तुरन्त बाद, ताल परिवर्तित कोलाहल हुआ, जो प्राणी होने की पहचान बनाती है। नाविक अब धुंध में घुड़सवार के समान सरपट दौड़ रहा है। सोचते हुए, भाला तैयार, फिर से सालोमाँऊ, फिर से सालोमाँऊ ने उसकी इच्छा पूरी कर दी, एक और चिंघाड़ मारी, इस बार शान्त, मानो अपने अस्तित्व का अहसास दिला रहा हो, क्योंकि डूबता नाविक अब बहता नहीं जा रहा, वह अपने रास्ते पर है। वह क्वार्टर मास्टर की बग्घी है। इसलिए नहीं कि वह बारीकी से देख सकता है क्योंकि वस्तुएँ और लोग एक धुँधले आकार से अधिक कुछ नहीं, लगता है मानो, और यह एक चिन्ताजनक विचार है। धुंध ऐसी थी जो मनुष्यों की, घोड़ों की, हाथियों की भी त्वचा को जंग से भक्षण कर सकती थी, जो, इतने विशाल हाथी की मोटी त्वचा चीते से सुरक्षित। सभी प्रकार की धुंध एक समान नहीं होतीं, हाँ, एक दिन कुछ लोग चिल्लाकर कहेंगे गैस, उनको विषाद होगा जो मास्क कसकर नहीं पहनेंगे। डूबने से बचे हुए एक नाविक ने पास से गुज़रते हुए एक सैनिक से जो घोड़े की लगाम पकड़कर उसे ले जा रहा था, पूछा कि क्या स्वयंसेवक अपने बचाव कार्य से लौट आए हैं। सैनिक ने अविश्वास भरी नज़र से उसको देखा, मानो वह किसी उकसानेवाले से बात कर रहा हो, क्योंकि, धर्म न्यायाधिकरण की फ़ाइलों के पन्ने पलटने पर यह

साबित हो जाएगा कि 16वीं सदी में ऐसे लोग बहुत अधिक संख्या में थे, और रुख़ाई से बोला, तुम्हें यह विचित्र विचार कैसे आया, यहाँ तो स्वयंसेवकों को नहीं बुलाया गया, ऐसी परिस्थिति में सबसे समझदारी की बात वह होती है जो हमने की, चुपचाप धुंध छँटने तक प्रतीक्षा की, इसके अलावा, स्वयंसेवकों को लाना कप्तान का तरीक़ा नहीं है। प्राय:, वह केवल इशारा करता है।

तुम, तुम और तुम, तेज़ चल, और कप्तान तभी बोलता है जब बात हीरोपन की हो, या तो हम सब हीरो बननेवाले हैं या कोई नहीं। यह स्पष्ट करने के लिए कि वार्तालाप का अन्त था, सैनिक फुर्ती से अपने घोड़े पर सवार हुआ, अलविदा कहा और थोड़ा सरपट दौड़ाते हुए धुंध में ओझल हो गया। वह स्वयं से अप्रसन्न था। उसने उन चीज़ों का खुलासा कर दिया था जो उससे पूछी नहीं गई थी, और ऐलान किए थे जिनकी उसे अनुमति नहीं थी। परन्तु, उसे एक ही बात की ख़ुशी थी, कि हालाँकि उसका शरीर गठीला नहीं था, वह उन लोगों में शामिल था जिन्हें बैलगाड़ी को धक्का लगाने के लिए बुलाया गया था, लोग जो अल्पभाषी थे और बिना किसी कल्पनाशक्ति के प्राय: ऐसा कहा जाता है धुंध में भटका व्यक्ति बहुत कल्पनाशील था, देखो कैसे वह आसमान से टपका, अकस्मात, स्वयंसेवक जो उसकी सहायता के लिए आने चाहिए थे। सौभाग्यवश आदमी की जन विश्वसनीयता स्थापित करने के लिए, हाथी एक बिलकुल अलग विषय है। विशाल, विराट, लम्बोदर, डरावनी आवाज़, और अन्य जानवरों से भिन्न एक सूँड़, हाथी किसी की कल्पना का प्राणी नहीं हो सकता, भले वह कितनी ही निर्भीक और उपजाऊ क्यों न हो। हाथी का अस्तित्व था या नहीं था। अब, समय है उससे मिलने का और धन्यवाद करने का, कि उसने अपनी ईश्वर द्वारा प्रदान की गई चिंघाड़ को किसी सही कार्य के लिए लगाया, और अगर जोसाफात[1] यहाँ की वादी

1. जोसाफा जूडा राज्य का चौथा राजा था। उसका नाम जोसाफा की वादी से जुड़ा है जहाँ, इजराइल के देवता सभी राज्यों को एकत्र कर एक दिन न्याय करेंगे।

होती, तो मृत भी उठ खड़े होते और जैसी यह है। पुर्तगाली की ज़मीन का धुंध से ढका एक साधारण-सा टुकड़ा, जहाँ कोई लगभग ठंड और उपेक्षा के कारण मर गया, प्रयासपूर्ण तुलना जिसमें हम उलझ गए हैं; को जारी रखते हुए, हम कह सकते हैं कि पुनरुत्थान इतने सुनियोजित होते हैं कि वे पीड़ित व्यक्ति के मरने के पूर्व ही घट जाते हैं। ऐसा लगा मानो हाथी ने सोचा, वह बेचारा मर जाएगा, और मैं उसे बचाऊँगा। और वह बेचारा उस पर धन्यवाद की बौछार कर रहा है और उस पर अपनी कृतज्ञता प्रकट कर रहा है। जब अकस्मात महावत ने पूछ लिया, हाथी ने ऐसा क्या किया कि तुम इसे धन्यवाद कह रहे हो? अगर यह न होता, तो मैं ठंड से मर गया होता या भेड़ियों का भोजन बन गया होता, और उसने ऐसा ख़ास क्या किया, क्योंकि उठने के पश्चात यह अपनी जगह से हिला तक नहीं, इसे हिलने की आवश्यकता ही नहीं पड़ी, इसे केवल एक चिंघाड़ मारनी थी, क्योंकि मैं धुंध में भटक गया था और इसकी इसी चिंघाड़ ने मुझे बचा लिया, अगर कोई सालोमाँऊ के काम और कृत्यों के बारे में बोलने योग्य कोई है। तो वह मैं हूँ, इसीलिए कि मैं इसका महावत हूँ, मेरे पास इसके चिंघाड़े की कहानी सुनाने मत आओ, इसने एक बार नहीं, बल्कि तीन बार चिंघाड़ मारी है। इन्हीं कानों ने जो एक दिन मिट्टी में मिल जाएँगे चिंघाड़े हुए सुना। महावत ने सोचा, यह आदमी निपट पागल है। लगता है धुंध इसके दिमाग़ में घुस गई है। शायद यही हुआ है। हाँ, मुझे ऐसे क़िस्से मालूम हैं। तब, ऊँचे स्वर में बोला, चलो इस विषय पर बहस नहीं करते हैं कि चिंघाड़ एक, दो या तीन बार मारी थी, तुम उन आदमियों से जाकर पूछो कि उन्होंने कुछ सुना। वे व्यक्ति, जिनकी धुँधली रूपरेखा हर क़दम पर कँपकँपाती-सी दिखाई दे रही थी, उन्होंने तत्काल पूछ डाला, ऐसे मौसम में तुम कहाँ जा रहे हो? आदमी जिसने हाथी को बोलते हुए सुना था, हम जानते हैं कि जो प्रश्न पूछा था वो यह नहीं था, और हम ये भी जानते हैं कि इन्होंने क्या उत्तर दिया? हम जो नहीं जानते वह यह कि क्या इन दोनों में कोई सम्बन्ध है?

क्या और कैसे? बात ये है कि सूर्य, एक विशाल रोशनी का गोला, अचानक धुंध को चीरता हुआ निकला और उसे उड़ा ले गया। सृष्टि उजागर हो गई हमेशा की तरह, पत्थर, पेड़, खाइयाँ और पर्वत। तीनों आदमी अब नहीं हैं। इस महावत ने कुछ बोलने के लिए मुँह खोला, और बन्द कर दिया। व्यक्ति जिसने दृढ़ता से कहा था कि उसने हाथी को बोलते हुए सुना था अपनी सामंजस्य शक्ति व सार खोने लगा, सिकुड़ने लगा, फिर बढ़ने लगा गोलाकार पारदर्शी साबुन के बुलबुले सदृश, यदि उन दिनों के घटिया साबुन, शानदार क्रिस्टल बनाने की क्षमता रही होगी जिसे किसी प्रतिभाशाली ने बनाया होगा, फिर वह दृष्टि से ओझल हो गया। वह प्लोफ की आवाज़ के साथ गुम हो गया। ध्वनि अनुकरण बहुत भाषाओं में एक सुविधाजनक चीज़ है। कल्पना कीजिए यदि हमें किसी के ओझल हो जाने का वर्णन करना पड़े तो इसके लिए हमें कम-से-कम दस पन्ने लिखने पड़ेंगे। मात्र इस ध्वनि का प्रयोग करने से काम सरल हो जाता है। प्लोफ।

शायद वातावरण में परिवर्तन के कारण, कमान अधिकारी ने अपनी पत्नी और बच्चों के बारे में सोचा, वह पाँच मास की गर्भवती, एक बेटा और एक बिटिया, क्रमश: छह और चार वर्ष के। इन दिनों के देहाती लोग, जो अभी तक, संवेदनशीलता को कम महत्त्व देते हैं। इनका प्रयोग वे न के बराबर करते हैं। कुछ भावनाएँ अखंड राष्ट्रीय पहचान बनाने में पीछे छूट गईं, किन्तु अतिविशिष्ट पुर्तगाली उत्कंठा और गृह विरह की भावना जिसे साउदाद कहा जाता है। इससे मिलते-जुलते कई और भावनाएँ, पुर्तगाल द्वारा अभी तक स्वाभाविक जीवन दर्शन के रूप में अपनाए नहीं गए थे, इसी कारणवश केवल जनसाधारण में विचारों के आदान-प्रदान में कठिनाइयाँ आईं और कुछ हद तक निजी जीवन में किंकर्तव्यविमूढ़ता देखने को मिली। समझदारी हमें यह सिखाती है कि कमान अधिकारी के पास जाकर यह पूछना, बताइए श्रीमान, क्या आप जो अपनी पत्नी और बच्चों के लिए अनुभव कर रहे हैं। उसे साउदाद कहेंगे? कमान अधिकारी भी विनम्रता तथा संवेदनशीलता में कम नहीं था, जैसा हम इस कहानी के अनेक मोड़ों पर देख चुके हैं। और हमेशा किसी की मर्यादा को ठेस न पहुँचाने में सावधानी बरतता है। हमें घूरेगा, हमारे सीधेपन पर अवाक् रह जाएगा और अस्पष्ट तथा वाहियात उत्तर देगा, बेसिर-पैर, जो हमें, कम-से-कम, उनके दाम्पत्य जीवन के बारे में चिन्ता में तो डाल ही देगी। इतना तो स्पष्ट है कि कमान अधिकारी ने कभी प्रेम गीत न गाया न ही लिखा, हमारी जानकारी में, न ही एकमात्र सप्तपदी ही लिखी, किन्तु इसका यह अर्थ नहीं कि उसमें स्वाभाविक रूप से अपने साथियों द्वारा रचित

सुन्दर वस्तुओं की सराहना करने की क्षमता नहीं है। इनमें से एक उदाहरण, जो वह अपने पिट्ठू झोले के अन्दर एक कपड़े में लपेटकर ला सकता था, जैसा वह अन्य युद्ध समान अभियानों में कर चुका था, परन्तु इस बार उसने उसे घर पर ही छोड़ देना बेहतर समझा। उसकी कम पगार, जो प्राय: बक़ाया राशियों में अदा की ज़ाती थी, प्रमाण थी इस प्रणाली का कि सैनिकों को ऐशो-आराम उपलब्ध न कराया जाए, इस विशेष आभूषण को ख़रीदने के लिए, आज से बारह वर्ष पूर्व, उसे बेशक़ीमती परतला बेचना पड़ा था, महीन नक़्क़ाशी और बेशुमार नगों से सुसज्जित, सत्य तो यह है कि उसे युद्ध के मैदान से अधिक बैठकों की शोभा बढ़ाने के लिए ही पहना जा सकता था।

वह उसके नाना के पास सैनिक सामान का एक अद्‌भुत नमूना था जिसे जो भी देखता हासिल करना चाहता था। इसके स्थान पर, परन्तु किसी अन्य लक्ष्य के लिए, एक 'अमादीश द गाऊल' नामक ग्रंथ है जिसका लेखक, कुछ देशप्रेमी बुद्धिजीवियों के अनुसार, चौदहवीं ईस्वी का एक वाश्कू द लोबइरा है। यह रचना सारगोसा नामक स्थान पर कास्टीलियन अनुवाद से 1508 में गारसी रूद्रीगेश द मोंआल्वो द्वारा प्रकाशित की गई जिसने इसमें कुछ साहसी कारनामे और प्रेम प्रसंग के अध्याय जोड़कर प्राचीन लिपियों में संशोधन और सुधार कर दिया। कमान अधिकारी को सन्देह है कि उसकी प्रतिलिपि अवैधानिक है।

जिसे हम आज की भाषा में पाइरेटिड संस्करण बुलाते हैं। जो हमें दर्शाता है कि कुछ ग़ैर-क़ानूनी गतिविधियों की जड़ें कितनी गहरी हैं। सालोमाँऊ, हम पहले भी कह चुके हैं कि हम जूडा के राजा की बात कर रहे हैं, हाथी की नहीं, सही लिखा था कि सूर्य के नीचे कुछ भी नया नहीं है। हमारे लिए कल्पना करना भी कठिन है कि उन बाइबिल के दिनों में सब कुछ आज जैसा ही था, हमारी हठी मासूमियत उन दिनों को काव्यात्मक, ग्रामीण, चारागाही रूप में कल्पना करना चाहती है। क्योंकि वह पाश्चात्य सभ्यता स्थापित करने के हमारे डगमगाते प्रयासों के क़रीब है।

कमान अधिकारी अमादीश को चौथी या पाँचवीं बार पढ़ रहा है। अन्य उपन्यासों की भाँति, इसमें ख़ूनी संग्रामों की कमी नहीं है। जड़ से उखाड़ी गई भुजाएँ और टाँगें और दो टुकड़ों में कटे बदन, जो हमें उन आध्यात्मिक शूरवीरों के क्रूर बल की कहानी कहते हैं। रसोईघर में उपयोग किए जानेवाले चाकुओं में वानाडियम और मौलीबेडनम नामक धातुओं के सम्मिश्रण द्वारा काटने के गुणों से आज हम भली-भाँति परिचित हैं। यह उन दिनों भी ज्ञात था, यह बात अकल्पनीय है। जो हमें यह दर्शाता है कि हमने कितनी प्रगति कर ली है। और वह भी सही दिशा में। यह ग्रंथ ख़ुशनुमा विस्तार से अमादीश द गाऊल और ओरियाना की दुखभरी प्रेम कहानी का उल्लेख करता है। दोनों ही राजाओं की सन्तानें थीं, परन्तु इसके बावजूद अमादीश की माँ ने उसे त्याग दिया, और आज्ञा दी कि उसे एक लकड़ी के सन्दूक़ में डाल, साथ में तलवार रखकर समुद्र में बहा दिया जाए, लहरों के बल की दया पर। जहाँ तक ओरियाना का प्रश्न है, बेचारी को उसकी इच्छा के विरुद्ध उसके पिता ने उसे रोम के राजा को विवाह में सौंपने का फ़ैसला किया, तब उसने अपनी सारी इच्छाएँ और आशाएँ अमादीश पर छोड़ दी थीं, जिसे वह सात वर्ष की आयु से ही प्रेम करती थी जब वह बारह वर्ष का था, हालाँकि देखने में वह पन्द्रह वर्ष का लगता था। उन्होंने एक-दूसरे को एक चकाचौंध वाले क्षण में ही देखा था जो उन्हें पूरा जीवन चकाचौंध करता रहा। यह उन दिनों की बात है जब शूरवीरों ने भगवान के कार्य को अन्तिम रूप देने और धरती से बुराई का नामोनिशान मिटा देने की शपथ ली थी।

यह उन्हीं दिनों की बात है जब प्रेम तभी प्रेम माना जाता था जब वह चरम अथवा उग्र हुआ करता था, जब सम्पूर्ण समर्पण एक आध्यात्मिक उपहार हुआ करता था, शरीर की स्वाभाविक गतिविधियों जैसे खाने-पीने के सदृश। जहाँ तक शरीर का प्रश्न है हम कल्पना कर सकते हैं कि अमादीश का शरीर कैसा रहा होगा, घावों से दागदार, जब वह ओरियाना की कोमल त्वचा को बाँहों में भरता होगा। मौलीबेडनम व वानाडियम के बिना बख़्तरबन्द कवच,

किसी काम के नहीं और कथाकार कवच और बुने हुए कोट की दुर्बलता बताने में कोई कंजूसी नहीं करता। एक हेलमेट को विफल कर उसके अन्दर के सिर को खंडित करने के लिए साधारण तलवार का एक वार पर्याप्त था। अचम्भे की बात है कि ये लोग इस सदी तक सलामत कैसे आ पहुँचे। मैं भी यही करना चाहूँगा, कमान अधिकारी ने एक गहरी साँस ली। उसे कप्तान के पद को त्याग देने पर कोई शिकायत न होती, कम-से-कम कुछ समय तक, घुड़सवारी के बदले, एक नया अमादीश द गाउल, समुद्री तटों, जंगलों और पर्वतों में, जहाँ महाराज के शत्रु घात लगाए बैठे थे। एक पुर्तगाली घुड़सवार कप्तान का जीवन, शान्ति के समय, पूर्णतया निठल्ला होता है। और उसे अपने आपको व्यस्त रखने में काफ़ी मशक़्क़त करनी पड़ती है। कमान अधिकारी की कल्पना में अमादीश ऊबड़-खाबड़ मैदानों से गुज़रता है। नुकीले पत्थर उसके घोड़े के खुरों को चोट पहुँचाते हैं। और उसका मित्र श्कुदइरू गांदालि[1] उससे कहता कि विश्राम का समय हो चला है। इस काल्पनिक उड़ान ने कमान अधिकारी के विचारों को पूर्णरूप से असाहित्यिक विषय के सैनिक अनुशासन के मूल नियमों की तरफ़ मोड़ दिया, आज्ञा का पालन करना। यदि कमान अधिकारी राजा इस क्षण दों जुआँऊ तृतीय के चिन्तन पटल में प्रवेश कर पाता, जैसा हमने पहले उल्लेख किया था। जब उस राजसिक पात्र ने सालोमाँऊ और उसके क़ाफ़िले ने कास्टील के विशाल और शुष्क मैदानों को पार करने की कल्पना की, वह यहाँ न होता, इन कन्दराओं में चढ़ और उतर रहा होता, ख़तरनाक ढलानों से बचता। इस दौरान गाड़ीवान वह पथ ढूँढ़ता जो उसे अपने लक्ष्य से बहुत दूर न ले जाए। जब कभी आरम्भिक और अस्पष्ट पथ मलबा और शेल पत्थर के नीचे गुम हो जाते।

यद्यपि राजा ने वास्तव में अपने विचार व्यक्त नहीं किए थे न ही किसी ने साहस किया। इसे इतने तुच्छ विषय पर प्रश्न करने का, घुड़सवारों के

1. श्कुदइरू गांदालि ईल्यार्फीम का कोऊंट था और अमादीश द गाउल का अनुरक्षक।

जनरल ने अपनी सहमति दे दी, हाँ, कास्टील के मैदान पूर्ण रूप से उत्तम व सरल थे, लगभग, कहा जा सकता था, मैदानों में भ्रमण समान था। इस प्रकार सब तय हो गया, और तब प्रतीत होता था कि मार्ग में परिवर्तन करने का कोई कारण न होता यदि राज्य सचिव, पेरो द अल्कासोवा कारनइरू, को इस अनुबन्ध का पता न लग गया होता और उसने हस्तक्षेप करने की पहल न की होती। जिसे आप मैदानों में भ्रमण की संज्ञा दे रहे हैं। श्रीमान, मुझे लगता है। एक उत्तम विचार नहीं है। उसने कहा, यदि हम सतर्कता से काम नहीं लेंगे, तो इसके गम्भीर नकारात्मक, यहाँ तक कि घातक परिणाम हो सकते हैं। अच्छा, मुझे नहीं लगता, क्या होगा यदि हमें कास्टील पार करते समय स्थानीय जनता से खाना व पानी प्राप्त करने में कठिनाइयाँ पेश आईं, क्या होगा यदि वहाँ के लोगों ने हमारे साथ अपनी ही भलाई के विपरीत व्यापार करने से मना कर दिया, यह तो सम्भव है।

जनरल बोला, क्या होगा यदि डाकुओं ने, यहाँ से कहीं अधिक संख्या में, हाथी को दी गई नाम मात्र सुरक्षा को देखते हुए, क्योंकि तीस घुड़सवारों की टुकड़ी तो कुछ भी नहीं, यहाँ मैं आप से असहमत हूँ, श्रीमान, जनरल बीच में बोल पड़ा, यदि थरमोपिले[1] में तीस पुर्तगाली सैनिक होते, किसी भी तरफ़, तो युद्ध का परिणाम कुछ और ही होता, माफ़ कीजिए श्रीमान, मेरा मक़सद हमारे सैनिकों की वीरता पर सन्देह करना क़तई नहीं था, किन्तु, जैसा कि मैं कह रहा था, क्या होगा यदि वे डाकू, जो निस्सन्देह हाथी दाँत की क़ीमत जानते हैं। मिलकर हम पर हमला कर दें, हाथी को मारकर उसके दाँत उखाड़ ले जाएँ। कहा तो यहाँ तक जाता है कि हाथी की खाल को गोलियाँ भी नहीं छेद सकतीं, यह सत्य हो सकता है। परन्तु उसको मारने के अन्य तरीक़े भी हो सकते हैं। मैं तो बस इतना महामहिम से सोचने को कह रहा हूँ, कि

1. थरमोपाइले का युद्ध 480 ईसा पूर्व यूनान के इतिहास में सेना के शूरवीरों के बारे में जाना जाता है जो पारसी सेना के मुक़ाबले डटे रहे। इस स्थान का नाम गरम पानी के चश्मों के कारण पड़ा।

हमें कितनी शर्मिंदगी उठानी पड़ेगी यदि आर्चदुक मैक्सीमिलियन को हमारा उपहार स्पेनी धरती पर स्पेनी डाकुओं के साथ मुठभेड़ में मारा जाता है। तो तुम्हारे विचार में हमें क्या करना चाहिए, कास्टील मार्ग का एक ही विकल्प है। हमारा अपना, सीमारेखा के साथ-साथ, उत्तर दिशा की ओर, कास्तेलो रोद्रीगो तक, यहाँ के मार्ग तो बुरी हालत में हैं। जनरल ने कहा, तुम्हें इस क्षेत्र के बारे में मालूम ही कहाँ है। नहीं है। परन्तु इसके अलावा कोई और विकल्प भी तो नहीं है। इसके साथ-साथ हमें एक बहुत बड़ी अनुकूल स्थिति भी मिल जाती है। वो क्या, पूरी यात्रा पुर्तगाल की ही धरती पर करने की, एक महत्त्वपूर्ण बात, निस्सन्देह, तुम हर पहलू के बारे में सोचते हो, सचिव।

इस वार्तालाप के दो सप्ताह बाद, यह स्पष्ट हो गया कि सचिव, पेरो द अल्कासोवा कारनइरू ने, वास्तव में सब कुछ के बारे में नहीं सोचा था, आर्चदुक के सचिव का एक सन्देशवाहक पत्र लेकर आया जिसमें, पाठक का ध्यान तितर-बितर करने की मंशा से कुछ अनावश्यक स्तुतियों के अलावा, उसने पूछा था कि हाथी किस क्षेत्र से सीमा पार करेगा, क्योंकि स्पेनी और ऑस्ट्रियाई सैनिकों की एक टुकड़ी उसे प्राप्त करने के लिए वहाँ तैनात रहेगी। पुर्तगाली सचिव ने उसी सन्देशवाहक के द्वारा उत्तर भिजवा दिया कि वे कास्तेलो रोद्रीगो से पार जाएँगे, और उसने एक प्रत्याक्रमण छेड़ दिया। यह शब्द एक अतिशयोक्ति लग सकता है। यह ध्यान में रखते हुए कि दोनों देशों में शान्ति का साम्राज्य है। पेरो द अल्कासोवा कारनइरू की छठी इन्द्रिय से उसका ठनका था। अपने स्पेनी सहयोगी द्वारा उपयोग में लाया गया एक शब्द, प्राप्त करना। वह अन्य शब्द का भी प्रयोग कर सकता था जैसे अभिवादन या स्वागत करने के लिए, पर नहीं, जैसा कहा जाता है कि सच एक चूक से उजागर हो चुका था। कमान अधिकारी को आगे बढ़ने पर कुछ हिदायतें देकर ग़लतफ़हमियों से बचा जा सकता है। पेरो द अल्कासोवा कारनइरू ने सोचा, यदि दूसरी पार्टी के दिमाग़ में भी यही चीज़ चल रही हो। इस युद्धनीतिक योजना के परिणाम सार्जेंट द्वारा घोषित किए जा रहे हैं। किसी

दूसरे स्थान पर और कुछ दिन बाद, इस क्षण, हमारे पीछे दो घुड़सवार हैं श्रीमान। कमान अधिकारी ने अपनी ओर आते हुए घोड़ों की ओर देखा, जो अपनी टाप और गति के कारण स्पष्ट रूप से अच्छी नस्ल के लग रहे थे, और वे जल्दी में लग रहे थे, सार्जेंट ने अपनी टुकड़ी को रुकने का हुक्म दे दिया, और आवश्यकता पड़ने पर, यह निश्चित कर लिया कि कुछ बन्दूकें सावधानीपूर्वक आगन्तुकों पर तनी रहें। कँपकँपाते शरीर और मुँह से गिरती झाग, कठिनाई से साँस ले पा रहे घोड़े सामने आकर रुक गए। दोनों घुड़सवारों ने कमान अधिकारी का अभिवादन किया और उनमें से एक बोला, हम सचिव पेरो द अल्कासोवा कारनइरू का सन्देश लाए हैं। हाथी के संरक्षण के लिए पलटन के कमान अधिकारी के लिए। मैं ही कमान अधिकारी हूँ। व्यक्ति ने अपना झोला खोलकर एक चार बार मोड़ा हुआ काग़ज़ निकाला जिस पर राज्य सचिव पेरो द अल्कासोवा कारनइरू की राजसी मोहर लगी हुई थी, और उसे कमान अधिकारी को सौंप दिया, वह उसे पढ़ने के लिए कुछ क़दम पीछे गया, जब वह वापस आया, उसकी आँखों से चमक झलक रही थी। उसने सार्जेंट को एक तरफ़ बुलाया और कहा, सार्जेंट, क्वार्टर मास्टर से कहो कि इन्हें कुछ खाने के लिए दे और कुछ इनकी वापसी के लिए भी कुछ तैयार कर दे। जी, श्रीमान! और यह भी घोषणा कर दो कि आज विश्राम का समय घटाकर आधा कर दिया गया है। जी, श्रीमान, हमें स्पेनियों से पहले कास्तेलो रोद्रीगो पहुँचना है। जो सम्भव है। क्योंकि हमारे जैसे, उनको कोई पूर्व सूचना नहीं दी गई है। और अगर हम न पहुँच पाए, तो श्रीमान, सार्जेंट ने हिम्मत करके पूछ लिया। हम पहुँच जाएँगे, जो भी हो, पहले पहुँचनेवाले को प्रतीक्षा करनी होगी। इतनी साधारण-सी बात, जो पहले पहुँचे, प्रतीक्षा करे, इसमें पेरो द अल्कासोवा कारनइरू को पत्र लिखने की क्या आवश्यकता पड़ गई, अवश्य इसमें कुछ और बात भी होगी।

अगले दिन भेड़िये आ गए। हमने उनके बारे में इतनी बातें की, कि उन्होंने अन्त में आने का फ़ैसला कर ही लिया। लगता था कि वे लड़ने की दृष्टि से नहीं आए थे, शायद रात के अन्तिम पहर का शिकार, उनकी भूख शान्त करने के लिए पर्याप्त था। इसके अलावा, पचास जवानों का यह दस्ता, लगभग सभी शस्त्रों से लैस, आदर व कूटनीति की छवि होते हैं। भेड़िये बुरे तो हो सकते हैं, पर बेवक़ूफ़ नहीं। वे आमने-सामने के बल का तुलनात्मक विश्लेषण करने में निपुण होते हैं और जोश में होश नहीं खोते। क्योंकि इनके पास अपनी विजय घोषित करने के लिए कोई झंडा या सैनिक बैंड तो होता नहीं, जब कभी वे आक्रमण करते हैं। वो जीतने के लिए ही होता है। यह एक नियम है। हालाँकि, हम बाद में देखेंगे, कि यदा-कदा, इसमें, अपवाद भी होता है। इन भेड़ियों ने कभी हाथी नहीं देखा था। सदा यह धारणा होती है कि भेड़ियों के सोचने का ढंग मनुष्यों से मिलता-जुलता है। इसमें आश्चर्य नहीं कि कल्पना शक्ति वाले भेड़ियों ने पूरे झुंड के लिए माँद के बाहर इतना सारा टनों मांस देखकर स्वयं को सौभाग्यशाली समझा, मेज़ पर दोपहर शाम व रात्रि का भोजन मौजूद रहता। साइबेरियाई भेड़िये का लातीनी नाम कानिस लूपुस सिगनातुस, वह यह नहीं जानता कि हाथी की चमड़ी बन्दूक़ की गोली भी नहीं भेद सकती, हालाँकि, हमें पुराने दिनों की गोलियों के, जो किसी को भी ठीक से मालूम नहीं होता था कि निशाने पर जाकर लगेंगी या नहीं, और, कास्तेलो रोद्रीगो की यात्रा के अगले चरण की तैयारी करते जवानों के दस्ते, घोड़े और बैलों को पहाड़ों की चोटी से टकटकी

लगाकर नीचे देखते भेड़ियों के दाँतों को अन्तर के बारे में ज्ञात होना चाहिए। सदियों से जीवित रहने की आवश्यकता के लिए पथ में सब कुछ खा लेने की प्रक्रिया के परिणामस्वरूप तेज़ दाँतों के कारण, सम्भव है कि सालोमाँऊ की चमड़ी तीन झुंडों के दाँतों के निरन्तर नोच-खसोट को न झेल पाए। सभी लोग भेड़ियों के बारे में बात कर रहे हैं। उनमें से एक अपने आसपास वालों से कहता है—यदि तुम पर भेड़िया आक्रमण करे तो तुम छड़ी से अपनी रक्षा कर सकते हो, किसी भी हालत में भेड़िये को उसे दाँत मत गड़ाने दो, क्यों, किसी ने पूछा, क्योंकि भेड़िया धीरे-धीरे छड़ी के ऊपर बढ़ता जाएगा, और लकड़ी पर अपनी पकड़ मज़बूत बना लेगा, तब वह पंजे की गिरफ़्त में लेने को तैयार हो जाएगा, शैतानी दरिंदे, दरअसल, भेड़िये मनुष्य के शत्रु नहीं हैं। यदि कभी ऐसा लगता है तो वह इसलिए कि हम एक ईमानदार भेड़िये को प्रकृति द्वारा दिये गए वरदान को स्वच्छंद रूप से भोगने की उनकी इच्छा की राह में रोड़ा बन जाते हैं। इन तीनों को देखकर ऐसा नहीं लगता कि वे किसी दुर्भावना से ग्रसित हैं। उनका पेट भरा हुआ लगता है।

इसके अलावा, हमारी संख्या अधिक होने के कारण उनकी हिम्मत नहीं है आक्रमण करने की, इन घोड़ों में से एक उनका स्वादिष्ट ग्रास बन सकता है। वे आ गए, एक सैनिक चिल्लाया। वह सही था। जब से भेड़िये आए थे वे बिना किसी हरकत के बैठे रहे, बादलों की पृष्ठभूमि में, वे अब यूँ चल रहे थे मानो बहाव में बह रहे हों और फिर एक-एक करके वे ओझल हो गए, क्या वे वापस आएँगे, एक सैनिक ने पूछा, हो सकता है। शायद यह देखने के लिए कि हम तब तक यहाँ हैं या नहीं, या हमने कोई घायल घोड़ा पीछे तो नहीं छोड़ दिया, भेड़िये के बारे में जानकार व्यक्ति ने उत्तर दिया। तभी सभी को एकत्र होने के लिए बिगुल बजने की आवाज़ सुनाई दी, लगभग आधे घंटे बाद, क़ाफ़िला चल पड़ा, बैलगाड़ी सामने, उसके पीछे हाथी और बोझा ढोनेवाले, घुड़सवार फ़ौज, पीछे क्वार्टर मास्टर की बग्घी। वे सभी थककर चूर हो चुके थे। इसी बीच, महावत ने कमान अधिकारी

को सूचित किया कि सालोमाँऊ थक चुका था, इतना दूरी तय करने पर नहीं जितना सड़कों की खस्ता हाल के कारण, यदि वे सड़क कहे जाने के योग्य भी हैं। कमान अधिकारी ने उसे बताया कि एक दिन या दो दिन में वे कास्तेलो रोद्रीगो के पास पहुँच जाएँगे, यदि हम पहले पहुँचते हैं। तो हाथी, क़ाफ़िले के लोग और पशु, स्पेनियों को पहुँचने तक जितने दिन व घंटे लगें, विश्राम कर सकेंगे, यदि हम उनसे बाद पहुँचते हैं तो, यह तो इस पर निर्भर है कि वे कितनी जल्दी में हैं। और उनको क्या आज्ञा दी गई है। मुझे लगता है कि वे भी एक दिन विश्राम करना चाहेंगे। हम तो आपकी आज्ञा का पालन करेंगे, श्रीमान! मेरी एक ही इच्छा है कि हम आपकी छत्रच्छाया के तले ही रहें, ऐसा ही होगा, कमान अधिकारी ने उत्तर दिया। उसने ऐड़ मारी और आगे चल दिया, गाड़ीवान को प्रोत्साहित करने के लिए, क्योंकि उसकी गाड़ी हाँकने की क्षमता पर ही क़ाफ़िले की गति निर्भर थी। चले चलो, इन बैलों को दौड़ाओ, वह चिल्लाया। कास्तेलो रोद्रीगो अब दूर नहीं और हमें मनुष्यों की तरह खाने व छत के नीचे सोने में अधिक प्रतीक्षा नहीं करनी पड़ेगी। भगवान करे ऐसा ही हो, गाड़ीवान बुदबुदाया ताकि उसको कोई न सुन पाए। जो भी हो, कमान अधिकारी की आज्ञा का पालन हुआ। गाड़ीवान ने बैल को दौड़ाने के लिए चाबुक का प्रयोग किया, और वह गाड़ीवानों द्वारा बैलों का उत्साहवर्धन करने के लिए प्रयोग किए जानेवाले स्थानीय बोली में कुछ शब्द चिल्लाया, जिनका तुरन्त और प्रभावशाली परिणाम मिला। एक आवेग जो अगले दस-पन्द्रह मिनटों तक बना रहा, या जब तक गाड़ीवान इस संवेग को जीवित रख पाया। अधमरे, भूखे-प्यासे क़ाफ़िले ने तम्बू गाड़ दिया जब सूर्यास्त हो गया और रात हो गई।

सौभाग्यवश, भेड़िये लौटकर नहीं आए थे। यदि वे आते तो उन्हें पूरे कैम्प का मुआयना करके सर्वाधिक स्वादिष्ट घोड़ा ढूँढ़ना पड़ता। यह सच है कि इतनी बड़ी चोरी का कोई लाभ न होता, अपने बड़े आकार के कारण इसको घसीट के तो ले जाया नहीं जा सकता था, और यदि वे सफल हो

भी गए होते, तो हमें यात्रियों का डर वर्णन करने के लिए इतने सशक्त शब्द कहाँ से मिलते जब इन्हें पता चलता कि भेड़िये कैम्प में घुस आए थे, और तब सब अपनी-अपनी सुरक्षा की चिन्ता करने में लग जाते। लाख शुक्र है भगवान का कि हम इस परीक्षा की घड़ी से बच गए। शुक्र है भगवान का कि हमें कास्तेलो की ऊँची-ऊँची मीनारें नज़र आने लगी हैं। हमारा मन यह कहने को करता है जो कभी किसी ने कहा था। आज तुम मेरे साथ स्वर्ग में रहोगे, या, कमान अधिकारी के व्यावहारिक शब्दों का प्रयोग करें तो, आज हम छत के नीचे सोएँगे, पर दो स्वर्ग एक समान नहीं होते, कुछ में हूरियाँ होती हैं कुछ में नहीं, जो भी हो, हम किस स्वर्ग में हैं। यह जानने के लिए हमें दरवाज़े से झाँकना पड़ेगा। हमें उत्तरी शीत हवाओं से बचाने के लिए दीवारें और वर्षा और रात की ओस से सुरक्षा के लिए छत चाहिए, संसार के सर्वाधिक ऐशो-आराम को भोगने के लिए बस और कुछ नहीं चाहिए। या स्वर्ग के विलास के लिए।

जो भी हमारे इस वृत्तान्त को ध्यानपूर्वक पढ़ता आ रहा है, उसे विचित्र लग रहा होगा कि पादरी को लात मारनेवाले उस मनोरंजक प्रसंग के पश्चात इन स्थानीय इलाक़ों की जनता से मिलन का कोई उल्लेख नहीं आया। मानो हम एक सभ्य यूरोपीय देश के बजाय मरुस्थल पार कर रहे हों, एक ऐसा देश, जिसके बारे में स्कूली बच्चे भी जानते हैं कि उसने विश्व का नये विश्व से परिचय करवाया। कुछ मुलाक़ातें अवश्य हुईं, पर चलते-चलते, शब्दानुवाद अभिप्राय यह है कि लोग अपने घरों से निकल आते और हाथी को सामने पाकर, कुछ लोग आश्चर्य और भय में अपनी देह पर क्रास का चिह्न बनाते, अन्य लोग, भय से ही खिलखिलाकर हँस देते शायद हाथी की सूँड़ देखकर। यह तो कुछ भी नहीं है उन लड़कों का उत्साह और संख्या व उन निकम्मे वयस्कों की तुलना में, जो कास्तेलो रोद्रीगो के शहर से दौड़ते हुए पहुँचे जब उन्हें हाथी की यात्रा के बारे में पता चला। हालाँकि कोई नहीं जानता कि सूचना वहाँ तक कैसे पहुँची, हाथी तो नहीं हो सकता, जो कुछ समय बाद

ही दृष्टिगोचर होगा। घबराहट और उत्तेजनापूर्वक, कमान अधिकारी ने सार्जेंट को आज्ञा दी कि वह किसी को किसी परिपक्व लड़के से पूछे कि क्या स्पेनी सैनिक पहुँच चुके थे। लड़का गालेगो[1] रहा होगा क्योंकि उसने प्रश्न का उत्तर एक प्रश्न में दिया, वे यहाँ क्या करने आएँगे, क्या युद्ध होनेवाला है। बताओ, स्पेनी पहुँचे या नहीं। नहीं श्रीमान, नहीं पहुँचे। सूचना कमान अधिकारी को दे दी गई जिसके चेहरे पर, उसी क्षण, ख़ुशी की बड़ी मुस्कान खिल उठी। निस्सन्देह, भाग्य पुर्तगालियों का साथ दे रहा था।

शहर में प्रवेश करने में लगभग एक घंटा लगा, मनुष्यों और थके-हारे पशुओं के क़ाफ़िले में इतना बल भी नहीं बचा था कि वे हाथ उठाकर या कानों द्वारा कास्तेलो रोद्रीगो के पड़ोसियों की तालियों का धन्यवाद कर सकें। मेयर के एक प्रतिनिधि ने उन्हें परेड का मैदान दिखाया जिसमें कम-से-कम दस और ऐसे क़ाफ़िले ठहराए जा सकते थे। कास्टीलयन परिवार के तीन सदस्य वहाँ प्रतीक्षारत थे, वे कमान अधिकारी के साथ दस्ते को आश्रय देने हेतु स्थान का निरीक्षण करने गए, वे स्पेनियों के लिए स्थान की आवश्यकता नहीं भूले थे यदि वे काश्तीलू के बाहर ठहरने का इरादा न बनाते। कमान अधिकारी बाद में औपचारिक रूप से मेयर से मिलने गया, और बोला, शायद वे क़िले की दीवार के बाहर पड़ाव डालेंगे जो उनके लिए फ़ायदेमन्द होगा, जिसके कारण एक मुठभेड़ की सम्भावना कम हो जाएगी, आपको क्यों लगता है कि मुठभेड़ हो सकती है। कमान अधिकारी ने पूछा, स्पेनियों के बारे में कुछ कहा नहीं जा सकता, जब से उनके पास बादशाह आया है वे और निर्भय हो गए हैं। यदि स्पेनियों के स्थान पर ऑस्ट्रियाई आ गए तो, तो इससे भी बुरा होगा, क्या वे इतने बुरे हैं। कमान अधिकारी ने पूछा, वे समझते हैं कि इनके जैसा कोई नहीं। ये तो आम बात है, मैं उदाहरण के लिए, स्वयं को अपने सैनिकों से बेहतर मानता हूँ, और मेरे सैनिक स्वयं को

1. स्पेन के गालीसिया प्रान्त का निवासी।

उन मज़दूरों से ऊँचा समझते हैं। जो बोझा ढोने आए हैं। और हाथी, मुस्कराते हुए मेयर ने पूछा, क्या हाथी का अपने बारे में कोई विचार नहीं है। वह इस संसार का नहीं है। कमान अधिकारी ने उत्तर दिया। हाँ, मैंने उसे खिड़की से आते हुए देखा, वह वाक़ई एक शानदार प्राणी है। क्या मैं उसे पास से देख सकता हूँ? बिलकुल, जब आप चाहें! मुझे तो पता नहीं उसके साथ कैसे बर्ताव करना है। उसे खिलाने के अलावा, मैं आपको पहले से बता दूँ कि इस प्राणी को भारी मात्रा में चारा चाहिए, मैंने सुन रखा है। मुझे नहीं बनना हाथी का मालिक, मैं तो एक साधारण सा मेयर हूँ, मतलब, सही बोलें तो, न राजा, न आर्चदुक। मेरा तो वही है जो मेरे पास है। कमान अधिकारी उठ खड़ा हुआ, मैं आपका और समय नहीं लूँगा, श्रीमान! आपके स्वागत के लिए आपका बहुत धन्यवाद। आपका स्वागत करने में, कमान अधिकारी साहब, मैं तो मात्र राजा की सेवा कर रहा था, हाँ, यदि आप मेरा आमंत्रण स्वीकार करके, मेरे अतिथि बनके, मेरे घर में रहें जब तक आप कास्तेलो रोद्रीगो में हैं। तो और बात होगी, इस सम्माननीय निमंत्रण का बहुत धन्यवाद, परन्तु मुझे अपने आदमियों के साथ रहना पड़ेगा। बिलकुल, जी हाँ, मैं समझता हूँ, मेरे पास समझने के अलावा कोई चारा भी तो नहीं, परन्तु कितना अच्छा होगा यदि आप एक बार हमारे यहाँ खाने पर आएँ तो। ख़ुशी से, वह इस बात पर निर्भर करता है कि हमें कितना इन्तज़ार करना पड़ेगा, अगर स्पेनी कल ही आ गए तो, या आज ही, क़िले के बाहर तैनात मेरे लड़के मुझे सूचित कर देंगे। वह कैसे करेंगे? सन्देशवाहक कबूतरों के द्वारा। कमान अधिकारी ने उसे संशय भरी दृष्टि से देखा, सन्देशवाहक कबूतर, उसने पूछा, मैंने सुना तो है। सही मानें तो, मुझे नहीं लगता कि कबूतर उतना उड़ पाता है जितना लोग कहते हैं। इतनी दूरी तय करके, बिना रास्ता भटके अपने घरौंदे में लौट आना, आपको यह कारनामा देखने का अवसर मिलेगा, यदि आपकी आज्ञा हो तो, मैं कबूतरों के लौट आने पर आपको बुलावा भेज दूँगा ताकि आप अपनी आँखों से पक्षी की टाँगों से सन्देश खोलना और पढ़ना देख सको। अगर यह

सच है तो वे दिन दूर नहीं जब कबूतरों के बग़ैर सन्देश उड़कर आने लगेंगे, यह तो लगता है कठिन होगा, मेरा मानना है। मुस्कराकर मेयर बोला, परन्तु जब तक विश्व है। कुछ भी सम्भव है। जब तक विश्व है। यही एक रास्ता है कप्तान साहिब, विश्व आवश्यक है। चलो, मैं आपका और समय नहीं लूँगा, मुझे आप से बात करके बहुत अच्छा लगा। मुझे भी, श्रीमान! दरअसल, इतनी लम्बी यात्रा के बाद, यह एक ठंडे पानी के गिलास के समान था। एक ऐसा पानी का गिलास जो मैं आपको नहीं दे सका, अगली बार सही, मेरा निमंत्रण मत भूलना, पत्थर की सीढ़ियाँ उतरते कमान अधिकारी से मेयर ने कहा, मैं समय पर आ जाऊँगा, श्रीमान।

जैसे ही उसने क़िले में प्रवेश किया, कमान अधिकारी ने सार्जेंट को बुलावा भेजा, जिसके हाथ उसने तीस मज़दूरों के भविष्य का निर्णय भेज दिया। चूँकि अब उनकी आवश्यकता नहीं रह गई थी, अगले दिन वे विश्राम करेंगे और उसके अगले दिन लिस्बन के लिए रवाना हो जाएँगे। क्वार्टर मास्टर से कहो कि उनके लिए उचित भोजन का प्रबन्ध कर दें। तीस व्यक्तियों का अर्थ है तीस मुँह, तीस जीभ, और विशाल संख्या दाँतों की, ज़ाहिर है कि उनके लिए लिस्बन तक की लम्बी यात्रा के लिए पर्याप्त भोजन उपलब्ध करवाना सम्भव नहीं था, पर वे यात्रा के दौरान प्रबन्ध कर ही लेते, काम करके या चोरी करके। सार्जेंट ने रिक्त स्थान भरने के लिए कहा, या यूँ कहें कि वे अपनी योग्यतानुसार कुछ तो कर ही लेंगे, किसी बेहतर शब्दों के अभाव में, कमान अधिकारी बोला, जो ब्रह्मांड स्तर पर रामबाण वाक्यों का भाग हैं। यह एक उदाहरण है उस घिनौने निजी और सामाजिक पाखंड का, जो उस व्यक्ति से धैर्य रखने को कहता है जिसे भीख देने से मना कर दिया गया हो। जिन्हें फोरमैन का कार्य सौंपा गया था वे जानना चाहते थे कि उन्हें पगार का भुगतान कब किया जाएगा, और, कमान अधिकारी ने सन्देश भिजवाया कि उसे इसकी कोई जानकारी नहीं थी, किन्तु उन्हें महल में जाकर सचिव या उसके प्रतिनिधि से मिलना चाहिए, परन्तु मैं तुम्हें यह सुझाव दूँगा, और

सार्जेंट ने अक्षरश: वे शब्द दोहरा दिये, कि तुम वहाँ एक साथ समूह में मत जाना, क्योंकि इससे एक ग़लत छवि प्रस्तुत होगी, तीस फ़टेहाल महल के गेट के बाहर खड़े होकर मानो एक आक्रमण करने की तैयारी में हों। मुझे लगता है पहले केवल फोरमैनों को ही जाना चाहिए, और जाने से पूर्व, उन्हें साफ़-सुथरा दिखने की हर सम्भव कोशिश करनी चाहिए। इसके बाद, इनमें से एक व्यक्ति, बाद में, कमान अधिकारी से अचानक मिल गया, उनसे बात करने की अनुमति माँगी और बोला कि उसे इस बात का बेहद ख़ेद था कि वह वालादोलीद तक उनका साथ नहीं दे पाया। कमान अधिकारी निरुत्तर हो गया, कुछ क्षणों के लिए, दोनों व्यक्ति एक-दूसरे को देखते रहे मौन रहकर, फिर अपने-अपने रास्ते चल दिये।

कमान अधिकारी ने अपने सैनिकों को स्थिति का जायज़ा दिया, उन्हें स्पेनियों के आने की प्रतीक्षा करनी होगी, हालाँकि इसका पता नहीं था कब तक, इसकी कोई सूचना नहीं थी, और अन्तिम पलों में उसने स्वयं को सन्देशवाहक कबूतरों के बारे में कुछ भी कहने से रोक लिया, अनुशासनहीनता में छूट के कारण होनेवाली आपाधापी के डर से। उसको मालूम नहीं था कि उसके अधीन काम करनेवालों में दो कबूतरबाज़ थे, यह परिभाषा उन दिनों नहीं जानी जाती थी कि नये शौक़ीनों के अलावा, पर जो निस्सन्देह दस्तक दे रही थी, इस बनावटी नयेपन के साथ जो नये शब्दों में पाया जाता है। जिससे उन्हें प्रवेश करने की भूमिका मिल जाती है। सैनिक विश्राम की मुद्रा में खड़े थे, यह मुद्रा जो उन्होंने एड लिवितुम[1], बिना किसी मनोरम दिखने के प्रयास में। ऐसा समय आएगा जब विश्राम की मुद्रा में खड़े होने के लिए सैनिक को इतना ही प्रयास करना पड़ेगा जितना सावधानी की मुद्रा में एक चौकीदार को लगता है। जब शत्रु सड़क के उस पार घात लगाए बैठा हो। भूसे के गट्ठर फ़र्श पर बिछा दिये गए थे, एक मोटी परत काफ़ी थी सैनिकों

1. अपनी इच्छानुसार।

के कंधों को फ़र्श के पत्थरों की कठोरता से सुरक्षा के लिए। एक दीवार पर क्रमबद्ध बन्दूक़ों की पंक्तियाँ सजा दी गईं। भगवान करे उन्हें प्रयोग करने की नौबत ही न आए, कमान अधिकारी ने सोचा, वह चिन्तित था कि सालोमाँऊ की सुपुर्दगी, दोनों में से किसी एक पार्टी की व्यवहार कुशलता की चूक की वजह से कासुस बैली[1] बन सकता था। उसे सचिव पेरू द आल्कासोवा कारनइरू के शब्द याद आ गए, न केवल उच्चारित शब्द, बल्कि शब्दों के पीछे का सार। वह यह, कि यदि स्पेनी या ऑस्ट्रियाई या दोनों अप्रिय या उकसानेवाला व्यवहार करते हैं तो उन्हें परिस्थिति के अनुसार उत्तर दें। कमान अधिकारी यह कल्पना नहीं कर पाया कि उनकी ओर बढ़ते सैनिक, भले स्पेनी हों या ऑस्ट्रियाई, उकसानेवाला या अभद्र व्यवहार कर सकते हैं। एक कमान अधिकारी के पास वह बुद्धिमत्ता या राजनीतिक सूझ-बूझ नहीं होती जो एक राज्य सचिव में होती है। इसी कारण उसे स्वयं से अधिक बुद्धिमान व्यक्ति का अनुसरण करना सही लगा, जब तक कार्यवाही की घड़ी नहीं आ जाती, अगर आती है तो। कमान अधिकारी इस प्रकार की उधेड़बुन में व्यस्त था जब सुभ्रो शयन-कक्ष में आया जहाँ सार्जेंट ने उसके लिए कुछ भूसे के गट्ठर रख लिये थे। सुभ्रो को देखकर कमान अधिकारी को असुविधा हुई जो उस अपराधबोध से उत्पन्न हुई थी, कि उसने सालोमाँऊ के सेहत के बारे में ग़ौर नहीं किया था, और न ही उसे देखने गया था, मानो कास्तेलो रोद्रीगो पहुँचते ही उसका कार्य समाप्त हो गया हो। सालोमाँऊ कैसा है, उसने पूछा। जब मैं आया, वह सो रहा था, महावत ने उत्तर दिया। वह एक जीवन्त प्राणी है। कमान अधिकारी बनावटी जोश से बोला, वह चलता गया जहाँ, ले जाया गया और उसकी शक्ति व प्रतिरोधक क्षमता जन्म से ही है। ये इसके निजी गुण नहीं हैं। तुम सालोमाँऊ के साथ कठोरता से पेश आ रहे हो, शायद उस कहानी के कारण जिसे मेरे सहायक ने मुझे सुनाई, यह क्या कहानी है। गाय

1. युद्ध का कारण।

की कहानी, गायों की भी कहानियाँ होती हैं। कमान अधिकारी ने मुस्कराकर पूछा। इसकी तो थी, इसने बारह दिन और बारह रातें गालीसिया के पहाड़ों में ठंड, बरसात, हिमपात और कीचड़ में बिताईं। चाक़ू की नोक जैसे नुकीले पत्थर और कीलों जैसी झाड़ियों के बीच, आक्रमण करने या स्वयं की सुरक्षा के बीच विश्राम के पल, रोने और रँभाने के बीच, ऐसी गाय की कहानी जो अपने बछड़े के साथ मैदान में गुम हो गई, और स्वयं को बारह दिन और बारह रातें भेड़ियों से घिरा पाया, और स्वयं और अपने बछड़े को लम्बी लड़ाई से जूझना पड़ा, लगभग मृत्यु के कगार पर, दाँतों और भिंचे जबड़ों से घिरी, अचानक आक्रमणों के बीच, यह जानते हुए कि उसके हर सींग का वार लक्ष्य पर लगना चाहिए वह अपने और अपने बच्चे के लिए लड़ी जो स्वयं को सुरक्षित नहीं कर सकता था, उन क्षणों के भय के बीच जब बछड़ा अपनी माँ के थन ढूँढ़कर दूध पीता था, दूसरी ओर भेड़िये और पास आ जाते थे, सर झुकाए, कान खड़े कर। सुभ्रो ने गहरी साँस ली, फिर से बोलना जारी रखा, बारह दिन बाद, लोगों ने उसे ढूँढ़ लिया और बचा लिया और एक शोभायात्रा में गाँव में ले जाया गया, लेकिन कहानी यहाँ समाप्त नहीं होती, यह और दो दिनों तक चला, क्योंकि तब तक गाय जंगली हो चुकी थी और अपनी सुरक्षा करना सीख गई थी। क्योंकि कोई उसे वश में नहीं कर सकता था न ही उसके समीप जा सकता था, उसे मार डाला गया, वध कर दिया गया, भेड़ियों द्वारा नहीं जिनसे वह बारह दिनों तक स्वयं को बचाती रही, बल्कि उन्हीं व्यक्तियों द्वारा जिन्होंने उसे बचाया था, शायद अपने मालिक द्वारा, जो यह समझ न सका कि इतना दब्बू आज्ञाकारी जन्तु, जो लड़ना सीख गया था, लड़ना रोक नहीं पाया।

कुछ पलों के लिए उस पत्थर के कमरे में गहन सन्नाटा छाया रहा। उपस्थित सैनिकों को युद्ध का अनुभव नहीं था, दरअसल सबसे युवा सैनिक ने तो कभी युद्ध के मैदान में बारूद की गंध तक नहीं सूँघी थी इसलिए वे लोग एक गाय जैसे साधारण पशु के साहस से अचम्भित हो गए, कल्पना

कीजिए, उसने मानविक भावनाएँ जैसे पारिवारिक स्नेह, निजी त्याग की भेंट, और आत्म-निषेध को चरम सीमा तक दर्शाया। सबसे पहले वह सैनिक बोला जो भेड़ियों के विषय में जानता था, यह एक बहुत अच्छी कहानी है। वह सुभ्रो से बोला, उस गाय को कम-से-कम बहादुरी और योग्यता के लिए एक मेडल मिलना चाहिए, लेकिन इस कहानी में कुछ बातें स्पष्ट नहीं हैं। और सही नहीं लगतीं। उदाहरण के लिए, महावत ने पूछा मानो लड़ाई की तैयारी कर रहा हो। उदाहरण के लिए, यह कहानी तुम्हें किसने सुनाई? एक गालीसियन ने।[1] और उसने कहाँ सुनी? उसने किसी और से सुनी होगी, या पढ़ी होगी। जहाँ तक मुझे मालूम है वह अनपढ़ है। ठीक है। शायद उसने सुनकर याद कर ली हो, हो सकता है। लेकिन मैं तो बस इसे अच्छे से सुनाना चाहता था। तुम्हारी स्मरण-शक्ति बहुत अच्छी है। और जिस भाषा का तुमने प्रयोग किया वह साधारण नहीं थी। धन्यवाद, सुभ्रो बोला। अब मैं यह जानना चाहता हूँ कि कौन-सा भाग तुम्हें अस्पष्ट लगा और असत्य लगा? पहले तो हमें बताया गया कि गाय और भेड़ियों में संघर्ष बारह दिन और बारह रातों तक चला, जिसका मतलब है कि भेड़ियों ने पहली रात को गाय पर आक्रमण किया और केवल अन्तिम बारहवीं रात को ही वे गए, शायद उनको कुछ हानि हुई, हम तो वहाँ नहीं थे देखने के लिए। नहीं, लेकिन जो भी भेड़ियों के बारे में जानता है उसे इतना मालूम होगा कि भले ही भेड़िये समूह में रहते हैं, वे शिकार अकेले ही करते हैं। तुम कहना क्या चाहते हो, सुभ्रो ने पूछा। मैं कहना चाहता हूँ कि गाय तीन-चार भेड़ियों के सामूहिक आक्रमण को एक घंटे तक भी नहीं झेल पाई होगी, बारह दिन तो भूल जाओ तो संघर्ष करती गाय की कहानी झूठी है। नहीं, झूठ तो उसे बढ़ा-चढ़ाकर बताने में है। प्रभावशाली भाषा व अर्द्धसत्य को सत्य में बदलने का प्रयास। तो तुम्हें क्या लगता है क्या हुआ होगा? मुझे लगता है कि गाय

1. गालीसियन स्पेन के गालीसिया क्षेत्र का वासी।

भटक गई होगी, भेड़िये ने आक्रमण किया होगा, उसने मुक़ाबला किया और उसे खदेड़ दिया, शायद ज़ख़्मी हालत में, तब वह वहीं रह गई, घास चरती अपने बछड़े को दूध पिलाती जब तक उसे खोज नहीं लिया गया, क्या कोई और भेड़िया नहीं आया, हाँ, परन्तु इसकी सम्भावना कम ही है। और एक ही भेड़िये को खदेड़ना बहादुरी और योग्यता के लिए एक मेडल को पाने के अधिकार को सिद्ध करने के लिए पर्याप्त है। श्रोताओं ने तालियाँ बजाईं, इस विचार से, कि सब सुनने के पश्चात, गालीसियन गाय को सत्य और मैडल पाने का पूरा अधिकार था।

अगली सुबह एकत्र होकर, कुलियों की मंडली ने लिस्बन पहुँचने के लिए सरल एवं सुरक्षित मार्ग से जाने का निर्णय लिया, वे रास्ते, जो पैरों के लिए सुगम होने के साथ-साथ भेड़ियों की पीली पैनी नज़र से सुरक्षा प्रदान करते, और घुमावदार रास्ते जहाँ ये पशु अपने शिकार के दिमाग़ को पंगु कर देते हैं। ऐसा नहीं है कि भेड़िये तटीय क्षेत्र में नहीं पाए जाते, इसके विपरीत, वे बड़ी संख्या में भेड़ों के झुंड पर नियमित रूप से आक्रमण करते, परन्तु पहाड़ों पर चलने में जिन्हें देखने मात्र से रूह काँप उठती है और समुद्र तटों की शीतल रेत पर चलने में ज़मीन आसमान का अन्तर है। जहाँ मछुआरे नाव को किनारे पर लगाते समय थोड़ी-सी सहायता के बदले एक दर्जन सारडिन मछली दे देते हैं। कुलियों के पास यात्रा के लिए खान-पान का सामान है। अब वे सुभ्रो और हाथी को अलविदा कहने के लिए उनकी प्रतीक्षा कर रहे हैं। यह विचार शायद महावत का था, चूँकि इस विषय पर कोई लिखित जानकारी उपलब्ध नहीं थी, यह किसी को भी नहीं पता था कि यह विचार कहाँ से आया। वे देख सकते हैं कि हाथी एक व्यक्ति को आलिंगन में ले सकता है किन्तु वही कार्य एक मनुष्य के लिए असम्भव है। जहाँ तक हाथ मिलाने का सवाल है वह तो असम्भव है। पाँच छोटी-छोटी उँगलियों के द्वारा वृक्ष के तने समान विशालकाय पंजा पकड़ना नामुमकिन है। सुभ्रो ने सभी आदमियों को दो पंक्तियाँ बनाने के लिए कहा, पाँच आगे और पाँच पीछे, दो व्यक्तियों के बीच एक फुट की दूरी बनाए रखने को कहा, जिसका ध्येय था कि हाथी उनके बीचोबीच यूँ चलनेवाला

था मानो सैनिक निरीक्षण कर रहा हो। सुभ्रो ने पुनः समझाया कि सालोमाँऊ प्रत्येक व्यक्ति के समक्ष खड़ा होगा और उन्हें हथेली खड़ी करके अपना दायाँ हाथ बढ़ाना होगा और सालोमाँऊ के अलविदा करने की प्रतीक्षा करनी होगी। डरो मत, सालोमाँऊ उदास है, वह क्रोधित नहीं है, उसे आपकी आदत पड़ चुकी है और उसे अभी पता चला कि आप जा रहे हैं। उसे कैसे पता चला, इस प्रश्न को पूछने का तो कोई मतलब नहीं है। यदि तुम सीधे उसी से पूछते, तो भी शायद वह उत्तर नहीं दे पाएगा। क्या इसलिए कि वह नहीं जानता या इसलिए कि वह देना नहीं चाहता। सालोमाँऊ के मस्तिष्क में न चाहना या न जानना उस संसार के बारे में एक बड़े प्रश्न का भाग है जिसमें वह रहता है। शायद यही सवाल हाथी और मनुष्यों द्वारा अपने आप से करना चाहिए। सुभ्रो को अहसास हुआ कि उसने एक हास्यास्पद बात कह दी है। एक ऐसी बात जो चुटकुलों की तालिका में एक सम्मानजनक स्थान के योग्य थी, सौभाग्यवश, कोई समझ ही नहीं पाया था, हाथी की ओर जाते हुए वह बुदबुदाया, अज्ञानता की यह एक ख़ूबी है। यह हमें झूठ से सुरक्षा प्रदान करती है। आदमी बेसब्र हो रहे थे, उन्हें यात्रा पर निकलने की बेचैनी थी, और सुरक्षा को ध्यान में रखते हुए, उन्होंने दोऊरू नदी के बाएँ किनारे से होते हुए पोरतू नगर तक जाने का निश्चय किया जो लोगों का गर्मजोशी से स्वागत करने के लिए प्रसिद्ध था, जहाँ पगार की समस्या को लिस्बन में ही हल करने के पश्चात, इनमें से कुछ लोगों ने बस जाने का निर्णय ले लिया था। प्रत्येक व्यक्ति अपने-अपने विचारों में डूबा हुआ था जब सालोमाँऊ, अपने चार टन के मांस और हड्डियों और तीन मीटर की ऊँचाई को ढोता हुआ प्रकट हुआ। कुछ कम साहसी लोगों को पेट में ऐंठन-सी महसूस हुई जब उन्होंने अलविदा समारोह के दौरान उस अप्रत्याशित अनहोनी के बारे में सोचा, क्योंकि यहाँ दो भिन्न प्रजातियों के जीव द्वारा एक दूसरे को अलविदा करने का विषय है जिस पर कोई ग्रंथसूची उपलब्ध नहीं है। अपने सहायकों की लिस्बन से आरम्भ हुई मस्तीभरी निष्क्रियता की अवधी अब समाप्त होने

जा रही थी, सुभ्रो हाथी के चौड़े कंधों पर विराजमान हो चुका था, जिससे पंक्तियों में खड़े प्रतीक्षारत व्यक्तियों की बेचैनी बढ़ गई। सभी के मन में एक ही प्रश्न था, वह इतनी ऊँचाई से हमें अलविदा कैसे कहेगा। दोनों पंक्तियाँ ऐसे हिल-डुल रही थीं मानो हवा के एक शक्तिशाली झोंके ने झकझोर दिया हो, परन्तु कुली नहीं डगमगाए और न ही तितर-बितर हुए। इसका कोई फ़ायदा भी तो नहीं था क्योंकि हाथी तो उनके समीप खड़ा था। सुभ्रो ने उसे पहली पंक्ति के दाएँ छोर पर खड़े व्यक्ति के सामने रोका और साफ़ शब्दों में बोला, अपना हाथ ऊपर उठाओ, हथेली ऊपर की ओर। व्यक्ति ने आज्ञा पालन किया, उसका हाथ बिलकुल स्थिर था। तब हाथी ने अपनी सूँड़ को खुली हथेली पर रख दिया, व्यक्ति ने तुरन्त प्रतिक्रिया दी, सूँड़ को दबाते हुए मानो वह किसी का हाथ हो, इसके साथ ही उसने अपने गले में बनती उस गाँठ को भी दबाने का प्रयत्न किया, यदि वह ऐसा नहीं करता, तो वह आँसू बन जाती। वह सर से पाँव तक काँप रहा था, सुभ्रो ऊपर बैठा उसे मुस्कराकर मधुर दृष्टि से निहार रहा था। अगले व्यक्ति के साथ भी लगभग ऐसा ही हुआ परन्तु कुछ स्थितियों में परस्पर बहिष्करण भी देखने को मिले, जहाँ व्यक्ति ने अपना हाथ देने से इनकार कर दिया और हाथी ने अपनी सूँड़, एक प्रकार की शक्तिशाली स्वाभाविक अनिच्छा जो समझाई नहीं जा सकती, चूँकि यात्रा के दौरान दोनों के बीच कुछ ऐसा नहीं घटा था जिसके कारण आपसी मनमुटाव के लक्षण मिलते।

दूसरी तरफ़, अत्यधिक भावुकता के क्षण भी देखे गए, एक व्यक्ति तो इस प्रकार फूट-फूटकर रोया मानो उसका अपने वर्षों से बिछड़े किसी प्रिय जन से पुनर्मिलन हो रहा हो। हाथी विशेषकर उसके साथ उदारता से पेश आया। उसने व्यक्ति के सर, कंधों को अपनी सूँड़ से छुआ, लगभग मनुष्य के समान दुलार दिया, ऐसी सौम्यता और स्नेहशीलता उसकी प्रत्येक गतिविधि में निहित थी। मानवता के इतिहास में पहली बार, एक पशु कुछ मनुष्यों को अलविदा कह रहा था, मानो उनके साथ मित्रता और आदरभाव

का प्रदर्शन करना उसका धर्म होगा इस विचार का भले ही हमारे नीतिशास्त्र के व्यावहारिकता के नियमों का पुष्टिकरण न मिले, किन्तु यह शायद हाथियों की प्रजाति के मूलभूत क़ानूनों के अन्तर्गत सुनहरे अक्षरों में खुदा हुआ पाया जा सकता है। इन दोनों दस्तावेज़ों की तुलनात्मक जाँच निस्सन्देह शिक्षाप्रद सिद्ध होगी और हमें परस्पर नकारात्मक प्रतिक्रिया को समझने में सहायता करेगी, जिसका हमें दुर्भाग्यवश किन्तु सच्चाई के लिए उल्लेख करना पड़ा। शायद मनुष्य और हाथी एक-दूसरे को कभी नहीं समझ पाएँगे। सालोमाँऊ ने अभी इतनी जोशीली चिंघाड़ मारी है कि उसे एक कोस कास्तेलो रोद्रीगो के आसपास सुना गया होगा, अपितु एक आधुनिक कोस नहीं, बल्कि प्राचीन छोटी दूरी वाला। हम जैसे लोगों के लिए, जिन्हें हााथियों के विषय में इतनी कम जानकारी है। हाथी के फेफड़ों से निकली इस चिंघाड़ के मक़सद को समझ पाना कठिन है। और यदि हम इस विषय में एक विशेषज्ञ होने के नाते से सुभ्रो से पूछते भी हैं तो वह निस्सन्देह इस कार्य को पूरी तरह से सम्पन्न नहीं करेगा और बदले में हमें बचाव वाले उत्तर देकर और प्रश्न पूछने की सम्भावना के दरवाज़े बन्द कर देगा। इन अनिश्चितताओं के बावजूद, लाजिमी है कि जब लोग भिन्न-भिन्न भाषाएँ बोलते हैं, हमें यही कहना न्यायोचित लगता है कि सालोमाँऊ हाथी को अलविदा की प्रक्रिया पसन्द आई। कुली निकल चुके थे। सैनिकों के संग रहने का अनुभव, अनजाने में, उन्हें अनुशासन की कुछ आदतें सिखा चुका था, जैसे सैनिकों की श्रेणियाँ बनाना, यह चयनित करना, उदाहरण के लिए, कि एक पंक्ति में दो या तीन व्यक्ति ही होंगे, क्योंकि इन विकल्पों से अन्तर तब पड़ता है जब तीस व्यक्तियों को व्यवस्थित करना होता है।

तब प्रथम पद्धति के अनुसार एक टुकड़ी में पन्द्रह पंक्तियाँ बनेंगी, एक बेतुकी लम्बी पंक्ति जो जरा सी गड़बड़ होने पर बिखर सकती है। चाहे वह एक व्यक्ति द्वारा उत्पन्न हो या सामूहिक रूप से, जबकि दूसरी पद्धति के अन्तर्गत दस पंक्तियों का एक खंड बनाया जाता, जो केवल उन्हें

ढाल दिये जाने पर वह रोमन कछुए की रचना सदृश बन जाता है। अन्तर है तो केवल मनोवैज्ञानिक। ज्ञात रहे, इन व्यक्तियों को बहुत लम्बी दूरी तय करनी है। और स्वाभाविक है कि आपस में बातचीत होगी, चलते-चलते, समय काटने के लिए। अब, यदि दो व्यक्तियों को दो या तीन घंटे एक साथ चलना हो, भले ही उन्हें बातचीत करने की तीव्र इच्छा हो, सम्भव है कि देर-सवेर, वे, ख़ामोशियों में उलझते रहेंगे, और अन्त में, सम्भव है कि एक-दूसरे से विमुख भी हो जाएँ। इनमें से कोई अपने साथी को किसी नदी के तीव्र ढलान वाले किनारे से फेंकने के प्रलोभन से लड़ने में असफल भी हो सकता है। वो लोग सही हैं जो कहते हैं कि तीन एक आध्यात्मिक अंक है। यह शान्ति और आपसी सहमति का अंक है। जब मंडली में तीन लोग हों, तो कुछ मिनटों के लिए उनमें से एक व्यक्ति की ख़ामोशी का कोई संज्ञान नहीं लेता। समस्या तब होती है जब तीन में से एक संग चलता व्यक्ति अपने पड़ोसी को मारकर उसके हिस्से का राशन हथियाने की योजना बनाता है और तीसरे व्यक्ति को इस निन्दनीय कार्य में सहयोग करने के लिए आमंत्रित करता है। जो बदले में उसे ख़ेदपूर्वक उत्तर देता है। मुझसे न हो पाएगा, मुझे डर लग रहा है। मैंने उसे तुम्हें मार डालने में सहायता करने का वचन दे रखा है।

सरपट दौड़ते हुए घोड़े की आवाज़ सुनाई दी। कमान अधिकारी कुलियों को अलविदा कहने और एक सुरक्षित यात्रा की शुभकामना देने आ रहा था, प्राय: इस तरह की शालीनता की एक सैन्य अधिकारी से अपेक्षा नहीं की जाती, वह एक अच्छे इनसान के रूप में जाना जाता था और उसकी यह विनम्रता उसके पदाधिकारियों द्वारा सही नहीं मानी जाती, जो उन प्राचीन धर्मादेश के अनुयायी हैं। जो ब्रागा की कैथीड्रल जितने पुराने हैं। जिनके अनुसार सभी चीज़ों के लिए एक स्थान होता है ताकि सब चीज़ों के लिए एक जगह हो जहाँ वह जमी रहे। एक घर को सुचारु रूप से चलाने के लिए, इससे अच्छा कुछ हो नहीं सकता, परन्तु यह प्रतिकूल सिद्ध होगा यदि लोगों को दराजों

में रख दिया जाए। यह बात तो साफ़ है कि कुछ कुलियों के दिमाग़ में पक रही हत्या की योजना के बारे में सोचा जाए, तो लगेगा कि वे इस आदर के योग्य नहीं हैं। फ़िलहाल, हम उन्हें उनके हाल पर छोड़ देते हैं। और अपना ध्यान इस व्यक्ति पर केन्द्रित करते हैं। जो हमारी दिशा में उस तीव्रता से बढ़ते आ रहा है जितना इसकी बूढ़ी टाँगें उसका साथ दे पा रही हैं। उसके पास आने पर, वह हाँफते हुए बोला। मेयर ने कहलवाया है कि कबूतर आ चुके हैं। अच्छा, तो यह सच था, सन्देशवाहक कबूतर अपने घर का रास्ता खोज सकते हैं। मेयर का घर वहाँ से अधिक दूर नहीं था, किन्तु कमान अधिकारी ने अपना घोड़ा इतना तेज़ दौड़ाया मानो वह दोपहर के खाने तक वालादोलीद पहुँच जाना चाहता हो। लगभग पाँच मिनट पश्चात, वह घर के प्रवेश द्वार के सामने नीचे उतरा, दौड़ते हुए सीढ़ियाँ चढ़ा, और पहले मिलनेवाले नौकर से मेयर तक ले जाने के लिए बोला। इसकी ज़रूरत नहीं थी क्योंकि मेयर उससे मिलने के लिए स्वयं उसके पास आ रहा था, उस सन्तुष्टि के भाव के साथ, जो कबूतरबाज़ी करनेवालों को होती है। कल्पना करें, जो उन्हें अपने विलक्षण प्रतिभा-सम्पन्न जीव की उपलब्धि पर होता है। वह आ गया है। वह आ गया है। मेरे साथ आओ, वह उत्तेजित होकर चिल्लाया। वे एक चौड़ी, ढकी बालकनी में गए, जहाँ खपच्चियों से निर्मित एक पिंजरा टँगा था जो पूरी दीवार पर फैला हुआ था। वह रहा हमारा हीरो, मेयर बोला। कबूतर की टाँग पर अभी भी सन्देश बँधा हुआ था, उसके मालिक ने बताया, वैसे तो, कबूतर के आते ही मैं सन्देश निकाल लेता हूँ ताकि कबूतर को यह न लगे कि उसका समय व्यर्थ हो गया, परन्तु इस बार मैं प्रतीक्षा करना चाहता था ताकि आप स्वयं देखें। धन्यवाद, श्रीमान, आज का दिन बहुत ख़ास दिन है।

मेरे लिए भी आज का दिन ख़ास है। आप जानते हैं। ओह, निस्सन्देह, कप्तान साहिब, फरसों और बन्दूक़ों के अलावा जीवन में और भी बहुत कुछ है। मेयर ने पिंजरे का दरवाज़ा खोला और कबूतर को दबोच लिया, जिसने

छूटने के लिए कोई प्रतिरोध नहीं किया, मानो वह सोच रहा हो कि क्यों उसे अब तक नज़रअन्दाज़ किया जा रहा था। फुर्तीले और दक्ष हाथों से मेयर ने गाँठों को खोला, लिपटे हुए सन्देश को सीधा किया, जो एक काग़ज़ की पतली कतरन पर लिखा गया था, उसे निस्सन्देह ऐसे काटा गया था, ताकि कबूतर को बाधा न हो। छोटे-छोटे वाक्यों में गुप्तचर ने बताया था कि सैनिक कवचधारी अश्वारोही थे, लगभग चालीस की संख्या में सभी ऑस्ट्रियाई थे अपने कप्तान के समान, और जहाँ तक उसने देखा था उनके साथ कोई असैनिक लोग नहीं थे। उनके पास अधिक सामान नहीं है। पुर्तगाली कप्तान ने टिप्पणी की। लगता तो ऐसा ही है। मेयर बोला, और शस्त्र, शस्त्रों के विषय में कोई जानकारी नहीं है। शायद उसे इस जानकारी को शामिल करना अविवेकपूर्ण लगा हो, दूसरी ओर, वह कहता है। जिस गति से वे बढ़ रहे हैं। वे कल सीमा तक पहुँच जाएँगे, लगभग दोपहर तक, शीघ्र, हमें शायद उन्हें भोजन का निमंत्रण देना चाहिए, चालीस ऑस्ट्रियाई, श्रीमान, मुझे ऐसा नहीं लगता, भले ही वे बिना साजो-सामान आ रहे हों, उनके पास अपना भोजन होगा या उसे ख़रीदने के लिए मुद्रा होगी, इसके अलावा, उन्हें हमारा भोजन पसन्द नहीं आएगा, जो भी हो, चालीस लोगों को भोजन खिलाना कठिन है वह भी इतने कम समय की पूर्वसूचना में, और हमारे पास कमी भी हो रही है। नहीं, मेरे विचार से, श्रीमान, अच्छा यही होगा कि दोनों जत्थे अपनी-अपनी देखभाल स्वयं करें, और बाक़ी भगवान पर छोड़ दें, भगवान करे ऐसा ही हो, मैं आपको कल के प्रीतिभोज से मुक्त नहीं कर रहा हूँ, ओह, मुझ पर भरोसा रखो, और अगर मेरा अनुमान सही है। तो तुग ऑस्ट्रियाई कप्तान को आमंत्रित करने के बारे में सोच रहे हो, सही पकड़ा, क्यों, अगर मैं दुस्साहस करूँ क्या तुम आमंत्रित कर रहे हो, राजनीतिक और तुष्टीकरण की दृष्टि से, तुम्हें लगता है कि इसकी आवश्यकता है। कमान अधिकारी ने पूछा। अनुभव ने मुझे यही सिखाया है कि यदि दो सैनिक टुकड़ियाँ सीमा रेखा के आर-पार डटी हों, तो कुछ भी हो सकता है।

मैं अप्रिय घटना को रोकने के लिए हर सम्भव प्रयास करूँगा, क्योंकि मैं अपने किसी आदमी को खोना नहीं चाहता, परन्तु यदि मुझे बल का प्रयोग करना पड़ा, तो मैं पीछे नहीं हटूँगा, और अब, श्रीमान, मुझे आज्ञा दें, मेरे आदमियों को बहुत कार्य करना है। सबसे पहले तो उन्हें अपनी वर्दी धोनी हैं। वे वर्षा और धूप में इसे पहनते आए हैं। लगभग दो सप्ताह के लिए, इन्हीं में सोये हैं। इन्हीं में जागे हैं। हम एक भिखारियों का अग्रिम दल अधिक, और सैनिक कम लगते हैं। बिलकुल, कप्तान साहब, कल जब ऑस्ट्रियाई पहुँचेंगे, मैं आपके साथ होऊँगा, अपने कर्तव्य अनुसार, धन्यवाद, श्रीमान, यदि इससे पहले आपको मेरी ज़रूरत पड़े, तो आपको मालूम है कि मैं कहाँ मिलूँगा।

क़िले में कमान अधिकारी ने सैनिकों को एकत्रित किया। उसने लम्बा भाषण तो नहीं दिया पर इसमें जो भी कहा जाना चाहिए था कह डाला। सबसे पहले, किसी भी हालात में ऑस्ट्रियाइयों को क़िले के भीतर न आने दिया जाए, भले ही पुर्तगालियों को उन्हें बाहर बनाए रखने के लिए बल का प्रयोग करना पड़े, वह युद्ध होगा, मुझे आशा है कि हमें वहाँ तक नहीं जाना पड़ेगा, परन्तु जितनी शीघ्रता से हम ऑस्ट्रियाइयों को आश्वस्त कर देंगे कि हम केवल काम करना चाहते हैं। हम उतनी शीघ्रता से अपना लक्ष्य हासिल कर लेंगे। हम क़िले के बाहर उनकी प्रतीक्षा करेंगे, हम वहाँ डटे रहेंगे यदि वे बलपूर्वक प्रवेश करने का प्रयास करेंगे। आपका कमान अधिकारी होने के नाते, केवल मैं बोलूँगा, और मैं आपसे केवल एक चीज़ माँगता हूँ। मैं चाहता हूँ कि हर आदमी का चेहरा उस खुली पुस्तक सदृश हो जिसके पन्ने पर ये शब्द गढ़े हों। प्रवेश निषेध, यदि हम सफल हो गए, और चाहे जो भी हो, हमें सफल होना ही है। ऑस्ट्रियाई, क़िले की दीवार पर डेरा डालने पर बाध्य हो जाएँगे, जिसके कारण शुरुआत से ही वे एक अधीनता की स्थिति में होंगे। हो सकता है कि परिस्थिति उस तरह से न जाए जिस प्रकार मेरे शब्दों से प्रतीत हो रहा है। परन्तु मैं आपको विश्वास दिलाता हूँ कि ऑस्ट्रियाइयों

से ऐसा कुछ नहीं कहूँगा जिससे हमारी अश्वारोही पलटन के गौरव को ठेस पहुँचे जिस पर हमने अपना जीवन दाँव पर लगा रखा है। यदि झड़प न भी हो, यदि एक भी गोली नहीं चलती है। तो यही विजय हमारी ही होगी, बिलकुल उसी तरह यदि वे हमें शस्त्र का प्रयोग करने पर बाध्य कर देते हैं। ये ऑस्ट्रियाई, मुख्य रूप से, फिगेइरा द कास्तेलो रोद्रीगो केवल हमारा स्वागत करने और वालादोलीद तक साथ देने आए हैं। परन्तु हमारे पास उन पर सन्देह करने के कारण हैं कि उनका लक्ष्य सालोमाँऊ को ले जाना है और हमें यहाँ छोड़ जाना है। यदि वे ऐसा सोच रहे हैं तो उन्हें कुछ और ही मिलेगा। कल, दस बजे तक, मुझे दो पहरेदार क़िले की सबसे ऊँची मीनारों पर तैनात चाहिए, भले ऑस्ट्रियाइयों ने कह दिया हो कि वे दोपहर तक पहुँचेंगे ताकि वे हमें अपने घोड़ों को पानी पिलाने की घड़ी में आकर अचम्भित कर दें। ऑस्ट्रियाइयों पर कभी भरोसा नहीं किया जा सकता, कमान अधिकारी ने बोलना जारी रखा, वह भूल गया, कि उसके जीवन में शायद ये पहले और अन्तिम ऑस्ट्रियाई होंगे जिनके साथ वह सम्पर्क में आएगा।

कमान अधिकारी का सन्देह सही निकला, लगभग दस बजे के पश्चात, मीनारों से चौकसी की चेतावनियाँ गूँज उठीं, शत्रु आया, शत्रु आया। हालाँकि यह सत्य है कि ऑस्ट्रियाई सैनिकों की छवि पुर्तगाली सैनिकों के बीच अच्छी नहीं है। पहरेदारों ने उन्हें शत्रु सम्बोधित करके ऐसा कार्य किया जिसकी व्यावहारिकता की दृष्टि से कड़ी निन्दा की जानी चाहिए, बिना सोचे-समझे निर्णय लेना और किसी को बिना प्रमाण के दोषारोपण करना। इसे इस प्रकार समझा जा सकता है। पहरेदारों को चेतावनी देने की आज्ञा दी गई थी, परन्तु किसी ने, साधारणतया चौकस रहनेवाले कमान अधिकारी ने भी नहीं बताया था कि किस प्रकार की चेतावनी देनी है। किस प्रकार की चेतावनी दें शत्रु आया, जिसे कोई भी आम आदमी समझ सकता है या अति असैनिक हमारे अतिथि पधार रहे हैं। इस धर्मसंकट की स्थिति में उन्होंने अपनी वर्दी के अनुरूप निर्णय लिया और शब्दावली का प्रयोग किया। अन्तिम चेतावनी अभी हवा में गूँज ही रही थी कि सैनिक शत्रु की झलक पाने के लिए प्राचीर पर एकत्रित हो गए, जो, चार-पाँच किलोमीटर की दूरी से, एक स्थिर काला धब्बा प्रतीत हो रहा था, जिसमें आशा के विपरीत, उनके छाती पर लगे तमगे तक दिखाई नहीं पड़ रहे थे, एक सैनिक ने समझाया, वह इसलिए क्योंकि सूर्य इनकी पीठ पीछे है। जो, हमारे विचार में, साहित्यिक दृष्टि से कहने का एक बेहतरीन नमूना है। रोशनी उनके पीछे है। सभी घोड़े भूरे रंग के भिन्न-भिन्न प्रकार व लाली लिये हैं। इसीलिए वो एक ऐसा काला धब्बा प्रतीत हो रहा था जो तेज़ी से आगे बढ़

रहा था। वे धीमी गति से भी आ सकते थे जिससे कोई अन्तर नहीं पड़ता, लेकिन इस प्रकार वे एक अबाध बढ़त का मनोवैज्ञानिक प्रभाव न बना पाते, जो साथ-ही-साथ यह भी दर्शाता है कि सब कुछ नियंत्रण में है। यह तो स्पष्ट है कि घोड़े की एक सुन्दर टाप और तनी हुई नंगी तलवार लाइट ब्रिगेड चार्ज[1] की तरह, उनके दर्शकों पर अति विशिष्ट प्रभाव छोड़ती, किन्तु घोड़ों को आवश्यकता से अधिक थका देना बुद्धिमत्ता नहीं थी तब जब विजय निश्चित थी। ऐसा सोचा ऑस्ट्रियाई कप्तान ने, जिसे केन्द्रीय यूरोप के युद्ध क्षेत्रों का लम्बा अनुभव था, और यही उसने अपने सैनिकों को बताया था। इसी बीच, कास्तेलो रोद्रीगो में झड़प की तैयारियाँ चल रही थीं। सैनिकों ने घोड़ों की जीनें कस दी थीं और उन्हें बाहर निकालकर लगभग आधा दर्जन साथियों की निगरानी में छोड़ दिया था, जो इस कार्य के योग्य थे, यदि कोई उपयुक्त चरागाह क़िले के प्रवेश द्वार पर होती, तो वे जानवरों को वहाँ चरने के लिए छोड़ देते। सार्जेंट मेयर को यह बताने चला गया कि ऑस्ट्रियाई पहुँचनेवाले थे, उन्हें कुछ समय लग जाएगा, परन्तु हमें तैयार रहना चाहिए, उसने कहा, ठीक है।

मेयर ने कहा, मैं आपके साथ चलता हूँ। जब वे क़िले पहुँचे, पलटनें प्रवेश द्वार पर अपने स्थान पर संगठित हो गई थीं, प्रवेश के सभी रास्ते सील कर दिये गए थे, और कमान अधिकारी अपना अन्तिम भाषण देने की तैयारी कर रहा था। इस अश्वारोही प्रदर्शन से आकर्षित होकर, नगर की जनसंख्या का एक विशाल हिस्सा, पुरुष व महिलाएँ, नौजवान व वृद्ध, परेड के मैदान में एकत्र हो गए, जिन्हें देखकर कमान अधिकारी ने धीरे से मेयर से कहा, इतने लोग देख रहे हैं, मुझे संघर्ष की सम्भावना नहीं लगती। मुझे भी यही लगता है। परन्तु, ऑस्ट्रियाइयों के बारे में कुछ नहीं कहा जा सकता, क्या

1. टेनिसन द्वारा 1854 में लिखित कविता जो ब्रिटिश सेना द्वारा रूसी सेना पर आक्रमण की गाथा का वर्णन करती है।

तुम्हें उनके साथ कुछ बुरा अनुभव हुआ है। कमान अधिकारी ने पूछा। न अच्छा न बुरा, कभी कुछ भी नहीं, किन्तु मुझे मालूम है कि ऑस्ट्रियाई सदा हैं, और यह जानकारी मेरे लिए पर्याप्त है। कमान अधिकारी ने सर तो हिला दिया, पर वह, दरअसल, मेयर की यह रहस्यमयी टिप्पणी नहीं समझ पाया, जब तक वह एक ऑस्ट्रियाई को एक विरोधी या शत्रु के समार्थी रूप में न देखता। इसीलिए, उसने उसी क्षण भाषण देने का निर्णय लिया इस आशा के साथ कि उसके सैनिकों के गिरते मनोबल को बढ़ावा मिलेगा। सैनिकों, उसने कहा, ऑस्ट्रियाई सैनिक पास आ चुके हैं। वे आएँगे और हाथी को वालादोलीद नगर ले जाने की अनवरत अनुरोध करेंगे, पर हम उनकी माँग स्वीकार नहीं करेंगे, भले ही वे अपनी माँग मनवाने के लिए बल का प्रयोग करें। पुर्तगाली सैनिक केवल अपने राजा, सैन्य अधिकारियों और जनाधिकारियों की ही आज्ञा का पालन करते हैं। इनके अलावा किसी अन्य की कभी नहीं।

हाथी सालोमाँऊ को ऑस्ट्रिया के आर्चदुक को उपहार स्वरूप भेजने का हमारे राजा की प्रतिज्ञा का अक्षरशः पालन किया जाएगा, परन्तु ऑस्ट्रियाइयों को हमारी शैली का सम्मान करना होगा। जब हम अपना सर ऊँचा करके घर लौटेंगे, हमें पूर्ण विश्वास है कि यह दिन सदा याद किया जाएगा, और जब तक पुर्तगाल रहेगा, तब तक यहाँ उपस्थित हरेक व्यक्ति के बारे में यही कहा जाएगा, कि वह फिगेइरा द कास्तेलो रोद्रीगो आया था। इस भाषण को अपने स्वाभाविक लक्ष्य तक पहुँचने का समय नहीं बचा था, वह मुकाम जहाँ वाक्पटुता का जोश ठंडा हो जाता है और इससे भी बदतर, धीरे-धीरे सामान्य हो जाता है क्योंकि, ऑस्ट्रियाई सैनिक परेड के मैदान तक पहुँच चुके थे, अपने कमान अधिकारी के नेतृत्व में। एकत्रित जनसमूह से तालियाँ तो बजीं, मगर इक्का-दुक्का और उदासीन। अपने मेयर को साथ लिये पुर्तगाली कमान अधिकारी ने अपना घोड़ा कुछ मीटर आगे बढ़ाया जिससे यह आभास हो कि वह आगन्तुकों का स्वागत, आवभगत के सुसंस्कृत नियमानुसार कर

रहा था। इसी क्षण, ऑस्ट्रियाई सैनिकों की एक विशेष संचालित मुद्रा द्वारा उनके चमकीले स्टील के वक्षकवच सूर्य की रोशनी से उजागर हो गए। एकत्रित जनसमूह पर इसका शानदार प्रभाव पड़ा। चारों ओर से गूँजती तालियों की गड़गड़ाहट और विस्मय की चीख़ों की ध्वनि से यह स्पष्ट हो गया कि ऑस्ट्रियाई राज्य ने पहली भिड़ंत एक भी गोली चलाए बिना जीत ली थी। पुर्तगालियों के कमान अधिकारी को लगा कि उसे इसी पल जवाबी हमला करना चाहिए, परन्तु उसे कुछ न सूझा। उसका मेयर उसे इस विकट परिस्थिति से उबारने आगे आया और धीमी आवाज़ में बोला, एक मेयर होने के नाते, मुझे पहले बोलना चाहिए, आप शान्त रहिए। कमान अधिकारी ने अपना घोड़ा थोड़ा पीछे खींच लिया, उसे अपने घोड़े और ऑस्ट्रियाई कप्तान के भूरे घोड़े के द्वारा बल व सौन्दर्य के अन्तर का अहसास हो आया। मेयर बोलना आरम्भ कर चुका था। फिगेइरा द कास्तेलो रोद्रीगो की जनता की ओर से, गौरवान्वित मेयर की हैसियत से मैं ऑस्ट्रियाई योद्धाओं का स्वागत करता हूँ और उन्हें उस लक्ष्य की सफलता की शुभकामनाएँ देता हूँ जिसके लिए वे यहाँ पधारे हैं। इस विश्वास के साथ कि वे हमारे दोनों देशों की मित्रसन्धि को और शक्तिशाली बनाने में अपना योगदान देंगे, इसलिए, एक बार फिर से, फिगेइरा द कास्तेलो रोद्रीगो में आपका स्वागत है। खच्चर पर सवार एक व्यक्ति आगे बढ़ा और ऑस्ट्रियाई कप्तान के कान में कुछ फुसफुसाया, जिसने बेसब्री से अपना चेहरा घुमा लिया। वह व्यक्ति अनुवादक था।

जब वह अपना अनुवाद समाप्त कर चुका, कप्तान ने अपनी गूँजती आवाज़ में बोलना आरम्भ किया, ऐसी आवाज़ जिसे असावधान कानों द्वारा सुने जाने की आदत नहीं थी, न ही अवज्ञा की, तुम्हें मालूम है कि हम यहाँ क्यों आए हैं। तुम जानते हो कि हम हाथी लेने आए हैं। और उसे अपने साथ वालादोलीद तक ले जाएँगे, इसलिए अति आवश्यक है कि हम समय नष्ट किए बिना तुरन्त स्थानान्तरण की तैयारियाँ आरम्भ कर दें ताकि हम शीघ्रातिशीघ्र कल प्रस्थान कर सकें, ये निर्देश मुझे उस व्यक्ति द्वारा दिये

गए थे जो इन्हें जारी करने के लिए उपयुक्त था और मैं इनका पालन अपने प्राधिकार अनुसार करूँगा। स्पष्टतया यह किसी वाल्टस[1] नृत्य का आमंत्रण नहीं था। मेयर बुदबुदाया, तो रात्रिभोज पर ताला पड़ गया। ऐसा ही लग रहा है, कमान अधिकारी ने कहा। उसने बोलना आरम्भ किया, जो निर्देश मुझे उस व्यक्ति द्वारा दिये गए थे जो इन्हें जारी करने के लिए उपयुक्त था, वे अलग हैं। पर साधारण हैं। हाथी को वालादोलीद तक ले जाना और उसे आर्चदुक को व्यक्तिगत रूप से उन्हें सौंपना, बिना किसी बिचौलियों के। जानबूझकर उकसानेवाले शब्दों के प्रयोग, जिनका घातक परिणाम हो सकता था, हम निकाल देंगे केवल अनुवादक के बदलते संस्करण से, न केवल इस मौखिक द्वंद्वयुद्ध को शीघ्र निपटाने के लिए, पर परिचय देने के लिए, चतुराई के साथ, इस प्रारम्भिक विचार का, कि यह बहसबाज़ी दोनों तरफ़ के लोगों को समझ आ रही है। ऑस्ट्रियाई कप्तान कह रहा है। मुझे खेद है कि आपकी संकीर्ण मानसिकता इस झगड़े के शान्तिपूर्ण हल में बाधा डालेगी, जिसका केन्द्र, हाथी है। जिसे कोई फ़र्क़ नहीं पड़ता कि कौन उसे लेकर जाता है। उसे फिर भी वालादोलीद तक जाना है। मानता हूँ कि कुछ महत्त्वपूर्ण पहलुओं का ध्यान रखा जाना चाहिए, सबसे पहला यह कि आर्चदुक मैक्सीमिलियन, ने उपहार को स्वीकार करने की घोषणा करके, इसी कारणवश, हाथी के मालिक बन गए, जिसका अर्थ है कि इस विषय पर महामहिम आर्चदुक के ही विचार लागू होंगे अन्य नहीं, भले ही वे कितने सम्माननीय हों, मैं आपसे आग्रह करता हूँ कि हाथी को तुरन्त अविलम्ब मेरे सुपुर्द कर दिया जाए, नहीं तो मेरे सैनिकों के पास क़िले में बलपूर्वक प्रवेश करके हाथी को अपने अधिकार में लेने के अलावा कोई विकल्प नहीं बचेगा। यही मैं देखना चाहूँगा, परन्तु मेरे तीस आदमी क़िले के प्रवेश द्वार पर पहरा दे रहे हैं। उन्हें पीछे हटने या तुम्हारे चालीस आदमियों को अन्दर जाने देने की आज्ञा देने की मेरी कोई मंशा नहीं

1. ऑस्ट्रियाई नृत्य।

है। अब तक, परेड ग्राउंड लोगों से लगभग ख़ाली हो चुका था, और हवा धुएँ से भरने लगी थी, इस स्थिति में जैसी अब बन रही थी, एक लक्ष्य से भटकी हुई गोली या पीठ पर तलवार लगने की सम्भावना सदा बनी रहती है।

जब तक युद्ध एक नाटक है तब तक तो ठीक है। मुसीबत तो तब आती है जब वे हमें अपने मोहरों की तरह इस्तेमाल करना चाहते हैं। विशेषकर तब जब हमारी न तो तैयारी है न ही अनुभव। इसीलिए, उनमें से कुछ ही लोगों ने ऑस्ट्रियाई कप्तान का पुर्तगाली कप्तान की गुस्ताख़ी का उत्तर देते सुना। मेरी एक आज्ञा पर और इससे भी कम समय में, मेरे कवचधारी इस मामूली सेना को उखाड़ फेंकेंगे, जो केवल नाम की ही है। जो उन्हें बाधित करने के लिए तैनात की गई है। और वे बिलकुल वही करेंगे जब तक तुम, उनका कमान अधिकारी होने के नाते इस बेतुकी ज़िद्द को छोड़ नहीं देते, और मैं चेतावनी देने पर विवश हूँ कि जान का नुक़सान होगा ही, जो, पुर्तगालियों की तरह, प्रतिरोध को ध्यान में रखते हुए, पूर्ण हो सकता है। जिसके पूरे ज़िम्मेदार केवल तुम होगे, इसलिए बाद में मेरे पास शिकायत करने मत आना। जैसा कि मैं तुम्हें सही समझ पाया हूँ, तुम हम सबको मार डालना चाहते हो, मैं समझ नहीं पा रहा हूँ कि हम शिकायत कैसे कर सकते हैं। लेकिन मुझे लगता है कि सैनिकों पर हिंसा को सही ठहराने में तुम्हें कठिनाई होगी जो अपने राजा के उस हाथी को सुपुर्द करने के नियमों के अधिकार की रक्षा कर रहे हैं। जो ऑस्ट्रिया के आर्चदुक मैक्सीमिलियन को उपहार स्वरूप भेंट किया जा रहा है। जिसे, इस परिस्थिति में अच्छी सलाह नहीं दी गई है। राजनीतिक और सैनिक।

ऑस्ट्रियाई कप्तान ने तुरन्त उत्तर नहीं दिया, उसके मस्तिष्क में अपने कार्य और घातक परिणाम की वियना व लिस्बन को जवाबदेही चक्कर लगा रही थी, जैसे ही वह चक्कर लगाती, मामला और अधिक पेचीदा लगता। अन्त में, उसे लगा कि वह एक मैत्रीपूर्ण प्रस्ताव पर पहुँच चुका है। वह और उसके आदमी क़िले में प्रवेश करके हाथी की सेहत का मुआयना कर

सकते हैं। तुम्हारे सैनिक, मुझे लगता है, घोड़ों के डॉक्टर नहीं हैं। पुर्तगाली कमान अधिकारी ने उत्तर दिया। जहाँ तक तुम्हारा सवाल है। मुझे पक्का पता नहीं है। मेरा अनुमान है कि तुम पशुपालन के विशेषज्ञ नहीं हो, इसलिए मुझे नहीं लगता कि तुम्हें अन्दर जाने देना चाहिए, कम-से-कम तब तक नहीं जब तक तुम मेरे वालादोलीद जाकर ऑस्ट्रिया के आर्चदुक को व्यक्तिगत रूप से हाथी सुपुर्द करने के अधिकार को मान्यता नहीं दे देते। ऑस्ट्रियाई कप्तान की एक और चुप्पी। कोई उत्तर न आने पर मेयर बोला, मुझे उससे बात करने दो। कुछ मिनटों पश्चात वह लौट आया, प्रसन्नचित्त, वह मान गया। उससे कहो, पुर्तगाली कमान अधिकारी ने कहा, कि उसका साथ देना मेरे लिए गौरव की बात होगी। जब मेयर आ-जा रहा था, पुर्तगाली कमान अधिकारी ने सार्जेंट को पलटन में दो जत्थे बनाने का आदेश दिया। जब यह हो चुका, वह आगे बढ़ चला जब तक वह ऑस्ट्रियाई कप्तान की खच्चर के बराबर न हो गया, तब उसने अनुवादक को ये शब्द अनुवाद करने के लिए कहे, एक बार फिर, कास्तेलो रोद्रीगो में आपका स्वागत है। चलो अब हाथी देखने चलते हैं।

कुछ सैनिकों में एक छोटी-सी झड़प के अलावा, दोनों ओर से, तीन वालादोलीद तक की यात्रा बिना किसी अप्रिय घटना के सम्पन्न हो गई। यहाँ उल्लेखनीय है कि सद्भावना का प्रदर्शन करते हुए पुर्तगाली कमान अधिकारी ने क़ाफ़िले का नेतृत्व यानी, कौन आगे चलेगा और कौन पीछे इसका निर्णय ऑस्ट्रियाई कप्तान पर छोड़ दिया, जो अपनी पसन्द के बारे में स्पष्ट था, हम आगे चलेंगे, बाक़ी लोग अपने बारे में जो श्रेष्ठ हो तय कर लें या यदि वे लिस्बन से जिस प्रकार आए थे उससे प्रसन्न हैं तो, वे लोग वैसे ही आ सकते हैं। ऑस्ट्रियाइयों के आगे चलने के पीछे दो उत्तम और स्वाभाविक कारण थे, पहला ये कि वे अपने क्षेत्र की ज़मीन पर थे, दूसरा यह कि भले ही उन्होंने प्रकट नहीं किया, जब तक आसमान साफ़ था, जैसा इस क्षण था, जब तक सूर्य क्षितिज तक नहीं पहुँच जाता, यानी सुबह की बेला में, सूर्य उनके सामने होगा, जो उनके चमकीले स्टील कवचों के लिए फ़ायदेमन्द सिद्ध होगा। जहाँ तक पहले की तरह पंक्ति बनाने की बात है। हम जानते हैं कि यह सरल नहीं होगा, क्योंकि क़ुली लिस्बन के लिए निकल चुके हैं। उस मार्ग से गुज़रते हुए जो भविष्य में, जीता नहीं जाएगा और ओपोरतू नगर होगा। जैसा भी हो, इस विषय पर अधिक विचार करने की आवश्यकता नहीं थी। यदि वे यह नियम बना लें कि सर्वाधिक धीरे चलनेवाला क़ाफ़िले की चाल निर्धारित करेगा और इस प्रकार आगे बढ़ने की गति तय करेगा, तो साफ़ है कि बैल पीछे चलेंगे। कवचधारी, ज़ाहिर है अपनी इच्छानुसार आगे चलने के लिए स्वतंत्र हैं। ताकि जो लोग क़ाफ़िला देखने सड़क पर

आएँ उन्हें, शूरश और मैरीनश का अन्तर पहचानने में समस्या न हो, शूरश का अर्थ है कास्टीलियाई मुहावरे के अनुसार भेड़ की अस्वच्छ त्वचा और मैरीनश का अर्थ है स्वच्छ त्वचा, हमने इस कहावत का प्रयोग इसलिए किया क्योंकि हम कास्टील की धरती पर हैं। और यह जानते हैं कि स्थानीय शब्दों का प्रयोग कितना प्रभावशाली हो सकता है। यदि तनिक भिन्न शब्दों में कहा जाए तो घोड़े अलग ही होते हैं। विशेषकर तब जब सूर्य की रोशनी में चमकते कवचधारी उनकी सवारी कर रहे हों, और दूसरा भिन्न, जब दुर्बल बैल पानी के हौदे और चारे के कुछ गट्ठर से लदी बैलगाड़ी को खींच रहे हों, पीछे चल रहे उस हाथी के लिए जिसके कंधों पर एक आदमी सवार हो। हाथी के पीछे अश्वरोही सेना, जो अभी तक पिछले दिन के साहसिक कृत्य पर गर्व से रोमांचित हो रही थी जब उन्होंने अपने शरीरों द्वारा क़िले का प्रवेश निषेध कर दिया था। कोई भी सैनिक जब तक ज़िन्दा रहेगा नहीं भूलेगा, वह पल, जब हाथी को देखने के बाद, ऑस्ट्रियाई कप्तान ने अपने सार्जेंट को क़िले के बाहर परेड ग्राउंड में पड़ाव डालने की आज्ञा दी। केवल एक ही दिन की बात है। अपने निर्णय को सही ठहराने के लिए उसने कहा, बलूत के वृक्षों के नीचे, जिन्होंने अपने जीवन काल में बहुत सारे दृश्य देखे होंगे, पर नमी भरी वायु में क़िले के आसपास सोते नहीं देखे होंगे जिसमें तीन पैदल सैनिकों की पलटनें और उनके सैन्य संगीत बैंड आश्रय ले सकते थे। ऑस्ट्रियाइयों की शोषणकारी नीति पर यह अतिविशिष्ट विजयोल्लास, असाधारण परिस्थितियों में व्यावहारिक बुद्धि की विजय थी, क्योंकि, भले ही कास्तेलो रोद्रीगो में जितना भी ख़ून बहता, ऑस्ट्रिया और पुर्तगाल में किसी भी प्रकार का युद्ध, न केवल निरर्थक होता, बल्कि अव्यावहारिक होता, उदाहरण के लिए, यदि दोनों देश फाँस में एक जगह, दोनों देशों से समानान्तर, किराये पर लेकर, अपनी-अपनी सेनाओं को भिड़ाकर युद्ध करवा सकते। जो भी हो अन्त भला तो सब भला।

सुभ्रो को पूरा विश्वास नहीं है कि वह उस सांत्वनादायक आश्वासन से

प्रसन्न हो सकता है। अपनी इस भड़कीली रंग-बिरंगी नई वर्दी पहनकर तीन मीटर ऊँचाई पर बैठा वह अपनी मौसी यगाडमदर से मिलने जा सकता था अगर उसकी कोई थी, और उसने अपनी-अपनी शानो-शौक़त के लिए नहीं पहनी थी, बल्कि अपने देश का मान रखने के लिए, जहाँ से वह आया है। उसे देखनेवालों को लगता है कि उस पर असाधारण शक्तियों की कृपा है। जबकि बेचारा भारतवासी तो अपने भविष्य के बारे में सोचकर ही काँप जाता है। वह सोचता है कि वालादोलीद पहुँचने तक तो, उसका रोज़गार सुनिश्चित है और कोई उसे, उसके समय व काम के लिए पगार देगा, क्योंकि हाथी की पीठ पर बैठकर यात्रा करना सरल तो लगता है। पर यह वही सोच सकता है जिसने कभी उससे काम न करवाया हो, उदाहरण के लिए, सालोमाँऊ को उसकी इच्छा के विरुद्ध दाएँ नहीं घुमाया, जब वह बाएँ घूमना चाहता हो। वालादोलीद के बाद स्थिति धुँधली हो जाती है। पहले दिन से ही उसे लगा था कि उसका कार्य मात्र हाथी सालोमाँऊ को वियना तक पहुँचाना था, यह सोच अप्रत्यक्ष दायरे में आती है। मतलब यदि किसी हाथी का निजी महावत है।

स्वाभाविक है कि जहाँ एक जाएगा, वहाँ दूसरा भी जाएगा ही। परन्तु किसी ने भी उसकी आँखों से आँख मिलाकर यह बात नहीं बोली है कि वह वालादोलीद तक ही जाएगा, जी हाँ, उसके आगे नहीं। इसलिए, स्वाभाविक है कि सुभ्रो की कल्पना शक्ति उसे हर सम्भव बदतर परिस्थिति की आशा करने की ओर ले जाए, जैसे, वालादोलीद पहुँचने पर हो सकता है कोई अन्य महावत प्रतीक्षा करता मिले और वियना तक की यात्रा वही पूरा करे, जहाँ वह नया महावत आर्चदुक मैक्सीमिलियन के दरबार में जाए। परन्तु, अपनी सोच के विपरीत, आदतवश जैसा कि हम अपनी भौतिक आकांक्षाओं को विशुद्ध आध्यात्मिक मूल्यों से ऊपर रखते हैं। यह केवल खान-पान या प्रतिदिन साफ़-सुथरी शैया की बात नहीं थी जिससे सुभ्रो की आह निकली, किन्तु आकस्मिक आभास कि वह हाथी से अपार स्नेह करता है और उससे अलग नहीं रह सकता, यह अहसास अचानक प्रकट नहीं हुआ, दरअसल यह मस्तिष्क में

कहीं दबा हुआ था, और इस तरह की भावनाओं को दबाया नहीं जा सकता। यदि अन्य महावत वालादोलीद में कार्यभार सँभालने की प्रतीक्षा कर भी रहा हो तो सुभ्रो के दिल की बात आर्चदुक की निष्पक्ष न्याय के तराजू में हल्की पड़ जाएगी। इसी पल सुभ्रो ने हाथी के क़दमों के साथ ताल मिलाते हुए, ऊँचे स्वर में कहा, जहाँ उसे कोई नहीं सुन सकता था, सालोमाँऊ, मैं तुमसे एक गम्भीर विषय पर बात करना चाहता हूँ। सौभाग्यवश, वहाँ कोई और नहीं था, यदि होता तो सोचता कि महावत पागल हो गया है। और इसीलिए, क़ाफ़िले की सुरक्षा पर ख़तरा मँडरा रहा था। इसी क्षण से महावत के सपनों ने एक नई दिशा ले ली। मानो वह और हाथी एक प्रेमी युगल हों, जिनके प्रेम के विरुद्ध, किन्हीं कारणवश, सभी हिंसक विरोध कर रहे हों। सुभ्रो, अपने सपनों में, हाथी को संग लेकर, मैदानों में, पहाड़ों में, झीलों, नदियों, जंगलों को लाँघते, अपने विरोधियों से एक क़दम आगे, कवचधारी, जिनके हवा से बातें करते घोड़े भी मुक़ाबला न कर पाएँ, क्योंकि यदि हाथी चाहे, वह तेज़ चाल से भाग सकता है। उस रात, सुभ्रो, जो सालोमाँऊ से कभी दूर नहीं सोया था, चुपचाप उसके पास गया, ताकि उसकी नींद में ख़लल न पड़े, और उसके कान में फुसफुसाकर बोलने लगा। उसने उसके कानों में कुछ अस्पष्ट शब्द खुसर-पुसर कर दिये, जो हिन्दी, बंगला या केवल उन्हें ज्ञात होनेवाली कोई भाषा हो सकती है।

ऐसी भाषा जो उनके एकान्तवास की अवधी में पैदा होकर फली-फूली, वह एकान्तवास जो, लिस्बन के दरबार में कुलीन पुरुषों की चिल्लाहटों, खिल्ली उड़ाती शहर और आसपास की जनता, या, उसके पहले नाविकों के व्यंग्य के बीच, उस लम्बी यात्रा के दौरान वह और सालोमाँऊ पुर्तगाल लाए गए थे, अब भी जारी था। चूँकि हमें ज्ञात नहीं कि वह किस भाषा में बात कर रहा था, हम नहीं बता पाएँगे कि सुभ्रो क्या कह रहा था, परन्तु हमें यह तो मालूम है कि उसे किस बात की चिन्ता थी, तो इस बातचीत की कल्पना करना सम्भव हो जाता है। सुभ्रो, दरअसल, सालोमाँऊ से सहायता की माँग

कर रहा था, उसे व्यावहारिक बर्ताव करने के परामर्श दे रहा था, जैसे, दर्शाना, किसी भी हाथी के प्रकट करने के ढंग द्वारा, जिसमें उग्र भी शामिल हैं। दबाव में अपने महावत से अलग किए जाने पर अपना रोष प्रकट करना, यदि ऐसी स्थिति उत्पन्न हो जाए। कोई अविश्वासी कह सकता है कि इस प्रकार की बातचीत से किसी तरह की आशा नहीं की जा सकती है। जबकि हाथी ने इस माँग का कोई उत्तर नहीं दिया, और शान्तिपूर्वक सोता रहा। तो यह व्यक्ति हाथियों के बारे में कुछ नहीं जानता। यदि आप उनके कान में हिन्दी या बंगला में कुछ खुसर-पुसर करते हैं। विशेष कर जब वे सो रहे हों, तब वे बोतल में क़ैद जिन्न की तरह होते हैं। जो, बोतल के बाहर आते ही पूछते हैं। क्या हुक्म है, मेरे आका। जो भी हो, हमें इस बात का अनुमान तो है कि वालादोलीद में कोई अप्रिय घटना नहीं घटेगी। अगली रात, पश्चात्ताप करते हुए, सुभ्रो ने, सालोमाँऊ से अपनी माँग पूरी न करने के लिए कहा, वह बहुत स्वार्थी हो गया था, और विषय को हल करने का यह तरीक़ा नहीं था। यदि ऐसा होता है जिसका मुझे डर है। मुझे ही जिम्मा उठाना पड़ेगा और आर्चदुक को राजी करना होगा कि वह हम दोनों को एक साथ रहने दे, चाहे जो हो, तुम कुछ मत करना, कुछ भी नहीं। वह शक्की अगर यहाँ होता तो, उसे कुछ समय के लिए अपना संशय दर किनार करने के अलावा और कोई विकल्प नहीं होता और कहता, बहुत अच्छा, यह महावत बहुत अच्छा आदमी है। और यह सच है कि बड़ी सीख आम लोगों से ही आती है।

अपने अन्तर्मन में शान्ति की अनुभूति लिये वह अपने भूसी की चटाई पर लौट आया, कुछ क्षणों के अन्दर वह सो गया। अगली सुबह जब वह उठा और अपने निर्णय के बारे में याद किया, वह स्वयं से प्रश्न करने को रोक नहीं पाया। आर्चदुक को अन्य महावत की आवश्यकता क्यों पड़ेगी जब उसके पास पहले से ही एक है वह अपने तर्क-वितर्क में उलझा रहा, कवचधारियों का कप्तान मेरा गवाह और जमानती है। उसने हमें क़िले में देखकर आदमी और जानवर के मध्य एक दुर्लभ तालमेल के बारे में अवश्य

सोचा होगा, यह सच है कि उसको हाथियों के बारे में अधिक जानकारी नहीं है। पर उसे घोड़ों के बारे में तो पता है। और यही काफ़ी है। सभी जानते हैं कि सालोमाँऊ दिल का धनी है। परन्तु मुझे नहीं लगता कि वह कुलियों को इतनी बढ़िया विदाई दे सकता था। यह उसे मैंने नहीं सिखाया, मैं स्पष्ट बताना चाहता हूँ, यह उसने मन से अपने आप किया। मुझे तो लगा था कि वह उनके पास जाएगा, और कम-से-कम अपनी सूँड़ हवा में हिला देगा या ज़ोर से एक चिंघाड़ मारेगा, थोड़ा नृत्य मुद्रा करेगा और विदा ले लेगा, पर जितना मैं उसे जानता हूँ, मुझे आभास होने लगा था कि वह अपने बड़े मस्तिष्क में कुछ खिचड़ी पका रहा था, कुछ ऐसा जो हम सबको अचम्भे में डाल देगा। मुझे मालूम है कि हाथियों की प्रजाति के बारे में बहुत कुछ लिखा गया है और भविष्य में और भी बहुत कुछ लिखा जाएगा, पर मुझे नहीं लगता कि इन लेखकों में से किसी ने भी किसी प्रतिभावान हाथी को देखा या सुना होगा जो मैंने कास्तेलो रोद्रीगो में देखा, मुझे अपनी आँखों पर विश्वास नहीं हुआ।

कवचधारियों की पलटन में मतभेद उत्पन्न हो गया है। उनमें से कुछ, शायद नवयुवक होने के कारणवश, उतावले और उग्र, कहते हैं कि उनके कप्तान को, किसी भी क़ीमत पर अपनी उसी रणनीति पर बने रहना चाहिए था जिसके साथ वे कास्तेलो रोद्रीगो आए थे, यानी हाथी की तात्कालिक व बिना शर्त सुपुर्दगी, भले ही इसके लिए आवश्यकता पड़ने पर समझाने-बुझाने के लिए बल का ही प्रयोग क्यों न करना पड़े। उसका पुर्तगाली कप्तान के भड़काऊ रवैये के सामने बिना संघर्ष किए आकस्मिक समर्पण, जो लगभग एक मुठभेड़ की मंशा रखता था, गणितीय सूक्ष्मता तक यह जानते हुए कि किसी भी झड़प की स्थिति में वह परास्त हो जाता। उनका विचार था कि प्रभाव डालने के लिए मात्र एक संकेत, जैसे आक्रमण करने के उद्देश्य से म्यान में से चालीस तलवारों का एक साथ खींचे जाना, इन पुर्तगालियों के हठ को धराशायी करने और विजयी ऑस्ट्रियाइयों के लिए क़िले के दरवाज़े

को खोलने के लिए काफ़ी था। अन्य लोगों ने, कप्तान के समर्पण भाव से हतप्रभ होकर सोचा कि उसकी पहली भूल थी क़िले पर पहुँचकर, बिना घुमावदार बातें बनाए, घोषणा करना, हाथी को हमारे सुपुर्द करो, हमारे पास ज़्यादा वक़्त नहीं है। केन्द्रीय यूरोप में जन्मा और पला-बढ़ा कोई भी ऑस्ट्रियाई जानता है कि इन परिस्थितियों में किस प्रकार बात करके रिझाया जाता है। सबसे पहले परिवार की सेहत के बारे में पूछा जाता है। पुर्तगाली घोड़ों के बारे में और कास्तेलो रोद्रीगो की सर्वोत्तम क़िलेबन्दी की भव्यता पर कुछ ख़ुशामदी टिप्पणियाँ की जातीं, तब जाकर, जैसे किसी को अचानक स्मरण हो आता है कि उसे कुछ और काम भी करना था, अरे हाँ, याद आ गया, हाथी। अन्य सैनिक, जो जीवन की कठोर कठिनाइयों से भली-भाँति परिचित, सोच रहे थे कि यदि सब कुछ उनके सहकर्मियों के अनुसार हुआ होता, तो वे इस समय हाथी के साथ मार्ग पर होते, और उनके पास हाथी को देने के लिए कोई चारा न होता, क्योंकि पुर्तगाली कभी भी चारे और पानी के हौदे से लदी बैलगाड़ी को न भेजते, और वे कास्तेलो रोद्रीगो में न जाने कितने समय तक रहते, घर वापस लौटने की प्रतीक्षा में। इसे ऐसे समझा जा सकता है। एक समझदार पढ़े-लिखे नायक कारपोरल ने कहा, कप्तान को आर्चदुक या किसी और से कोई आज्ञा नहीं थी कि हाथी को तुरन्त उसके हवाले कर दिया जाए, पर बाद में, रास्ते में या कास्तेलो रोद्रीगो पहुँचकर उसे यह विचार आया कि यदि मैं पुर्तगालियों को पत्तों के खेल से काट दूँ, तो सारी वाहवाही मेरे और मेरे सैनिकों के हिस्से आएगी। यह पूछना स्वाभाविक है कि इस तरह के विचारों वाला बेईमान व्यक्ति ऑस्ट्रियाई कवचधारियों का कप्तान कैसे नियुक्त हो गया, क्योंकि एक बच्चा भी समझता है कि सैनिकों का प्रेमपूर्ण उल्लेख मात्र एक बहाना था निजी महत्त्वाकांक्षा पर परदा डालने का। अति लज्जाजनक है। हम, अपने गुणों के बजाय अपने ही अवगुणों का पुलिंदा बनते जा रहे हैं।

मानो किसी बड़े जलसे की तैयारी में, वालादोलीद नगर ने हाथी का स्वागत करने के लिए सब प्रबन्ध किए थे, बालकनियों तक में परदे और कुछ बदरंग लड़ियाँ सजाई गई थीं जो अब पतझड़ ऋतु की हवा में लहरा रही थीं। साफ़-सुथरी पोशाकें पहने, जितना उन दिनों में सम्भव हो सकता था, परिवार कुछ हद तक बुहारी हुई सड़कों पर पंक्तियाँ बनाकर खड़े हो गए, दो मुख्य उद्‌देश्य थे, हाथी कहाँ था, और बाद में उसका क्या होगा। कुछ शरारती तत्त्वों ने घोषणा कर दी कि हाथी तो केवल एक अफ़वाह है। जो शायद एक दिन अवतरित होगा, परन्तु यह कब होगा इसके बारे में किसी को मालूम नहीं था। कुछ अन्य लोगों ने क़समें खाकर बताया, कि वह बेचारा तो कल आ गया था और वालादोलीद के लम्बे कठिन मार्ग को तय करने के पश्चात थका होने के कारण विश्राम कर रहा था, पहले तो लिस्बन से कास्तेलो रोद्रीगो तक, उसके पश्चात पुर्तगाल की सीमा से इस नगर तक, जो पिछले दो वर्षों से, दिग्गज हस्तियों का घर है। महामहिम आर्चदुक मैक्सीमिलियन और उनकी पत्नी, मारिया, चार्ल्स पंचम की बेटी, स्पेन के राजप्रतिनिधि के रूप में। हमने इनका उल्लेख केवल इन सबकी महत्ता के अनुसार किया, इन सबका किसी राजसी परिवार से नाता है। जो सालोमाँऊ के ज़माने में रहे होंगे, और किसी तरीक़े से उन्हें न केवल उसके अस्तित्व के बारे में जानकारी थी, बल्कि उसके अद्‌भुत और शान्तिपूर्ण कारनामों के बारे में भी। इस पल आर्चदुक और उनकी पत्नी सम्मोहित होकर हाथी की धुलाई को देख रहे हैं। दरबार के माननीय सदस्यों और धर्मगुरुओं, और

कुछ कलाकारों के साथ जिन्हें विशेष रूप से वहाँ बुलाया गया है। ताकि वे काग़ज़, लकड़ी व कैनवस पर हाथी का चेहरा उकेरकर उसके विशाल और शानदार शरीर को अमर कर दें। अभियान की ज़िम्मेदारी हाथी के अन्तरंग मित्र सुभ्रो के हाथों में है। जो एक बार फिर, बहुत बड़ी मात्रा में पानी और वही लम्बे डंडे के झाड़ू का उपयोग करता है। सुभ्रो प्रसन्न है, क्योंकि उसे यहाँ पहुँचे चौबीस घंटे से अधिक हो चुके हैं। उसे अपनी जगह काम करनेवाला महावत नहीं दिखाई दिया, भले ही उसे आर्चदुक के प्रभारी ने बता दिया है कि आज से, सालोमाँऊ का नाम सोलीमाँऊ होगा। उन्हें यह नाम बिलकुल पसन्द नहीं आया, लेकिन जैसे कहा जाता है। रस्सी जल जाती है पर बल नहीं जाते। सोलीमाँऊ का आकार तो, चलो हमें मानना पड़ेगा, पर हमारे पास उसे इस नाम के पुकारने के अलावा और कोई विकल्प नहीं है।

जो उसकी धुलाई से बेहतर हो गया था, वह सच में निखर गया था, दीप्तिमान, तब जब कुछ सेवादार, मशक़्क़त करने के बाद, उसके ऊपर एक विशाल दुशाला डालने में सफल हो गए जिसे बीस कारीगरों ने सप्ताहों की लगातार मेहनत से बनाया था, एक ऐसा नमूना जैसा संसार में कोई दूसरा नहीं पाया जा सकता, इतने जवाहरात उस पर जड़े थे जो, भले ही सब बेशक़ीमती नहीं थे, पर उनकी चमक तो वे क़ीमती पत्थरों के समान ही थी, और स्वर्ण धागे और शानदार मखमल के क्या कहने। कितना व्यर्थ ख़र्चा किया, आर्चबिशप धर्मगुरु ने अन्दर-ही-अन्दर भुनभुना कर कहा, जो आर्चदुक की बग़ल वाली सीट पर बैठा था, इस पशु पर पैसा व्यर्थ बहाने के बजाय, वे गिरजाघर के लिए एक भव्य मंडप बना सकते थे, ताकि हमें सदा उसी पुराने मंडप के नीचे कार्य न करना पड़े, मानो हम द्वितीय श्रेणी का कोई गाँव हों, वालादोलीद का नगर नहीं। राजप्रतिनिधि के एक संकेत ने इन विध्वंसकारी विचारों पर लगाम लगा दी। उनके शब्दों को समझने की आवश्यकता नहीं थी, राजसी हाथों के संचलन ही काफ़ी थे, पहले ऊपर

की ओर, फिर नीचे की ओर, स्पष्ट था कि आर्चदुक महावत से बात करना चाहता था। दरबार के एक निम्न दर्जे के कर्मचारी के संग जाते हुए, सुभ्रो को लगा मानो वह सपना देख रहा हो जो वह पहले से देख चुका था, जब, बेलेम के गन्दे बाड़े में, उसे एक दाढ़ीवाले आदमी के पास ले जाया गया था, जो पुर्तगाल का राजा निकला, जुआँऊ तृतीय। जिस आदमी ने अब उसे बुलाया है उसकी दाढ़ी नहीं है। उसकी दाढ़ी बनी हुई है। और वह, हम निडर और बिना किसी पक्षपात के, कह सकते हैं कि वह एक शानदार व्यक्तित्व का धनी है। उसके बग़ल में उसकी ख़ूबसूरत धर्मपत्नी विराजमान है। आर्चदुकेज़ा मारिया, जिसकी ख़ूबसूरती अधिक देर तक नहीं रहनेवाली क्योंकि वह सोलह बार जन्म देगी, दस लड़के और छह लड़कियों को, बेहद बर्बरता है। सुभ्रो आर्चदुक के समक्ष खड़ा है। प्रश्न पूछे जाने की प्रतीक्षा में। जैसा अनुमान था, पहला प्रश्न था, तुम्हारा नाम क्या है। मेरा नाम सुभ्रो है। श्रीमान, सुब क्या, सुभ्रो श्रीमान, यह मेरा नाम है। और तुम्हारे नाम का क्या अर्थ है। इसका अर्थ सफ़ेद रंग है। किस भाषा में, भारत की अनेकों भाषाओं में से एक बंगाली में, श्रीमान। आर्चदुक कुछ सैकंड के लिए मौन हो गए, फिर पूछा, क्या तुम भारत से हो? जी, श्रीमान, मैं दो वर्ष पहले हाथी के साथ पुर्तगाल आया हूँ। क्या तुम्हें अपना नाम पसन्द है? मैंने इसका चयन नहीं किया, यह नाम मुझे दिया गया, श्रीमान। क्या तुम कोई और नाम चयन करना चाहोगे? मुझे नहीं पता, श्रीमान, मैंने इसके बारे में कभी सोचा नहीं। तुम्हें कैसा लगेगा यदि हम तुम्हें अपना नाम बदलने के लिए कहें?

महामहिम के पास इसका कारण होना चाहिए! बिलकुल है। सुभ्रो ने उत्तर नहीं दिया, उसे मालूम था कि राजाओं से प्रश्न नहीं पूछा जाता, शायद इसीलिए यह इतना कठिन है। कभी-कभी असम्भव, उनसे उनकी प्रजा के संशयों और दुविधाओं के उत्तर प्राप्त करना। आर्चदुक मैक्सीमिलियन ने कहा, तुम्हारे नाम का उच्चारण कठिन है। मुझे यही बताया गया है श्रीमान। वियना में कोई इसे समझ नहीं पाएगा। यह मेरा दुर्भाग्य होगा, श्रीमान। लेकिन इसका

हल है। आज से तुम्हारा नाम फ्रिटज होगा। सुभ्रो ने दर्द-भरी आवाज़ में दोहराया, फ्रिटज। हाँ, याद रखने के लिए यह नाम सरल है। इसके अलावा ऑस्ट्रिया में पहले से बहुत सारे फ्रिटज मौजूद हैं। इसलिए तुम उन्हीं में से एक हो जाओगे, परन्तु हाथी वाले तुम अकेले ही होगे। यदि महामहिम की कृपा हो, तो मैं अपना नाम ही रखना चाहूँगा। नहीं, मैं निर्णय ले चुका हूँ, और मैं तुम्हें चेतावनी देता हूँ कि यदि तुमने दोबारा पूछा, तो मुझे ग़ुस्सा आ जाएगा, तुम गाँठ बाँध लो कि तुम्हारा नाम फ्रिटज है बस। जी, श्रीमान। आर्चदुक ने अपने शानदार सिंहासन से उठते हुए ऊँची रौबीली आवाज़ में घोषणा की, कान खोल के सुन लो, इस आदमी ने फ्रिटज नाम स्वीकार कर लिया है। जो हमने इसे दिया है। यह बात, और हाथी सोलीमाँऊ के महावत के रूप में इसकी ज़िम्मेदारी, को ध्यान में रखते हुए, मैं आशा करता हूँ, कि आप सब उसका आदर और सम्मान करेंगे, और मेरी आज्ञा की अवहेलना करनेवाले को मेरी नाराज़गी के परिणाम भुगतने पड़ेंगे। इस चेतावनी का कोई अनुकूल प्रभाव नहीं पड़ा, उसी पल जो फुसफुसाहट हुई उसमें सभी प्रकार की भावनाएँ थीं, अनुशासित आदर, उदार ठिठोली, आहत झुँझलाहट, सोचो, एक महावत के साथ आदर से व्यवहार करना, जानवर का रखवाला, जिसके बदन से जंगली जानवरों की दुर्गंध आती है। मानो वह राज्य का अति विशिष्ट व्यक्ति हो, एक बात तो तय है कि आर्चदुक जल्दी ही यह सनक भूल जाएगा। सत्य बताने के लिए कहना पड़ेगा कि पहली फुसफुसाहट के पश्चात एक और फुसफुसाहट हुई, जिसमें कोई वैमनस्य या विरोध की भावना नहीं थी, क्योंकि यह सुगबुगाहट शुद्ध सराहना की थी जब हाथी ने महावत को अपनी सूँड़ और एक दाँत से ऊपर उठाकर, बिठा लिया अपने चौड़े कंधों पर, जो खलिहान जैसे विशाल हैं।

तब महावत ने कहा, हम सुभ्रो और सालोमाँऊ थे, पर अब हम फ्रिटज और सोलीमाँऊ हैं। वह किसी व्यक्ति विशेष से बात नहीं कर रहा था, वह स्वयं से बातें कर रहा था, ये नाम उसके लिए कोई मायने नहीं

रखते थे वह जानता था, भले ही उनके वे नाम बदल दिये गए थे, जो उनके लिए मायने रखते थे। मैंने सुभ्रो बनने के लिए ही जन्म लिया है। फ्रिटज के लिए नहीं, उसने सोचा। वह सोलीमाँऊ को उसके बाड़े की ओर ले गया, महल के अन्दर एक आँगन, जो भीतर होने के बावजूद, बाहर से पहुँचा जा सकता था, और उसने हाथी को वहाँ अपने दो सहायक जो लिस्बन से उसके साथ आए थे, चारे और पानी के कुंडे के साथ छोड़ दिया, सुभ्रो या फ्रिटज, इस नाम परिवर्तन की आदत डालना कठिन होगा, कमान अधिकारी से बात करनी पड़ेगी, अपने कमान अधिकारी से, कवचधारियों का कप्तान तो दिखाई नहीं दे रहा, फिगेइरा कास्तेलो रोद्रीगो में अपने निराशाजनक प्रदर्शन पर पश्चात्ताप कर रहा होगा। विदाई का समय अभी नहीं आया है। पुर्तगाली तो कल प्रस्थान करेंगे, वह अपने भविष्य के जीवन के बारे में बात करना चाहता है और कप्तान को बताना चाहता है कि उसका और हाथी का नाम बदल दिया गया है। वह कप्तान और सैनिकों को घर वापसी की शुभकामनाएँ देना चाहता है। हाँ, सदा के लिए। सैनिकों ने शहर से कुछ दूरी पर पड़ाव डाल रखा है। हरियाली भरे क्षेत्र में जहाँ से एक साफ़ पानी की धारा बहती है। जिसमें उनमें से काफ़ी सैनिकों ने स्नान कर लिया है। कमान अधिकारी सुभ्रो से मिलने आया और, उसका चिन्तित चेहरा देखकर, पूछा, क्या बात है। हमारे नाम बदल दिये गए हैं। मैं अब फ्रिटज हूँ और सालोमाँऊ अब सोलीमाँऊ है। किसने बदले, वही जो कर सकता था, आर्चदुक ने, पर क्यों, मुझे लगता है कुछ कारण होंगे, जहाँ तक मेरा सवाल है मेरे नाम का उच्चारण कठिन है।

परन्तु हम लोगों ने तो इसको अपना लिया था, उसके बाद एक असहज मौन छा गया, जिसे कमान अधिकारी ने भंग किया, उसने कहा, हम कल लौट रहे हैं। जी, मुझे मालूम है। सुभ्रो ने उत्तर दिया, मैं अलविदा कहने के लिए आऊँगा, क्या हम दोबारा मिलेंगे, कमान अधिकारी ने पूछा, शायद नहीं, शायद नहीं, वियना लिस्बन से बहुत दूर है। बहुत दुख की बात है। अब जब

हम दोस्त हैं। दोस्त एक बड़ा शब्द है। श्रीमान, मैं तो मात्र एक महावत हूँ जिसे अपना नाम बदलने का आदेश दिया गया है। और मैं अश्वारोही सेना का कमान अधिकारी हूँ जिसके भीतर इस यात्रा के दौरान कई परिवर्तन हुए हैं। क्या पहली बार भेड़ियों को देखा था, ओह, मैंने बरसों पहले एक देखा था, जब मैं छोटा था। मुझे याद नहीं कब, भेड़ियों को देखने के पश्चात लोगों में परिवर्तन आने चाहिए, परिवर्तन का कारण यह नहीं था। तो क्या हाथी था, यह अधिक सम्भव है। हालाँकि, मैं कुत्ते-बिल्ली को बेहत्तर समझ सकता हूँ, एक हाथी को नहीं समझ सकता, बिल्ली और कुत्ते हमारे आसपास रहते हैं। और इससे सम्बन्ध प्रगाढ़ होते हैं। भले ही हम कोई ग़लती कर बैठें, लेकिन निरन्तर घनिष्ठता से हमेशा कोई भी समस्या हल हो जाती है। हमें नहीं मालूम कि उन्हें भी, किसी प्रकार की समस्या आती है। और उन्हें इसका आभास होता है। और हाथी, जैसा मैंने आपसे पहले भी कहा था कि हाथी बिलकुल अलग है। हर हाथी के भीतर दो हाथी होते हैं। एक जो सिखाए जाने पर सीखता है और एक वह जो सब कुछ नज़रअन्दाज़ करने पर अड़ जाता है। तुम कैसे जानते हो, जब मुझे पता चला कि मैं भी हाथी जैसा हूँ, कि मेरा एक हिस्सा सीखता है और दूसरा हिस्सा सब कुछ दरकिनार कर देता है। मैंने सीखा है। जितना अधिक मैं जीता हूँ, उतना ही मैं नज़रअन्दाज़ कर देता हूँ, तुम्हारे शब्दों के जाल मेरी समझ से परे हैं। मैं शब्दों से नहीं खेल रहा हूँ, बल्कि वे मेरे साथ खेल रहे हैं। आर्चदुक कब प्रस्थान करेंगे, तीन दिन बाद, मुझे लगता है। अच्छा, मैं आपको बहुत याद करूँगा, सुभ्रो या फ्रिटज बोला, कमान अधिकारी ने अपना हाथ बढ़ाया, सुभ्रो ने विनम्रता से पकड़कर हिला दिया, मानो उसे कोई कष्ट न देना चाहता हो, हम कल मिलेंगे, वह बोला, जी, हम कल मिलेंगे, कमान अधिकारी ने दोहराया। दोनों ने विपरीत दिशा का रुख़ किया और चल दिये। दोनों ने पीछे मुड़कर नहीं देखा।

अगली सुबह, सुभ्रो हाथी के साथ पड़ाव पर आया। उसके साथ दो सहायक भी थे, जो झटपट बैलगाड़ी में चढ़ गए, एक अत्यन्त सुहावनी

सैर के लिए। सैनिक अश्वारोहण की आज्ञा की प्रतीक्षा कर रहे थे। कमान अधिकारी महावत के पास जाकर बोला, यहाँ से हमारे रास्ते अलग हो जाते हैं। मैं आपको और आपके सैनिकों की शुभ-यात्रा की कामना करता हूँ, कप्तान साहिब, तुम्हारे और सालोमाँऊ के लिए एक लम्बी यात्रा सामने है। शीत ऋतु होगी, मैं मानता हूँ, तुम्हारे वियना पहुँचने से पहले सालोमाँऊ मुझे अपनी पीठ पर बैठा ले जाएगा, इसलिए यह इतनी थका देनेवाली नहीं होगी, वे क्षेत्र, मैंने सुना है। बहुत सर्द हैं। बर्फ़ और हिम से ढके हुए, लिस्बन में इन चीज़ों से कष्ट नहीं उठाना पड़ता, भले ही तुम्हें मानना पड़ेगा कि कभी-कभी बहुत ठंड हो जाती है। श्रीमान जी, लिस्बन विश्व में सबसे ठंडा स्थान है। मुस्कराते हुए कप्तान ने कहा, इसकी भौगोलिक स्थिति इस ठंड से सुरक्षित रखती है। सुभ्रो मुस्करा दिया, उसे बातचीत में मज़ा आ रहा था, वे पूरी सुबह और दोपहर वहाँ बिता सकते थे और कल प्रस्थान कर सकते थे, इससे क्या अन्तर पड़ेगा, पता नहीं, चौबीस घंटे पहले घर पहुँचने पर, या बाद में, इस क्षण कमान अधिकारी ने विदाई सन्देश देने का निश्चय किया, सैनिकों, सुभ्रो हमसे विदा लेने आया है। और हमें ख़ुशी है कि वह अपने साथ हाथी भी लाया है। जिसकी सुरक्षा का उत्तरदायित्व पिछले कुछ हफ़्तों से हमारे ऊपर था। इस इनसान के संग समय बिताना मेरे जीवन का सर्वश्रेष्ठ अनुभव था, शायद इसलिए कि भारत कुछ ऐसा जानता है जो हम नहीं जानते। मैं विश्वास से तो नहीं कह सकता कि मैं इसे भली-भाँति जानता हूँ, पर मैं पूरे विश्वास के साथ यह कह सकता हूँ कि वह और मैं, न केवल दोस्त, पर भाई भी हो सकते थे। वियना बहुत दूर है।

लिस्बन उससे भी दूर है। और शायद हम एक दूसरे से फिर कभी न मिल पाएँ, शायद यही अच्छा होगा, अपने पुराने दिनों की याद सँजोकर रखना ताकि हम पुर्तगाली सैनिकों के बारे में कहा जा सके कि हमारे पास भी, हाथी की याद है। कमान अधिकारी लगभग पाँच मिनट बोला, पर वह सबसे महत्त्वपूर्ण बात तो कह चुका था। जब वह बोल रहा था, तो सुभ्रो सोच

रहा था कि सालोमाँऊ क्या करेगा, क्या वह कुलियों से विदाई लेते समय जैसा व्यवहार दोहराएगा, परन्तु दोहराना लगभग सदा निराशाजनक होता है। उसकी चमक फीकी पड़ जाती है। उनकी सहजता कम हो जाती है। और यदि सहजता कम हो जाती है। तो बाक़ी चीज़ें भी कम हो जाती हैं। बेहतर यही होगा यदि हम अपने-अपने रास्ते चले जाएँ, महावत ने सोचा। परन्तु हाथी ने कुछ और ही सोच रखा था। भाषण के समाप्त होने पर, जब कमान अधिकारी सुभ्रो को आलिंगन में लेने के लिए आया, सालोमाँऊ ने दो क़दम आगे बढ़ाकर, अपनी सूँड़ की नोक से, जो एक धड़कते होंठ के समान है। कप्तान के कंधे को छू लिया। कुलियों की विदाई, हमारे विचार में, अधिक नाटकीय थी, वह शायद इसलिए, क्योंकि सैनिकों को अलग प्रकार की विदाई की आदत थी, अपने राष्ट्र के लिए गौरव बनो, पूरे देश की नज़रें तुम पर टिकी हैं। इस प्रकार की बातें, दिल को छूनेवाली, कुछ लोगों को तो, कुछ के लिए तो अपने अश्रु पोंछने पड़े अपने कोट या जैकेट की बाजुओं पर, लज्जावश, या जिस भी नाम से उन दिनों वे अपनी सैनिक वर्दी को बुलाते थे। महावत सालोमाँऊ को ले निरीक्षण पर निकल गया, यह उसके अलविदा कहने की एक शैली थी। वह मनुष्य नहीं था जो अपनी भावनाएँ सबके सामने प्रकट करता, जैसे अब, अदृश्य अश्रु उसके चेहरे पर बह रहे हैं। आदमियों की टुकड़ी चल पड़ी, बैलगाड़ी उनके सामने, हम उसे पुन: इस नाटक में नहीं देखेंगे, यही तो जीवन है। अभिनेता आते हैं रंगमंच छोड़ते हैं। जैसा होना चाहिए। देर-सवेर यही अधिकतर और सदा होता रहेगा, वे अपनी पंक्तियाँ बोलते हैं। और पिछले दरवाज़े से ओझल हो जाते हैं। वह जो बाग़ में खुलता है। आगे जाकर, मार्ग में एक मोड़ आता है सैनिक अपने घोड़ों को लगाम देते हैं। ताकि वे अलविदा करने के लिए एक हाथ हिलाकर अन्तिम अलविदा कह सकें। सुभ्रो ने भी वही किया और सालोमाँऊ ने दिल की गहराइयों से गरजती हुई चिंघाड़ मारी, बस यही तो वे कर सकते थे, परदा गिर चुका है और फिर कभी नहीं उठेगा।

तीसरे दिन की सुबह बारिश हो रही थी, जो विशेषकर आर्चदुक के लिए काफ़ी परेशानी पैदा करनेवाला था, क्योंकि उसके पास क़ाफ़िले को नियंत्रित और अति सुनियोजित ढंग से चलानेवालों की कोई कमी तो नहीं थी, परन्तु उसने स्वयं यह निर्णय लेने का फ़ैसला किया कि हाथी की क़ाफ़िले में स्थिति कहाँ पर होगी। यह एक साधारण बात थी, सालोमाँऊ आर्चदुक और उनकी पत्नी की बग्घी के ठीक सामने चलेगा। उनके एक अति विशिष्ट और क़रीबी विश्वासपात्र ने उनसे यह सर्वविदित विचार समझने की विनती की कि घोड़ों के समान हाथी भी चलते समय मलमूत्र का त्याग करते हैं। इस प्रकार का दृश्य, स्वाभाविक है। महामहिम को विचलित कर सकता है। विश्वासपात्र ने बताया, चेहरे पर सामाजिक व्यवस्था की चिन्ता लिये, परन्तु आर्चदुक ने उसे चिन्तामुक्त होने के लिए कहा, क्योंकि क़ाफ़िले में हमेशा कुछ सफ़ाई कर्मचारी होंगे जो आवश्यकता पड़ने पर मार्ग से इस प्राकृतिक जमाव को साफ़ कर देंगे। वर्षा एक चिन्ता का विषय था। वर्षा न तो हाथी की मनोदशा, न ही उसकी चाल पर कोई प्रभाव डालती, दरअसल, वह मानसून का इतना आदी हो चुका था कि पिछले दो वर्षों से, उसको इसकी कमी महसूस हुई थी, वर्षा न ही उसकी मन:स्थिति पर न ही उसकी चाल पर कोई प्रभाव डालेगी, जिस समस्या का हल ढूँढ़ना था वह था आर्चदुक। इस बात को आसानी से समझा जा सकता है। स्पेन की धरती को एक हाथी के पीछे रहकर पार करना, और उपयोग में न ला पाना, शायद, विश्व की एक बेहतरीन शानदार कढ़ाईदार दुशाला, जो उन्होंने स्वयं आज्ञा देकर बनवाई थी, केवल इसलिए कि बरसात उसे इस क़दर क्षति पहुँचाती है कि वह गाँव के किसी गिरजाघर में छतरी के लिए भी उपयुक्त न रहती, जो, जहाँ तक, आर्चदुक की बात है। उनके लिए यह उनके राज्यकाल की सर्वाधिक निराशाजनक बात होती।

मैक्सीमिलियन एक इंच भी आगे नहीं बढ़ेगा जब तक हाथी सोलीमाँऊ भली-भाँति ढक नहीं दिया जाता, कशीदाकारी किया सूर्य के प्रकाश में चमकते

दुशाला द्वारा। यही उसने कहा। वर्षा कभी तो थम जाएगी, चलो थमने की प्रतीक्षा करते हैं। वही हुआ। बारिश दो घंटे तक नहीं थमी, परन्तु इसके पश्चात, आसमान साफ़ हो गया, अभी कुछ बादल शेष थे, पर इतने घने नहीं थे, अकस्मात, वर्षा थम गई, जब सूर्य दिखाई दिया, तो उसकी पहली किरणों में वायु हल्की सी हो गई, लगभग पारदर्शी। आर्चदुक इतने प्रसन्न हुए कि उन्होंने अपनी पत्नी की जाँघ को शरारतपूर्ण दबाने का आनन्द ले लिया। तब, आपे में आते हुए, उन्होंने अपने सैन्यादेशवाहक को बुला भेजा जिसे आज्ञा दी कि वह क़ाफ़िले के सामने जाए, जहाँ चमचमाते कवचधारी सैनिक प्रतीक्षारत थे, उन्हें कहो कि वे तुरन्त प्रस्थान करें उन्होंने कहा, हमें समय की कमी को पूरा करना है। इसी बीच, सेवादार हाथी की पीठ के लिए विशाल दुशाला हाथों में लिये आ पहुँचे, और फ्रिटज के आदेशानुसार, कुछ कठिनाई के साथ सोलीमाँऊ की पीठ पर फैला दिया। तत्पश्चात फ्रिटज, एक सूट पहनकर, जो, वस्त्र की गुणवत्ता और बनावट के ऐश्वर्य में, उन कपड़ों से कहीं अधिक शानदार थे जो वह लिस्बन से लाया था, और जिसने राजसी ख़ज़ाने पर काफ़ी बोझ डाला था, फ्रिटज सोलीमाँऊ की पीठ पर बैठ गया, जहाँ से, आगे से पीछे तक, उसे क़ाफ़िले का मनोरम दृश्य दिखाई देता था। कोई उसके ऊपर नहीं, अपनी पूरी शक्ति सहित ऑस्ट्रिया का आर्चदुक भी नहीं। आर्चदुक एक व्यक्ति और हाथी का नाम तो बदल सकता है। परन्तु एक आम आदमी के समान दृष्टि के स्तर से, वह एक बग्घी में ले जाया जा रहा था जिसमें दुनिया की सारी इत्र अन्दर आनेवाली दुर्गंध को नहीं मिटा सकती थी।

आप यह जानने के लिए उत्सुक होंगे कि क्या यह पूरा क़ाफ़िला वियना जाएगा। तो उत्तर है नहीं। इनमें से अधिकतर, फ्रांस की सीमारेखा से लगा, समुद्री बन्दरगाह वाले नगर रोज़ाश से आगे नहीं जाएँगे। वहाँ वे आर्चदुक और उनकी पत्नी को अलविदा कहेंगे, वहाँ पर वे जलपोत पर सवार होने की प्रक्रिया देखेंगे, सबसे अधिक, कुछ आश्चर्य से, यह देखेंगे कि सोलीमाँऊ के

चार टन का वज़न जलपोत पर क्या प्रभाव डालेगा, क्या उसका क्वार्टरडेक[1] उसका वज़न झेल पाएगा, या उन्हें सुनाने के लिए जलपोत डूबने की कहानी लेकर वालादोलीद वापस लौट आना पड़ेगा। उनमें निराशावादी लोग जलपोत की भावी क्षति और उसकी सुरक्षा का अनुमान लगा रहे हैं कि यदि नौका के हिलने-डुलने के कारण, हाथी घबरा गया और अपने पैर न जमा पाया तो, मैं तो इस बारे में सोचना भी नहीं चाहता, वे अपने साथियों से कहने लगे, यह घोषणा करने की सम्भावना से प्रसन्न होते हुए, मैंने तुम्हें पहले ही कह दिया था। इन कबाब में हड्डियों को नज़रअन्दाज़ कर देते हैं। यह हाथी बहुत दूर से आया है। दूरस्थ भारत से, बहादुरी से हिन्द महासागर और अटलांटिक के तूफ़ानी थपेड़े सहता हुआ, दृढ़ और इरादों का पक्का, मानो पूरा जीवन उसने नौका यात्रा के अलावा और कुछ किया ही न हो। पर अब, बात दूरियाँ तय करने की है। लम्बी दूरियों को मानचित्र को देख मात्र लेने से ही थकान हो जाती है। फिर भी ऐसे लगता है मानो सब कुछ पास-पास हो, सामान्य पहुँच के भीतर, कहने के लिए। समझना तो मापदंड में है। यह कहना सरल है कि मानचित्र पर एक सेंटीमीटर सच में बीस किलोमीटर के बराबर है। परन्तु हम इस प्रक्रिया में यह विचार करना भूल जाते हैं कि हम भी माप में उसी अनुपात में घट जाते हैं। जिसके कारणवश, हम इतने निम्न होने के कारण, हम मानचित्र पर इतने छोटे लगते हैं। यह देखना मज़ेदार होगा कि मनुष्य का एक पाँव उस मापदंड में कितना होगा। या हाथी का एक पाँव। या ऑस्ट्रिया के आर्चदुक की पूरी समिति।

दो दिन भी नहीं बीते थे कि क़ाफ़िले की चमक-दमक फीकी पड़ने लगी। प्रस्थान की सुबह से होनेवाली लगातार बारिश का न केवल बग्घी और बैलगाड़ी की चादरों पर बुरा असर पड़ा था, बल्कि उनके वस्त्रों पर भी जो अपने कर्तव्य का पालन करते हुए प्राकृतिक आपदाओं को लम्बे

1. नौका का पिछला भाग।

या कम समय के लिए झेल रहे थे। अब क़ाफ़िला उस क्षेत्र से गुज़र रहा था जहाँ लगता था कि विश्व के आरम्भ होने से लेकर बारिश नहीं हुई थी। कवचधारियों के चलने से धूल उठना आरम्भ हो जाती है। जो बारिश के प्रभाव से अछूते नहीं थे, छाती को ढकती प्लेटें अच्छी तरह जुड़ी न होने के कारण, और उन्हें जोड़ती ज़ंजीरों के रिक्त बीच स्थान रह जाने के कारण, जहाँ से तलवारें और बरछे सरलता से भेद सकते हैं। अन्त में, सारी शान, जो फिगेइरा द कास्तेलो रोद्रीगो में गर्व से प्रदर्शित की गई थी, व्यर्थ थी। उसके बाद एक लम्बी पंक्ति बैलगाड़ियाँ, मालवाहक डिब्बे, भिन्न प्रकार की बग्घियाँ, मालवाहन या सेवादारों को ढोने के लिए, और अधिक धूल उड़ाती हैं। जो हवा न चलने के कारण, देर तक वायु में बनी रहेंगी। इस बार योजना प्रबन्धक यह बात भूल गए कि सर्वाधिक धीमी गति वाले हाथी पर पूरे क़ाफ़िले की गति निर्भर होनी चाहिए। हाथी का चारा और पानी से लदी बैलगाड़ियों को क़ाफ़िले के पीछे रखा गया, इस कारण पूरे क़ाफ़िले को रुकना पड़ता था जब कभी वे पीछे छूट जाते थे। वह काम जो सभी को विचलित कर देता था, विशेषकर आर्चदुक को, जो अपनी नाराज़गी को नहीं छिपा पाते थे, वह था हाथी का दोपहर की अनिवार्य झपकी, एक गतिविधि जो केवल उसी के लिए ही आवश्यक है। पर जिसका अन्त में, सभी लाभ उठा लेते हैं। पर फिर भी वे शिकायत करते हैं। इस गति से हम कभी नहीं पहुँच पाएँगे। जब पहली बार क़ाफ़िला रुका, तो यह जानकारी मिली कि सोलीमाँऊ के विश्राम के लिए है। आर्चदुक ने फ्रिटज को बुलवाकर पूछा कि उसे क्या लगता है नियंत्रण किसके हाथ में है। भले ही उसने प्रश्न इस ढंग से नहीं किया, ऑस्ट्रिया का आर्चदुक यह स्वीकार करने के लिए इतना नीचे नहीं झुकेगा कि उसके अलावा कोई और नियंत्रण कर सकता है। परन्तु जिस साधारण लहज़े में हमने प्रश्न को सम्बोधित किया है। सबसे उपयुक्त उत्तर फ्रिटज के लिए होता, लज्जा के मारे, साष्टांग हो जाता।

इन दिनों, हमने देखा है कि सुभ्रो को आसानी से दबाया नहीं जा सकता, और अब, अपने नये अवतार में, असम्भव तो नहीं पर कठिन है। उसकी कल्पना करना, लज्जा के मारे ज़ुबान पर ताला लग जाना, दुम टाँगों के बीच दबाकर कहना, क्या आज्ञा है श्रीमान। उसका उत्तर उल्लेखनीय है। जब तक ऑस्ट्रिया का आर्चदुक अपना अधिकार किसी नुमाइंदे को न सौंप दें, सम्पूर्ण एकाधिकार उसके हाथ अधिकार व परम्परा से है। जैसा उसकी प्रजा का मानना है। प्राकृतिक और, जैसे मृत, प्राप्त किए हुए, तुम तो एक दार्शनिक के समान बातें करते हो, ओह, मैं तो मात्र एक महावत हूँ जिसने जीवन की पुस्तक पढ़ी है। सोलीमाँऊ के साथ यह क्या मामला है। उसके दोपहर में सोकर विश्राम करना, यह भारत में परम्परा है श्रीमान। हम अब स्पेन में हैं। भारत में नहीं, यदि महामहिम को हाथियों के बारे में पता हो और मुझे लगता है कि आपको है कि भारत वहीं होता है जहाँ एक भारतीय हाथी होता है। और मैं यहाँ अफ्रीकी हाथी की बात नहीं कर रहा हूँ, जिसके बारे में मुझे कोई अनुभव नहीं, और वही भारत, चाहे जो हो, उसके भीतर सदा अक्षत रहता है। यह सब तो ठीक है। पर मेरे आगे एक लम्बी यात्रा है और हाथी मेरे एक दिन में तीन या चार घंटे व्यर्थ कर रहा है। आगे से, सोलीमाँऊ केवल एक घंटा और केवल एक ही घंटा सोएगा, दुर्भाग्यवश, महामहिम, मुझ पर विश्वास कीजिए, मैं आपसे असहमत होकर बहुत छोटा महसूस कर रहा हूँ, एक घंटा पर्याप्त नहीं होगा। देखा जाएगा। आज्ञा दे दी गई थी, पर अगले दिन ही शीघ्रता से रद्द भी कर दी गई, हमें तार्किक होना चाहिए, फ्रिटज ने कहा, जिस प्रकार हाथी का एक-तिहाई खाना-पानी कम करने का विचार मैं अच्छा नहीं मानूँगा, मैं उसके विश्राम करने के समय में कटौती को भी नहीं स्वीकार कर सकता, जिसके बिना वह प्रत्येक दिन की चुनौतियों का सामना नहीं कर पाएगा, यह सच है कि भारत में एक हाथी सूर्योदय से सूर्यास्त तक जंगल में बहुत किलोमीटर चलता है। पर वह वहाँ अपनी धरती पर होता है। इस उजाड़ बियाबान जगह में नहीं, जहाँ एक बिल्ली तक के लिए छाया

उपलब्ध नहीं। हमें यह नहीं भूलना चाहिए कि जब फ्रिटज को सुभ्रो बुलाया गया तो उसने सोलीमाँऊ के विश्राम को चार घंटों से घटाकर दो घंटे कर देने पर कोई आपत्ति नहीं जताई थी, परन्तु वे दिन और थे, पुर्तगाली कप्तान एक ऐसा व्यक्तित्व था जिससे बात की जा सकती थी, एक मित्र की तरह, एक सत्तावादी आर्चदुक नहीं, जिसके पास, चार्ल्स पंचम का दामाद होने के अलावा, बखान करने के लिए और कोई योग्यता नहीं है।

फ्रिटज अनुचित था, उसे कम-से-कम यह स्वीकार करना चाहिए था कि सोलीमाँऊ के साथ किसी ने ऐसा व्यवहार नहीं किया था जैसा अब तिरस्कृत ऑस्ट्रिया के आर्चदुक ने किया। आप केवल उस दुशाला के बारे में सोचिए। भारतीय राजाओं के हाथी भी इतने दुलार से नहीं रखे जाते थे। विद्रोह के कारण आर्चदुक प्रसन्न नहीं था। फ्रिटज को उसकी द्वंद्वात्मक निर्भीकता के लिए दंड देना न्यायोचित होता, परन्तु आर्चदुक यह भली-भाँति जानते हैं कि उन्हें वियना में दूसरा महावत मिलना दुर्लभ है। और यदि, किसी चमत्कारवश, यह दुर्लभ प्रजाति मिल भी गई, तो एक अन्तरिम अवधि निश्चित करना आवश्यक होगा जिसके दौरान वह और हाथी एक-दूसरे से घुल-मिल सकें, नहीं तो, कहा नहीं जा सकता कि इतने विशालकाय पशु का व्यवहार कैसा होगा, क्योंकि जहाँ तक मानव-जाति का प्रश्न है जिसमें आर्चदुक भी शामिल है। उसके मन की बात का पूर्वानुमान लगाना एक बेतुकी शर्त लगाने के समान है जिसमें जीतने की सम्भावना कम होती है। हाथी, असल में, एक विचित्र प्राणी है। उसे इस संसार से कोई सरोकार नहीं है। वह तो निजी नियमानुसार चलता है जो किसी विदित नैतिक संहिता में नहीं पाए जाते, यह शीघ्र उजागर हो गया कि उसे कोई अन्तर नहीं पड़ता कि वह आर्चदुक की बग्घी के सामने चले या उसके पीछे। आर्चदुक और उनकी पत्नी सोलीमाँऊ के लगातार लीद कर देने के दृश्य को सहन न कर पाए, और उसकी दुर्गंध में उनके कोमल नथुनों से साँस ले पाना तो दूर की बात है जिनको भिन्न प्रकार के सुगंधों की आदत थी।

दरअसल, आर्चदुक फ्रिटज को दंडित करना चाहता था हाथी को नहीं, जिसे अब माध्यमिक पद पर लगा दिया गया था कुछ दिन सभी को क़ाफ़िले का भव्य व्यक्तित्व दिखने के पश्चात। वह अब भी क़ाफ़िले के सिरे के निकट है। किन्तु अब उसे आर्चदुक की बग्घी के पिछवाड़े के अलावा कुछ नहीं दिखाई देगा। फ्रिटज को सन्देह है कि उसे दंडित किया जा रहा है। परन्तु वह न्याय की माँग नहीं कर सकता क्योंकि वही न्याय, हाथी के स्थानान्तरण का निर्णय लेकर, मात्र संवेदी असुविधा की रोकथाम कर रहा था, मैक्सीमिलियन आर्चदुक और उनकी पत्नी मारिया, चार्ल्स पंचम की बेटी। इस समस्या को हल करने के पश्चात, दूसरी समस्या का भी हल हो गया था, और उसी रात को। हाथी को पदावनत कर एक अनुयायी बनाकर प्रसन्नचित्त, मारिया ने अपने पति से सोलीमाँऊ को दुशाला से मुक्त करने की माँग की, मुझे लगता है कि इसे पहने रखना बेचारे हाथी के लिए सजा के समान है। और इसके अलावा, इसके अलावा क्या, आर्चदुक ने पूछा, एक बार इतने विशाल जन्तु को धार्मिक चोला पहने देख, दृश्य बहुत हास्यास्पद और विचित्र हो जाता है, लोग उसे जितना अधिक देखते हैं, वह उतना ही विचित्र दिखाई देता है। ऐसा मेरा विचार था, आर्चदुक ने कहा, पर मुझे लगता है तुम सही हो, मैं दुशाला वालादोलीद के बिशप के पास भिजवा दूँगा, मुझे पूरा विश्वास है कि वह इसे कहीं न कहीं उपयोग अवश्य कर लेंगे, और मुझे पूर्ण विश्वास है कि यदि हम स्पेन में रहते, तो हम अपने पवित्र गिरजाघर के सुसज्जित जनरलों को दुशाले से बनी छतरी के नीचे जुलूस निकालते देखकर आनन्दित होते।

इनमें कुछ ऐसे लोग भी थे जिन्होंने भविष्यवाणी तक कर दी थी कि हाथी की यात्रा यहीं समाप्त हो जाएगी, रोज़अश के समुद्र में, या तो इसलिए कि सोलीमाँऊ का चार टन का वज़न सहन न कर पाने के कारण पुल टूट गया, या एक ऊँची लहर ने उसका सन्तुलन बिगाड़ दिया और उसे सर के बल गहरे पानी में डुबो दिया, और इस तरह प्रसन्नचित्त सालोमाँऊ, जिसका नामकरण दुर्भाग्यवश अब सोलीमाँऊ कर दिया गया था, अपनी अन्तिम घड़ी को प्राप्त हो जाता। आर्चदुक को विदा करने रोज़अश आए बहुत सारे कुलीन पुरुषों ने कभी हाथी नहीं देखा था। उन्हें नहीं मालूम था कि ऐसे जन्तु ने अपने जीवन काल में कभी समुद्री यात्रा की है। और उसकी टाँगें ऐसी हैं जिन्हें प्राय: समुद्री टाँगें कहा जाता है। उसे नौकाचालन के लिए मत कहना, या पाल के खम्भे पर चढ़कर पाल समेटने के लिए, इसके लिए आकटैंट[1] या सैक्सटैंट यंत्र का प्रयोग करना, उसे पतवार पर रखना, चार छोटे स्तम्भ जो तूफ़ान के समय उसकी टाँगों का काम करेंगे। तब तुम्हें पता चलेगा कि कैसे एक हाथी विपरीत दिशा में बहती तूफ़ानी हवाओं के थपेड़ों का सरलता से सामना कर लेता है। नौकाचालन करता एक उत्तग श्रेणी के चालक सदृश लालित्य और दक्षता के साथ, मानो यह कला उसने बचपन में चार वेदों से सीखकर कंठस्थ कर ली हो, वह भी तब, जब जीवन की उथल-पुथल से यह निश्चित हो गया कि वह अपनी जीविका लकड़ी के लठ्ठे ढोकर या कुछ सर्कस प्रेमियों की घटिया दर्जे की जिज्ञासा पूरी करके

1. नौकाचालन में प्रयुक्त दिशा यंत्र।

कमाएगा। हाथियों के बारे में लोगों की धारणाएँ सही नहीं हैं। उन्हें लगता है कि हाथियों को भारी धातु के गोले पर बलपूर्वक सन्तुलन बनवाकर खड़े करवाना, एक छोटी गोलाकार सतह जिस पर उनके पाँव ठीक से टिक नहीं पाते, पसन्द है। हमारा सौभाग्य है कि वे अच्छे स्वभाव के हैं। विशेषकर वे जो भारत से हैं। उन्हें पता है कि मानव-जाति के साथ रहने के लिए अत्यधिक धैर्य की आवश्यकता है। तब भी जब हम उन्हें खदेड़कर मार डालते हैं। आरी द्वारा या उखाड़कर उनके दाँतों के लिए। हाथियों में अक्सर उनके पैग़म्बर द्वारा कहे गए ये प्रसिद्ध शब्द दोहराए जाते हैं। जो इस प्रकार हैं—उन्हें क्षमा कर दो भगवान, क्योंकि वे नहीं जानते कि वे क्या कर रहे हैं। वे सब हम ही हैं। विशेषकर ये लोग जो यहाँ उसे मरते हुए देखने के लिए आए थे और इस क्षण वालादोलीद वापस जाने की तैयारी कर रहे हैं। उस दर्शक की तरह क्षुब्ध जो सर्कस कम्पनी का हर तरफ़ पीछा करता है केवल कलाकार को जाल से बाहर गिरते हुए देखने के लिए। अरे हाँ, याद आया, एक भूल हो गई जिसे हम समय रहते सुधार लेते हैं। इतनी सदियों के नौकाचालन में मनुष्य ने कभी उसकी नौकाचालन की अशंकनीय योग्यता को ध्यान में रखते हुए, किसी ने आज तक हाथी को कैप्सटन के समान, कार्य करते नहीं पाया है।

सोलीमाँऊ को जहाज़ के डेक पर सलाख़ों के पीछे छोड़, जो प्रत्यक्ष मज़बूती के बावजूद, असली के बजाय मात्र सांकेतिक थे, क्योंकि वे हाथी की अनिश्चित मनोदशा पर निर्भर थे, फ्रिटज समाचार की खोज में निकल गया। सबसे पहले स्पष्ट बात, वह प्रश्न का उत्तर जानना चाहता था कि यह नौका कहाँ जा रही है। उसने दयालु दिखनेवाले एक बूढ़े नाविक से पूछा, जिससे उसे तुरन्त, संक्षिप्त, ज्ञानवर्धक उत्तर प्राप्त हुआ, जेनोआ जा रही है। और ये कहाँ है? महावत ने पूछा। उस व्यक्ति को भरोसा नहीं हुआ कि इस विश्व में ऐसे भी लोग सम्भव हैं जिन्हें जेनोआ के बारे में कोई जानकारी नहीं, इसलिए उसने पूर्व दिशा की तरफ़ संकेत करके कहा, उस तरफ़ है। इटली में, फ्रिटज ने दोहराया, जिसकी भौगोलिक जानकारी कम होने के कारण वह

अपनी नादानियाँ प्रकट कर सकता था। हाँ, इटली में, नाविक ने पुष्टि की, और वियना कहाँ है। फ्रिटज अड़ गया था, उससे बहुत आगे, आल्प्स के उस पार, ये आल्प्स क्या है। आल्प्स बहुत ऊँची पर्वत-शृंखला है। बहुत बड़ी, पार करना दुर्गम है। सर्दियों में विशेषकर, नहीं, मैं वहाँ कभी नहीं गया, परन्तु जो वहाँ जा चुके हैं, उनसे सुना है। यदि ऐसा है तो बेचारे सालोमाँऊ को परेशानी होनेवाली है। वह तो भारत से आया है। जहाँ भीषण गर्मी पड़ती है। उसे कँपकँपाती शीत के विषय में कुछ नहीं पता, न ही मुझे, मैं भी वहीं से आया हूँ। ये सालोमाँऊ कौन है? नाविक ने पूछा। सालोमाँऊ उस हाथी का नाम है जिसे बाद में सोलीमाँऊ कर दिया गया, जिस प्रकार मेरे साथ हुआ, जब से मेरा जन्म हुआ मैं सुभ्रो था पर अब फ्रिटज हो गया हूँ, किसने तुम्हारे नाम बदले, जिसके पास यह करने का अधिकार है। महामहिम आर्चदुक जो इस नौका में यात्रा कर रहे हैं। हाथी का स्वामी वही है। नाविक ने पूछा, जी हाँ, और मैं इसका संरक्षक हूँ, या रखवाला, या महावत, जो सही शब्द है। सालोमाँऊ और मैंने पुर्तगाल में दो साल बिताए हैं। जो रहने के लिए इतनी बुरी जगह नहीं है। और अब हम वियना जा रहे हैं। जो सुना है बेहतर है। उसकी प्रसिद्धि तो यही कहती है।

भगवान करे ऐसा ही हो, और बेचारे सालोमाँऊ को अन्त में कुछ विश्राम मिल पाए जो इस प्रकार की भाग-दौड़ के लिए पैदा नहीं हुआ, गोवा से लिस्बन की यात्रा के पश्चात सब बन्द हो जाना चाहिए था, सालोमाँऊ पुर्तगाल के राजा जुआँऊ तृतीय का है। जिसे उसने आर्चदुक को भेंट कर दिया है। उसके साथ जाने का उत्तरदायित्व मुझे सौंपा गया, पहले पुर्तगाल तक की समुद्री यात्रा, और अब वियना तक। इसे विश्व दर्शन कहते हैं, नाविक ने कहा। एक बन्दरगाह से दूसरे बन्दरगाह तक तो नहीं, महावत बोला। जो अपनी बात पूरी न कर सका क्योंकि आर्चदुक अपने अनुयायी दल के साथ आ रहे थे, परन्तु इस बार अपनी पत्नी के बिना, जिसे सोलीमाँऊ देखने में उतना भला नहीं लगता था। सुभ्रो रास्ते से हट गया, उसे लगा कि वह उनकी

दृष्टि से ओझल हो जाएगा, पर आर्चदुक ने उसे देख लिया, फ्रिटज मेरे साथ आओ, मैं हाथी देखने जा रहा हूँ, उन्होंने कहा। महावत आगे आया, वह समझ नहीं पा रहा था कि कहाँ खड़ा हो, आर्चदुक ने उसकी दुविधा दूर कर दी, आगे जाकर देखो कि सब ठीक है। उन्होंने आज्ञा दी। यह सौभाग्य की बात थी, क्योंकि महावत की अनुपस्थिति में सोलीमाँऊ को लगा था कि लकड़ी का डेक अपना मल और मूत्र त्यागने का उत्तम स्थान है। इसलिए, वह मल-मूत्र की एक मोटी गीली परत के ऊपर स्केटिंग कर रहा था। पास ही, तुरन्त, आकस्मिक प्यास बुझाने के लिए, पानी से भरा हुआ एक हौदा रखा था, चारे के कुछ गट्ठर रखे थे, क्योंकि बाक़ी गट्ठरों को नीचे भंडार घर में रख दिया गया था। सुभ्रो ने तुरन्त अनुमान लगाया। पाँच या छह नाविकों की सहायता से, सभी हृष्ट-पुष्ट, उसने पानी के हौदे को इस प्रकार उलट दिया कि पानी झरने के समान डेक से सीधा समुद्र में बहने लगा। इसका प्रभाव उसी क्षण दिखाई देने लगा। पानी के दबाव और उसके घुलनशील होने के कारण, दुर्गंधित मल का घोल डेक से बह गया, हाथी के पैरों के तलवे से लगा हुआ छोड़कर, पर एक दूसरी कम दबाव की पानी की धार ने उसे स्वच्छ कर पेश करने की स्थिति में ला दिया, और फिरएक बार सिद्ध कर दिया कि उत्तम अच्छे का शत्रु है परन्तु यह भी कि अच्छा, जितनी कोशिश कर ले, उत्तम की एड़ियों तक भी नहीं पहुँच सकता।

आर्चदुक अब आ सकते हैं। उनके आने से पहले, हम उन पाठकों की जिज्ञासा को शान्त कर देते हैं। जिन्हें उस बैलगाड़ी के बारे में कोई जानकारी नहीं मिली जिसने पानी के हौदे और चारे के गट्ठरों को पूरे एक सौ चालीस लीग वालादोलीद से रोज़अश तक पहुँचाया। फ्रांसीसियों में एक कहावत है, जिसे वे उन दिनों प्रयोग में लाते थे, समाचार का न होना, अच्छा समाचार है। इसलिए हमारे पाठक चिन्तामुक्त हो जाएँ, बैल वालादोलीद के रास्ते पर हैं, जहाँ हर सामाजिक वर्ग की कन्याएँ बैलों के पहुँचने पर उनके सींगों को सुसज्जित करने के लिए फूलों के हार बना रही हैं। उनसे पूछना भी मत कि

वे ऐसा क्यों कर रही हैं। एक को यह कहते भी सुना गया, हालाँकि पता नहीं कौन, कि यह एक प्राचीन प्रथा है, जो रोमन और यूनानी काल से चली आ रही है। और रोज़अश तक जाकर वापस आना, दो सौ अस्सी लीग की दूरी, निश्चित रूप से एक साहसिक कार्य है। वालादोलीद में यह विचार रईस लोगों और सर्वसाधारण द्वारा बड़े जोश के साथ स्वीकार किया गया, जो अभी एक लोकप्रिय त्योहार आरम्भ करने का विचार कर रहे हैं। जिसमें पटाखेबाज़ी, भोजन-कपड़ों व भिक्षा का निर्धन लोगों में वितरण और जो भी लोगों की उपजाऊ कल्पना में बिम्बित होता है। इन सब बातों में, पाठकों की वर्तमान और भविष्य की शान्ति के लिए, हम आर्चदुक का हाथी के पास आना तो भूल ही गए, पर आपने अधिक नहीं खोया है। इस कहानी के दौरान, यही आर्चदुक, जिसका उल्लेख हमने किया और नहीं किया, बहुत स्थानों पर बहुत बार बिना किसी कारण के पहुँचे हैं। दरबार की आचार-संहिता के अनुसार, यदि ऐसा न होता, तो वह आचार-संहिता नहीं होती। हम जानते हैं कि आर्चदुक ने हाथी की सेहत और हालचाल के बारे में पूछा और फ्रिटज ने उन्हें उपयुक्त उत्तर दिये, विशेषकर वे जिन्हें महामहिम आर्चदुक सुनना चाहते थे, जिससे यह पता चलता है कि दरिद्र महावत ने दरबारियों की मृदुलता और चालबाज़ी की शागिर्दगी में प्रगति कर ली थी, पुर्तगाली दरबार का पाप स्वीकार-पीठिका और पवित्रता के धार्मिक दोगलेपन की ओर अधिक झुकाव था, सांसारिक सैलूनों की शोधन तुलना में, वह उसके लिए एक मार्गदर्शक नहीं बन सका, दरअसल, बेलेम के उस अस्वच्छ बाड़े में क़ैद, उसे कभी अपनी शिक्षा का विस्तार करने का अवसर प्रदान नहीं किया गया। अक्सर देखा गया था कि आर्चदुक कभी-कभी अपनी नाक सिकोड़ लेते थे और बार-बार अपनी सुगंधित रूमाल का प्रयोग करते थे। इस बात ने, नाविकों के घ्राणीय तंत्र को अचम्भे में डाल दिया। वे हर प्रकार की घिनौनी दुर्गंध के आदी हो चुके थे, इसलिए वे उस गंध के प्रति असंवेदनशील हो चुके थे, जो डेक से बहा दिये जाने के बावजूद, वायु में अभी तक फैली हुई थी। अपने स्वामी होने के नाते अपनी सम्पत्ति की सुरक्षा

के बारे में सतर्कता से कर्तव्य पालन कर, आर्चदुक शीघ्र ही लौट गए, अपने पीछे-पीछे रंग-बिरंगी मोरपंखी दुम समान चमचों के दल के साथ।

नौका पर माल चढ़ा लिया गया, इस बार अधिक जटिल हिसाब-किताब लगाना पड़ा, चूँकि चार टन का हाथी डेक के एक छोटे से भाग पर ठहरा दिया गया था, नौका चलने को तैयार थी, लंगर का वज़न डाल दिया गया और पालें फहरा दी गईं, जिनमें से एक त्रिकोण और दूसरी चौकोर थी जो एक सदी पूर्व पुर्तगाली नाविकों द्वारा मैडीटेरेनियन इतिहास से पुनर्जीवित की गई थी और बाद में जिन्हें लातीनश के नाम से जाना जाने लगा, नौका लहरों पर डगमगाई, और पहली पाल के खुलने के साथ, पूर्व दिशा की ओर बढ़ चली, जेनोआ की ओर, जैसा नाविक ने महावत से कहा था। पार करने में पूरे तीन दिन लगे, उग्र समुद्र और तूफ़ानी हवाओं ने बरसात के थपेड़े हाथी की पीठ पर मारे, और उन बिस्तरों पर जिनसे सैनिक स्वयं को बदतर स्थिति से सुरक्षित रखने का प्रयास कर रहे थे। आर्चदुक का कोई पता नहीं था जो अन्दर सुरक्षित अपनी पत्नी के बदन की गरमाहट में, निस्सन्देह, प्रथा के अनुसार, अपने तीसरे उत्तराधिकारी को लाने का प्रयास कर रहे थे। जब वर्षा थम गई और हवा का मिज़ाज कुछ ठंडा हुआ, तो दिन की धीमी रोशनी में डेक के नीचे से यात्री ऊपर आने लगे, लड़खड़ाते और उनींदे, उनमें से अधिकतर के चेहरे मतली के कारण उतरे हुए और आँखों के चारों ओर डरावने काले गोल दायरे थे। आर्चदुक के कवचधारी युद्ध कला की प्रणाली द्वारा धरती पर उन बीती यादों को ताज़ा करने का प्रयास कर रहे थे जिसमें कास्तेलो रोद्रीगो, जहाँ उन लचर घुड़सवार पुर्तगालियों के सैनिकों के हाथों शर्मनाक पराजय का सामना करना पड़ा जिसमें एक भी गोली चलाने की आवश्यकता नहीं पड़ी थी। चौथे दिन, शान्त समुद्र, क्षितिज लीगूरिया का तट बन गया था। जेनोआ के प्रकाश स्तम्भ से आती प्रकाश की किरण, स्थानीय लोगों द्वारा श्रद्धापूर्वक लालटेन बुलाया जानेवाला स्थलचिह्न, सुबह की बढ़ती चकाचौंध में लुप्त हो गया, किन्तु अभी भी किसी नौका को बन्दरगाह तक दिशा-निर्देश दे सकता

था। दो घंटे पश्चात, नौका पायलट द्वारा संचालित खाड़ी में प्रवेश कर रही थी, पालें लहरा रही थीं, घाट के उस रिक्त स्थान की ओर बढ़ रही थी, जहाँ हर प्रकार के वाहन और लगभग हर प्रकार की गाड़ियाँ भिन्न-भिन्न कार्यों के लिए खड़ी थीं, लगभग सभी खच्चरों से जुती हुईं, जो क़ाफ़िले की प्रतीक्षा कर रही थीं। उन दिनों संचार माध्यम अत्यन्त श्रमसाध्य व अक्षम होने के कारण, यह सोचा जा सकता है कि जटिल सैन्यतंत्र के संचालन में घाट पर स्वागत हेतु सन्देशवाहक कबूतरों ने एक सक्रिय और महत्त्वपूर्ण योगदान दिया था, निर्धारित समयानुसार, विलम्ब या असफलता के बिना क्योंकि इसका परिणाम एक पलटन को दूसरी का प्रतीक्षा करना होता। हम यह मानते हैं कि जब भी हमने ऑस्ट्रिया या वहाँ के लोगों का किसी सन्दर्भ में उल्लेख किया तो वह तनिक तिरस्कारपूर्ण, व्यंग्यात्मक भाव सहित था, जो न केवल आक्रामक था बल्कि प्रत्यक्ष अनुचित भी था। ऐसी बात नहीं कि हमने यह जानबूझकर किया, पर आप तो जानते हैं कि लिखने में क्या होता है। एक शब्द दूसरे तक ले जाता है केवल इसलिए क्योंकि दोनों का स्वर एक साथ अच्छा लगता है। भले ही सौन्दर्य के लिए ओछेपन और नीति के लिए आदर की बलि देनी पड़े। यदि ये गम्भीर सिद्धान्त इस प्रकार के लेख में अनुपयुक्त हैं, तो प्राय: किसी का भी लाभ नहीं होता। इन्हीं और अन्य कारणों से, लगभग बिना अहसास किए हम जीवन में अनेक शत्रु बना लेते हैं।

सबसे पहले कवचधारी आगे आए। उन्होंने अपने घोड़े बाहर निकाल लिये ताकि वे सीढ़ी पर फिसल न जाएँ। घुड़सवारी सेना के घोड़े का सामान्यतया बहुत ख़याल व ध्यान रखा जाता है। उनके बारे में नज़रअन्दाज़ नज़र आता है। जो इस बात का प्रमाण है कि सुन्दर खाल और बालों की चमक बनाए रखने के लिए उन्हें अच्छी मालिश की आवश्यकता है। जैसे वे अब दिख रहे हैं। हमें कहना पड़ेगा कि वे ऑस्ट्रियाई घोड़ों के लिए लज्जाजनक हैं। एक अत्यन्त अनुचित निर्णय है जो यह भूल गया वालादोलीद से रोज़अश तक की लम्बी यात्रा, सात सौ किलोमीटर का निरन्तर मार्च, तेज़ तूफ़ानी हवाएँ

और वर्षा, बीच-बीच कभी-कभार तपता सूरज, और सबसे ऊपर, धूल और अधिक धूल। आश्चर्य नहीं है कि नौका से उतरे घोड़े दूसरी श्रेणी की बदरंग वस्तुएँ प्रतीत हो रहे थे। फिर भी, हम देख सकते हैं। घाट से कुछ दूरी पर, ठेलों, वाहनों और भारवाहनों के पीछे, सैनिक, कप्तान की कमान में, जिसे हम मिल चुके हैं। अपने-अपने घोड़ों का रूप-रंग बेहतर करने की कोशिश कर रहे हैं, ताकि आर्चदुक के सम्मान में दी जानेवाली सलामी शानदार हो। जिस क्षण वे नौका से उतरें, जैसा प्रसिद्ध हब्सबर्ग घराने के हर कार्यक्रम में आशा की जाती है। आर्चदुक और उनकी पत्नी नौका से उतरनेवाले अन्तिम यात्री होंगे, तो आशा की जा रही है कि घोड़ों को अपनी सामान्य शान को पुनर्जीवित करने का कुछ समय मिल जाएगा। इस क्षण, सामान उतारा जा रहा है। दर्जनों बक्सों, तिजोरियाँ और ट्रंक जिसमें राजसी पति-पत्नी के बढ़ते प्रसाधन के वस्त्र, आभूषण और हज़ारों वस्तुएँ हैं। जनसाधारण भी यहाँ बड़ी संख्या में उपस्थित हैं। ऑस्ट्रिया के आर्चदुक एक भारतीय हाथी के साथ नौका से उतरने ही वाले हैं। यह समाचार नगर में आग की तरह फैल चुका था, जिसके फलस्वरूप, दर्जनों पुरुष और महिलाएँ, उत्सुकतापूर्वक, घाट की ओर दौड़ पड़े। देखते-ही-देखते वहाँ सैकड़ों लोग इकट्ठा हो गए, इतने कि वे माल की ढुलाई में बाधा डालने लगे। वो आर्चदुक को नहीं देख पाए, वे अभी अपनी केबिन से बाहर नहीं निकले थे, पर हाथी डेक के ऊपर खड़ा था, विशाल और अश्वेत, अपनी कोड़े जैसी मोटी लचीली सूँड़ के साथ, तलवारों जैसे दाँत, जो, कुछ जिज्ञासु लोगों की कल्पना में, जो सोलीमाँऊ के शान्तिपूर्ण स्वभाव से अनभिज्ञ थे, निस्सन्देह युद्ध के शस्त्रों जैसे उपयोग में लाए जाएँगे परिवर्तन करने से पूर्व, जो वे अवश्य होंगे, क्रास और समाधि में प्रयुक्त हाथी दाँत की वस्तुओं में जो ईसाई धर्म में काफ़ी प्रचलित हैं।

घाट पर संकेत और आज्ञा देता हुआ व्यक्ति आर्चदुक का परिचारक है। उसकी अनुभवी आँखों की एक तीव्र नज़र काफ़ी है कि कौन-सा ठेला या मालवाहन किस तिजोरी, बक्सा या ट्रंक को लेकर जाएगा। वह एक दिशासूचक

है। जिसे, जितना भी इधर-उधर घुमाया जाए, जितना भी तोड़ा-मरोड़ा जाए, वह सदा उत्तर दिशा ही इंगित करेगा। हम तो यहाँ तक कहेंगे कि परिचायकों और जमादारों के महत्त्व का राष्ट्र की कार्यपद्धति में योगदान अभी तक समझा नहीं गया है। अब चारे को जहाज़ के निचले तल से उतारा जा रहा है जहाँ ये आर्चदुक और उनकी पत्नी की ऐश्वर्य की वस्तुओं के साथ आया है। परन्तु आगे, उन ठेलों में ले जाया जाएगा जिन्हें उनकी ढोने की क्षमता के कारण चयनित किया गया है। यानी, सबसे अधिक संख्या में गट्ठरों को ले जाने की क्षमता। पानी का हौदा चारे के साथ चलता है। पर इस पल वह ख़ाली है। जैसा, हम देखेंगे कि उत्तर इटली और ऑस्ट्रिया की शीतऋतु में मार्गों पर आवश्यकता पड़ने पर पानी की कोई कमी नहीं होगी। अब सोलीमाँऊ को उतारने का समय आ पहुँचा है। जेनोआ की कोलाहलयुक्त जनसाधारण की भीड़ बेसब्री और उत्सुकता से भनभना रही थी। यदि कोई इन पुरुषों और महिलाओं से पूछे कि वे किसे क़रीब से देखने के लिए अधिक उत्सुक थे आर्चदुक या हाथी, हम मानते हैं कि हाथी एक बड़ी संख्या से जीत जाएगा। इनकी तीव्र इच्छा एक चिंघाड़ से पूरी हो गई, जब हाथी ने अपनी सूँड़ से एक आदमी को उसके छोटे से झोले सहित उठाकर अपनी पीठ पर बैठा लिया। यह आदमी सुभ्रो या फ्रिटज था, आपको जो अधिक अच्छा लगे, रखवाला, नौकर, महावत, जिसका आर्चदुक द्वारा अनादर किया गया था और जो अब, घाट पर एकत्रित जेनोआ के लोगों की नज़रों में, एक हीरो बननेवाला था। हाथी की पीठ पर बैठा, झोले को पैरों के बीच दबाए, अपने मैले-कुचैले कपड़ों में, उसने एक विजेता के समान गर्व के साथ मुँह बाये लोगों पर नज़र दौड़ाई, जिसे, विस्मय का एक संकेत माना जाता है। किन्तु जो, शायद इतना शुद्ध है। यह यदा-कदा ही, असली जीवन में दृष्टिगोचर होता है।

जब वह सोलीमाँऊ की पीठ पर होता है। सुभ्रो को संसार छोटा दिखाई देता है। पर आज, जेनोआ के बन्दरगाह के घाट पर, जब वह सैकड़ों स्तम्भित लोगों की रुचि का केन्द्र-बिन्दु था, चाहे वह स्वयं या उसकी हर आज्ञा का

पालन करता एक विशालकाय प्राणी, फ्रिटज ने एक उपहास भरी नज़र भीड़ पर डाली, सुबोधगम्यता और सापेक्षिता की अपूर्व घड़ी में, उसे लगा, सब सोचने के बाद, राजा और सम्राट हाथी पर बैठे महावत से अधिक कुछ नहीं। अपनी छड़ी के एक झटके द्वारा उसने सोलीमाँऊ को पुलिया पर चढ़ने का निर्देश दिया। जो लोग अधिक समीप खड़े थे वे चौंककर पीछे हट गए, जब हाथी पुलिया के बीचोबीच आ खड़ा हुआ तब और भी, और कुछ कारणों से जो रहस्य ही रहेंगे, एक ज़ोर से चिंघाड़ मारी, इस तुलना के लिए क्षमा चाहूँगा, जो कानों को जैरिकू[1] की तुरही के समान प्रतीत हुई और उनमें से अधिक भयभीत लोग दौड़ते नज़र आए। जब उसने घाट पर क़दम रखा, शायद एक दृष्टिभ्रम के कारण, लगा कि हाथी ऊँचाई और गोलाई में सिकुड़ गया हो। उसे अभी तक नीचे से ही देखना पड़ रहा था, परन्तु अपना सिर पीछे की ओर इतना झुकाना नहीं पड़ रहा था। यह आदत की बात है। पशु, जो अभी तक भयंकर आकार का था, जेनोआ के लोगों को लगा कि उसका आरम्भिक उपचन्द्र संसार का आठवाँ होने की भव्यता में खो गया हो, अब यह केवल एक पशु है जिसका नाम हाथी है।

इससे अधिक और कुछ नहीं। अपनी हाल ही में शक्ति और इसके स्तम्भ के बारे में अहसास से भरपूर, फ्रिटज लोगों के दृष्टिकोण में आए बदलाव से खिन्न था, परन्तु आर्चदुक और उनकी पत्नी और उनकी मंडली के डेक पर उपस्थित होने पर तख़्ता पलटनेवाला था, सबसे ऊपर, दो महिलाओं की बाँहों में दो शिशुओं के दृश्य को देखकर, जो उनकी आयाएँ थीं। हम आपको बता दें कि इनमें से एक शिशु, दो वर्ष की नन्ही सी बच्ची, स्पेन के फिलिप द्वितीय और पुर्तगाल के प्रथम की चौथी पत्नी बनेगी। जैसा कहा जाता है। छोटे कारण, बड़े परिणाम। इस प्रकार हम उन पाठकों की जिज्ञासा को सन्तुष्ट कर दें जिन्हें आर्चदुक और उनकी पत्नी के बच्चों के विषय में जानकारी नहीं

1. फिलिस्तीन का एक शहर जिसके एक तरफ़ नदी है और दूसरी तरफ़ येरुशलम।

है। कुल सोलह बच्चे, अगर आपको याद हो, ऐना सबसे बड़ी थी। जैसा कि हम कह रहे थे, आर्चदुक को उपस्थित होना था केवल उस तालियों की गड़गड़ाहट और उत्साहवर्धन के लिए, जिसे उन्होंने अपने दाहिने हाथ के दस्ताने के आसक्त संकेत से स्वीकार किया। आर्चदुक और उनकी पत्नी ने उस पुलिया का उपयोग नहीं किया, जहाँ से माल उतारा गया था, पर उसके पास वाला, जिसे रगड़कर अभी-अभी धोया गया था, ताकि घोड़ों के खुरों से लगी धूल, हाथी के विशाल टाँगों या माल ढोने या उतारनेवालों के नंगे पैरों से छूटी गन्दगी उन्हें छू न पाए। हमें आर्चदुक को उनके परिचायक की क्षमता के लिए बधाई देनी चाहिए, जो अभी यह निरीक्षण करने वापस गया है कि कहीं हीरों का कंगन दो फ़र्शी-तख़्तों की दरार में तो नहीं गिर गया। बाहर, महामहिम के लिए प्रतीक्षारत कवचधारियों ने दो पंक्तियाँ बना ली हैं। ताकि सभी घोड़ों को समायोजित किया जा सके, पच्चीस दोनों ओर। अब, यदि हमें ग़लती करने का भय न होता, हम यह कल्पना करना चाहेंगे कि आर्चदुक अपनी बग्घी तक एक छत्र के नीचे पचास नंगी तलवारों से घिरे चलकर गए, परन्तु, यह हो सकता है कि इस प्रकार के सत्कार का कार्यक्रम किसी छिछोरे भविष्य की सदी ने सोचा हो। आर्चदुक और उनकी पत्नी ने इसी क्षण सुशोभित चमकदार, मज़बूत प्रतीक्षा करती बग्घी में क़दम रखा है। बस क़ाफ़िले को सुनियोजित होने भर की देरी है। बीस कवचधारी सामने रास्ता बनाने के लिए और तीस पीछे क़ाफ़िले की घेराबन्दी करने के लिए, जैसे त्वरित कार्यवाई बल, असम्भाव्य परन्तु सम्भव, डाक़ुओं के आक्रमण से सुरक्षा के लिए।

यह सच है कि हम कलाब्रिराया या सिसिली में नहीं हैं। हम लिगूरिया के सभ्य प्रदेश में हैं। इसके बाद लोम्बारडी और वेनेतो आएँगे, पर जैसा हमें बुद्धिमानों ने चेतावनी दी है कि सफ़ेद कपड़े पर दाग़ साफ़ नज़र आता है। आर्चदुक द्वारा अपने पृष्ठरक्षकों का बचाव करना सही है। अब यह देखना बाक़ी होगा, कि आसमान से क्या टपकेगा। इस बीच साफ़, चमकती सुबह धीरे-धीरे धुँधली हो गई है।

जेनोआ से प्रस्थान करते समय वर्षा उनकी प्रतीक्षा कर रही थी। यह कोई अनोखी बात नहीं है। अब तो, पतझड़ आनेवाली है। और ये बौछारें तो संगीत कार्यक्रम का ट्रेलर मात्र हैं, जिसमें तमूबा, तालवाद्य और तुरही, पर्याप्त संख्या में हैं। जिसे आल्प्स पर्वत श्रृंखला, क़ाफ़िले पर बरसाने के लिए तैयारी में है। सौभाग्यवश उन सबके लिए जिनके पास बुरे मौसम से बचने के लिए बचाव के साधन कम हैं। हम विशेषकर कवचधारियों और महावत की बात कर रहे हैं। पहले जो असुविधाजनक स्टील की प्लेटें पहने, मानो वे नये फ़ैशन के झींगुर हों, दूसरा हाथी की पीठ पर सवार, जहाँ उत्तरी हवाएँ और मूसलाधार हिमपात अपनी चरम पर होते हैं। मैक्सीमिलियन ने अन्त में आम लोगों की अचूक बुद्धिमानी पर ग़ौर किया, इस बार, कहावत जो इति काल से दोहराई जाती रही है। इलाज से बेहतर रोकथाम है। जेनोआ के रास्ते में, उन्होंने कपड़े की दुकानों पर दो बार क़ाफ़िला रोकने की आज्ञा दी, ताकि कवचधारियों और महावत के लिए सिले कपड़े और ओवरकोट ख़रीद सकें, ये ओवरकोट, आसानी से समझ में आता है। इनकी योजना और उत्पादन में कमी के कारण, बनावट और रंग में तो बेढंग हैं। पर कम-से-कम पहननेवाले को ठंड और वर्षा से तो बचाएँगे। भला हो आर्चदुक की इस दूरअन्देश निर्णय का, हम देख सकते हैं किस शीघ्रता से सैनिकों ने अपने कोट गद्दियों से उतारे जहाँ उन्हें वितरण के लिए लटका दिया गया था, और कैसे, बिना किसी विलम्ब के और नीचे उतरे, उन्हें पहन लिया, वह सैन्य प्रसन्नता प्रकट की जो सैनिक इतिहास में

कभी-कभार ही देखने को मिलती है। महावत फ्रिटज, जो पहले सुभ्रो था, उसने भी वही किया, हालाँकि अधिक विवेकशीलता से। आरामदायक कोट में, उसे लगा कि दुशाला, जिसे इतनी दानशीलता से वालादोलीद के बिशप को सौंप दिया गया था, सोलीमाँऊ के लिए उपयोगी सिद्ध होता, जिसके साथ पहाड़ों की वर्षा बहुत विनम्रता से पेश नहीं आ रही थी। रुक-रुककर होती मूसलाधार वर्षा के पश्चात तत्काल भीषण तूफ़ान का परिणाम यह हुआ कि सोलीमाँऊ का स्वागत करने और महामहिम का अभिवादन करने सड़कों पर कम लोग आए। उन्होंने न आकर ग़लती की क्योंकि उन्हें भविष्य में असली हाथी को देखने का अवसर नहीं मिलेगा। जहाँ तक आर्चदुक का प्रश्न है। अनिश्चितता की ग़लती, पहले से राजघराने के लोगों की छोटी-बड़ी यात्राओं के बारे में जानकारी न होना है। हो सकता है आएँ, हो सकता है न आएँ। पर जहाँ तक हाथी का सवाल है। निस्सन्देह, वह लौटकर नहीं आनेवाला। पियासेन्ज़ा पहुँचने से पहले ही मौसम साफ़ हो गया, जिससे वे शहर को विशिष्ट लोगों की शान अनुसार पार कर पाएँ, कवचधारियों ने अपने कोट उतार दिये और अपनी जानी-पहचानी भव्यता में नज़र आने लगे, बजाय एक हास्यास्पद लगने के जब से उन्होंने जेनोआ से प्रस्थान किया था, योद्धाओं के टोप सर पर और खुरदरे ऊनी ओवरकोट उनकी पीठ पर। इस बार, बहुत लोग सड़कों पर उतर आए, और, आर्चदुक के लिए तालियाँ बजीं उसके पद के लिए, हाथी का भी गर्मजोशी से स्वागत हुआ इसी कारणवश।

फ्रिटज ने कोट नहीं उतारा था। उसे लगा कि उसके कोट का बड़ा कट लबादा अधिक कोट कम लगता है। उसमें उसे सार्वभौम आदर प्रदान करता है जो सोलीमाँऊ की चाल के अनुरूप बैठता है। सच कहें तो उसे कोई अन्तर नहीं पड़ा कि आर्चदुक ने उसका नाम परिवर्तन कर दिया। फ्रिटज, दरअसल, वह पुरानी कहावत नहीं जानता था, रोम में रोमन के समान बर्ताव करो, परन्तु ऑस्ट्रिया में ऑस्ट्रियाई होने का उसका कोई इरादा नहीं था, पर उसने सोचा कि उचित यही होगा, यदि वह शान्तिपूर्ण जीवन जीना चाहता है।

तो लोगों की नज़रों से बचना होगा, भले ही वे पहली बार उसे हाथी की पीठ पर देखें, जो शुरुआत से ही उसकी छवि एक असाधारण प्राणी के रूप में प्रस्तुत करेगा। अपने ओवरकोट में लिपटा, गीले कपड़े से बकरे की हल्की गंध में आनन्दित। वह आर्चदुक की बग्घी के पीछे चल रहा था, जैसे कि उसे वालादोलीद से प्रस्थान के समय आज्ञा दी गई थी, दूर से देखनेवाले को यह लगता था मानो वह अपने पीछे ठेलों और वाहनों का एक विशाल क़ाफ़िला घसीट रहा हो, उसके ठीक पीछे चारे के गट्ठर और पानी का हौदा लदी बैलगाड़ी जिसको वर्षा ने पानी से भर दिया था कि वह छलक रहा था। वह एक प्रसन्नचित्त महावत था, पुर्तगाल में अपने जीवन की तंगी से दूर, जहाँ उसे दो वर्षों के लिए बेलेम के बाड़े में निष्क्रिय छोड़ दिया गया था, भारत की ओर यात्रा पर जाते जलपोत देखने के लिए, एकान्तवासी भिक्षुओं के भजन सुनने के लिए। सम्भव है हमारा हाथी सोच रहा है। यदि वह विशाल सर यह करने के योग्य है। जगह की कोई कमी नहीं कि उसके पास कारण है अपनी पहली प्रसन्न अवस्था के लिए, यह हो सकता है उसकी प्राकृतिक अज्ञानता के कारण कि आलस्य सेहत के लिए अति हानिकारक है। इससे भी बदतर है तम्बाकू, जैसा कि लोग बाद में जान जाएँगे। तीन सौ लीग यात्रा करने के बाद, प्राय: उन मार्गों पर जहाँ शैतान भी, अपने विभाजित खुरों के बावजूद, जाने के लिए मना कर दे, सोलीमाँऊ आलसी नहीं कहा जा सकता। उसे यह कहा जा सकता था पुर्तगालवास के समय, जो बीत गई वो बात गई, उसे यूरोप की धरती पर पाँव रखकर उन शक्तियों के अस्तित्व की खोज करनी थी जिनके बारे में उसे कोई अन्देशा नहीं था।

यह तथ्य अक्सर उन लोगों में देखा गया है, जो परिस्थितियों, गरीबी या बेरोज़गारी के कारण परदेस में बसने को मजबूर हो जाते हैं। अपनी जन्मभूमि में वे तटस्थ और उमंगहीन, लगभग एक घंटे के अन्दर, वे सक्रिय और उद्यमी बन जाते हैं। मानो उनके दिमाग़ में प्राय: सुनने में आनेवाला पर कभी शोध न किया जानेवाला काष्ठकार का कीड़ा डाल दिया गया हो, हम इसकी बात

कर रहे हैं। वे नहीं, जो आमतौर पर, लकड़ी कुतरकर पेट पालते हैं। जिन्हें दीमक भी कहा जाता है। पियासेंजा के बाह्य क्षेत्र में ख़ेमा गाड़े जाने का इन्तज़ार किए बिना सोलीमाँऊ हाथियों के मोरफेयुस[1] की बाँहों में सो गया। और फ्रिटज, उसके बग़ल में, कोट ओढ़कर सो रहा है और खर्राटे मार रहा है। अगली सुबह, तुरही बज उठी। रात में बारिश हुई थी, परन्तु आसमान साफ़ था। आशा करते हैं कि यह घनघोर बादलों से न भर जाए, जैसे कल हुआ था। उनकी सबसे समीप मंज़िल है लोम्बारडी का मनतुआ शहर, जो यूँ तो बहुत सारी चीज़ों के लिए प्रसिद्ध है। परन्तु सबसे अधिक प्रसिद्ध है रिगोलैतो के लिए, ड्यूक के दरबार में एक विदूषक, जिसकी अच्छी-बुरी कहानियाँ, बाद में, महान जुसैप द्वारा संगीतबद्ध की जाएँगी। क़ाफ़िला मनतुआ में अद्‌भुत कलाकृतियों की सराहना करने के लिए नहीं रुकेगा जो बड़ी संख्या में पाई जाती हैं। वेरोना में और अधिक पाई जाती हैं। ऐसा शहर जिसकी पृष्ठभूमि में विलियम शेक्सपियर ने अपनी सर्वोत्तम और शोकजनक त्रासदी रोमियो और जूलियट का चयन करेगा, जहाँ, मौसम को देखते हुए, आर्चदुक ने उन्हें चलते रहने का आदेश दिया है इसलिए नहीं कि ऑस्ट्रिया के मैक्सीमिलियन द्वितीय को अपने प्रेम के अलावा दूसरी चीज़ों में रुचि है। क्योंकि यदि हम पादुआ नहीं रुकते, तो वेनिस से पहले यह बड़ा पड़ाव होगा, उसके बाद, आल्प्स की दिशा में लम्बी चढ़ाई होगी, सर्द उत्तर दिशा की ओर। लगता है आर्चदुक और उनकी पत्नी ने, अपनी पूर्व यात्राओं में, दोजश[2] के सुन्दर शहर का भ्रमण कर चुके हैं, जहाँ, दूसरी ओर, सोलीमाँऊ के चार टन को सँभालना कठिन होगा, इस बात का ध्यान रखते हुए कि वह उसे शुभंकर की तरह पास रखेंगे। एक हाथी ऐसा पशु नहीं है जो गंडोला में समा पाए, यदि उन दिनों गंडोला होते तो, आजकल के गंडोला, अपना ऊँचा

1. नींद और सपनों का यूनानी देवता।
2. मध्यकालीन इटली में वैनिस शहर का सरकारी अफ़सर।

माथा और मातमी काला रंग जो उन्हें विश्व की दूसरी नौसेनाओं से भिन्न करता है। और पृष्ठ भाग में गायक गंडोला चालक तो न होते। आर्चदुक और उनकी पत्नी बड़ी नहर का भ्रमण करने का एक निर्णय ले सकते हैं। और दोज द्वारा उनका स्वागत किया जा सकता है। परन्तु सोलीमाँऊ, कवचधारी और बाक़ी क़ाफ़िला पादोआ में ही रहेगा, सैंट एन्थोनी की बासीलिका की ओर, जिसे हम दावे के साथ कह सकते हैं कि वे लिस्बन के हैं। पादोआ से उनका कोई लेना-देना नहीं है। वृक्षों और हरियाली से दूर। सभी वस्तुओं को अपने स्थान पर रखना विश्व शान्ति स्थापित करने का सबसे नायाब तरीक़ा है। जब तक इसमें भगवान की इच्छा हो।

अगली सुबह, कुछ ऐसा हुआ, जब सैनिक अभी नींद से जागे नहीं थे, सेंट एन्थोनी की बासीलिका से एक दूत कैम्प आया। उसे गिरजाघर सम्बन्धी टीम के प्रबन्धक द्वारा हाथी के रखवाले के साथ बात करने के लिए भेजा गया था। तीन मीटर ऊँची वस्तु दूर से देखी जा सकती है। सोलीमाँऊ ने आकाशीय गुम्बद को भर दिया, इसके बावजूद, पादरी ने उसे बुला भेजा। उसके साथ जानेवाले कवचधारी ने महावत को झिंझोड़कर जगाया, वह अभी तक अपने ओवरकोट में आराम से सो रहा था। एक पादरी तुमसे मिलना चाहता है। उसने कहा। उसने कास्टीलियाई भाषा में बोलना उचित समझा, यही काम वह बेहतर कर सकता था, महावत की जर्मन भाषा पर कमज़ोर पकड़ के कारण उसके लिए इतना जटिल वाक्य समझ पाना कठिन था। फ्रिटज ने अपना मुँह खोला यह पूछने के लिए कि पादरी क्या चाहता था, पर उसने बन्द कर दिया, क्योंकि वह भाषायी भ्रम पैदा नहीं करना चाहता था जिससे न जाने क्या मुसीबत आन पड़े। वह उठा और पादरी के पास गया जो एक सावधान दूरी पर प्रतीक्षा कर रहा था आप मुझसे बात करना चाहते हैं फ़ादर। उसने पूछा। हाँ, मैं करना चाहता हूँ, बेटा, पादरी ने कहा, उसने इन पाँच शब्दों में गरमाहट उड़ेलने का प्रयास करते हुए कहा, मैं आपकी क्या सहायता कर सकता हूँ, फ़ादर, क्या तुम ईसाई हो, पादरी ने प्रश्न किया, मेरा नामकरण किया गया

है। पर जैसा आप मेरे रूप-रंग से देख सकते हो, मैं यहाँ का नहीं हूँ, नहीं, मुझे लगता है कि तुम भारतीय हो, पर एक अच्छे ईसाई बनने में यह रोड़ा नहीं है। यह बात मैं अपने मुँह से कैसे कह सकता हूँ, क्योंकि मुझे लगता है कि अपने मुँह मियाँ मिट्ठू बनना सही बात नहीं है। मैं तुमसे एक विनती करने आया हूँ, उससे पहले मैं यह जानना चाहता हूँ कि क्या तुम्हारा हाथी प्रशिक्षित है। वह सर्कस के करतब दिखाने के लिए प्रक्षिशित नहीं है। परन्तु उसका व्यवहार उतना ही शोभनीय है जैसा किसी स्वाभिमानी हाथी का होना चाहिए, क्या तुम उससे घुटने टिकवा सकते हो, भले ही वह एक घुटने के बल हो, यह बात करने की मैंने कभी कोशिश नहीं की, फ़ादर, पर मैंने देखा है कि सोलीमाँऊ अपनी इच्छानुसार घुटने टेकता है जब वह बैठकर विश्राम करना चाहता है। परन्तु मुझे पक्का विश्वास नहीं कि वह ऐसा मेरी आज्ञा पर करेगा, तुम प्रयत्न कर सकते हो, यह सही समय नहीं है। फ़ादर, सोलीमाँऊ की मन:स्थिति सुबह की वेला में अच्छी नहीं होती, यदि तुम्हें सही लगे, मैं फिर आ जाऊँगा, क्योंकि यह जीवन-मरण का प्रश्न नहीं है जिसके लिए मैं यहाँ आया हूँ, यद्यपि यह बाज़िलिका के लिए लाभदायक होगा, अगर आज ऐसा होता है। इससे पहले कि आर्चदुक उत्तर की ओर प्रस्थान करें, आज क्या होगा, मैं पूछ सकता हूँ यदि आपको आपत्ति न हो तो, चमत्कार, पादरी ने कहा, अपने हाथ जोड़ते हुए, कैसा चमत्कार, महावत ने पूछा, उसे अपना सर चक्कर खाता महसूस हुआ, यदि हाथी बाज़िलिका के द्वार पर घुटने टेक देता है। क्या तुम्हें यह चमत्कार नहीं लगता, हमारी सदी का सबसे बड़ा चमत्कार, पादरी ने पूछा, पुन: अपने हाथ प्रार्थना की मुद्रा में जोड़ते हुए, मुझे चमत्कारों के विषय में कुछ नहीं मालूम, जिस जगह से मैं हूँ वहाँ जग की सृष्टि से लेकर कोई चमत्कार नहीं हुए, सृष्टि के लिए, मुझे लगता है। एक बड़ा चमत्कार हुआ होगा, परन्तु तब की बात है।

तो तुम ईसाई नहीं हो, यह तो आपको तय करना है। फ़ादर, यदि ईसाई बनाकर मेरा नामकरण भी कर दिया जाता है। शायद आपको इसके

नीचे क्या है दिखाई देगा, और नीचे क्या दिखेगा, गणेश, उदाहरण के लिए, हमारा हाथी भगवान, वो वहाँ वाला, अपने कानों को हिलाता हुआ, और निस्सन्देह आप मुझसे पूछेंगे कि मुझे कैसे पता है कि सोलीमाँऊ हाथी एक भगवान है। इसकी जगह कोई और भी हो सकता था, इस बात को ध्यान में रखते हुए कि मुझे तुमसे एक एहसान चाहिए, मैं तुम्हारी ये ईश्वर निन्दा क्षमा करता हूँ, परन्तु जब यह समाप्त हो जाएगा, तुम्हें स्वीकार करना होगा, आपको मुझसे क्या एहसान चाहिए, फ़ादर, हाथी को बाज़िलिका ले जाकर उसको द्वार पर घुटने टिकवाओ, मुझे भरोसा नहीं कि मैं ऐसा कर पाऊँगा, प्रयास करो, सोचिए यदि मैं हाथी को वहाँ ले गया और उसने घुटने टेकने से इनकार कर दिया तो, हालाँकि मैं इन बातों के बारे में अधिक नहीं जानता, परन्तु मुझे लगता है कि चमत्कार से बदतर एक असफल चमत्कार है। वह असफल नहीं होगा यदि वहाँ गवाह हुए, और ये गवाह कौन होंगे, सबसे पहले, बाज़िलिका की पूरी धार्मिक सभा और उतने इच्छुक ईसाई जितने हम बाज़िलिका के द्वार पर एकत्रित कर पाएँ, दूसरी, जनता, जैसा हम जानते हैं। क़सम खा सकती है कि उन्होंने वह देखा, जिसे उन्होंने नहीं देखा और ऐसे तथ्य पेश करती है जिसे वह जानती तक नहीं, क्या इसमें वे चमत्कार भी शामिल हैं जो कभी हुए ही नहीं, महावत ने पूछा, वे सबसे अच्छे होते हैं। भले ही उसमें बहुत तैयारी की आवश्यकता होती है। परन्तु प्रयास करने योग्य हैं। इसके अलावा, हम अपने संतों का कार्यभार हल्का कर देते हैं। और भगवान का भी, हम भगवान को चमत्कार के लिए परेशान नहीं करते, हमें पदानुक्रम का आदर करना चाहिए, अधिक से अधिक, हम विरजिन[1] से माँग करते हैं। जिसे चमत्कार करने का वरदान प्राप्त है। तुम्हारी कैथोलिक चर्च में दोषदर्शिता की मज़बूत नस दौड़ती है। हो सकता है। पर मैं इतनी स्पष्टता से बोल पा रहा हूँ, पादरी ने बताया, ताकि तुम यह देख सको

1. ईसा मसीह की माता मैरी।

कि हमें इस चमत्कार या किसी अन्य की कितनी आवश्यकता है। क्यों, क्योंकि लूथर[1], भले जीवित नहीं हैं। हमारे पवित्र धर्म के विरुद्ध काफ़ी पूर्वग्रह फैला रहा है। और जो भी चीज़ प्रोटेस्टेंट शिक्षा के प्रभाव को कम करने में सहायता करेगी उसका स्वागत होगा, उसने लगभग तीस वर्ष पहले विट्टेनबर्ग[2] की चर्च के द्वार पर अपने नीच सिद्धान्तों को प्रदर्शित किया था, तब से प्रोटेस्टेंट की लहर पूरे यूरोप में बाढ़ के समान बह रही है। देखो, मैं उन सिद्धान्तों के बारे में कुछ नहीं जानता, तुम्हें इसकी आवश्यकता भी नहीं, तुममें आस्था होनी चाहिए, आस्था मेरे हाथी में या भगवान में, महावत ने प्रश्न किया, दोनों में, पादरी ने उत्तर दिया, और तुम्हें इससे क्या लाभ होगा, चर्च से माँगा नहीं जाता, दिया जाता है।

इस स्थिति में, आपको पहले हाथी से पूछना चाहिए, चूँकि चमत्कार की सफलता उसी पर निर्भर करती है। सावधान, तुम्हारी ज़ुबान बड़ी चलती है। ध्यान रहे, कि इसे गँवा मत बैठना, और तब क्या होगा जब मैं हाथी को बाज़िलिका के द्वार तक ले तो गया पर उसने घुटने नहीं टेके, कुछ नहीं, जब तक हमें यह नहीं लगता कि इसमें तुम्हारा दोष है। और यदि हुआ तो, तब तुम्हारे पास पश्चात्ताप के ठोस कारण होंगे। महावत ने हथियार डाल देने में ही भलाई समझी, कितने बजे मैं हाथी लाऊँ, उसने पूछा, ठीक मध्याह्न, एक मिनट की भी देर नहीं, आशा है कि मुझे पर्याप्त समय मिल पाएगा सोलीमाँऊ के दिमाग़ में यह बात बैठाने के लिए कि उसे आपके चरणों में घुटने टेकने हैं। हमारे पैरों में नहीं, हम इस योग्य नहीं हैं। हमारे संत एन्थोनी के चरणों में, और इन्हीं धर्मशील शब्दों के साथ, पादरी, अपने वरिष्ठ अधिकारियों को अपने धर्मप्रसारण कार्य के लिए कठोर परिश्रम का परिणाम बताने चल दिया, क्या सफलता की कोई आशा है। उन्होंने पूछा, बिलकुल है। भले ही हम

---

1. मार्टिन लूथर एक जर्मन पादरी धार्मिक सुधारक था।
2. जर्मनी में बर्लिन से 90 कि.मी. दूर नगर।

एक हाथी के हाथों में हैं। हाथी घोड़ा नहीं है। हाथियों के हाथ नहीं होते, ये तो कहने का ढंग था, जैसे कहते हैं न, उदाहरण के लिए, कि हम भगवान के हाथों में हैं। मुख्य अन्तर यह है कि हम भगवान के हाथों में हैं। उसकी जय-जयकार हो, बिलकुल, विषय पर वापस आते हैं। हम हाथी के हाथों में क्यों हैं। क्योंकि हमें नहीं मालूम कि वह बाज़िलिका के द्वार पर आकर क्या करनेवाला है। वह वही करेगा जो उसका महावत उससे करवाएगा, इसीलिए शिक्षा है। हम भगवान की संसार के तथ्यों में कृपालु समझदारी पर भरोसा करते हैं। यदि भगवान, जैसा हमारा मानना है। सेवा चाहता है तो उसे स्वयं के लिए अपने चमत्कारों की सहायता करनी होगी, वे जो उसकी महिमा का बेहतर बखान करेंगे, भाइयो, आस्था कुछ भी कर सकती है। भगवान जो ज़रूरी होगा करेगा, तथास्तु, सबने एक स्वर में कहा, वे मन-ही-मन सहायक प्रार्थनाओं का शस्त्रागार तैयार कर रहे थे।

इस बीच, फ्रिटज हर सम्भव प्रयास कर रहा था, हाथी को समझाने की कि उसे क्या करना था। यह एक दृढ़ विचारों वाले पशु के लिए सरल नहीं था, जो घुटने टेकने को उसके तत्पश्चात सो जाने के साथ जोड़ रहा था। धीरे-धीरे, बहुत सारे मुक्के, अनगिनत क़समें और कुछ अन्धाधुंध दलीलों के पश्चात, सोलीमाँऊ के हठी मस्तिष्क में प्रकाश की एक किरण चमकी, कि उसे घुटने टेकने हैं। लेट जाना नहीं है। फ्रिटज ने तो यहाँ तक कह दिया, मेरा जीवन अब तुम्हारे हाथ में है। जो यह दर्शाता है कि विचार कैसे फैलते हैं। केवल प्रत्यक्ष रूप ही नहीं, मौखिक प्रचार द्वारा, इसलिए कि वे वायुमंडलीय वातावरण में घूमते रहते हैं। कह सकते हैं कि वास्तविक स्नान जिसमें हम बिना अहसास किये सीखते हैं। घड़ियों के अभाव में उन दिनों समय सूर्य की ऊँचाई और परछाईं की लम्बाई से नापा जाता था। फ्रिटज ने ऐसे पता लगाया कि मध्याह्न निकट आ रहा था और, इस प्रकार, हाथी को बाज़िलिका के द्वार तक ले जाने की घड़ी भी, इसके बाद तो सब भगवान भरोसे होगा। वह रहा, सोलीमाँऊ की पीठ पर, ठीक वैसे जैसे हमने उसे

पहले भी देखा है। पर अभी उसके हाथ और हृदय काँप रहे हैं। मानो वह एक नौसिखिया महावत हो। उसे चिन्ता करने की कोई आवश्यकता नहीं थी। जव वह बाज़िलिका के द्वार पहुँचा, गवाहों की भीड़ के सामने जो, इसके पश्चात हमेशा के लिए, चमत्कार के घटने की पुष्टि करेंगे, हाथी ने, अपने दाएँ कान पर एक स्पर्श का पालन करते हुए, अपने घुटने मोड़ दिये, एक ही नहीं, जो पादरी को सन्तुष्ट करने के लिए पर्याप्त होता, किन्तु दोनों, इस प्रकार वह स्वर्ग में भगवान की महिमा और धरती पर उसके प्रतिनिधियों के सामने झुक गया। सोलीमाँऊ की देह पर पवित्र पानी का खुले दिल से छिड़काव किया गया जो ऊपर बैठे महावत तक भी पहुँचा, जबकि दर्शक भीड़ ने, एक साथ, घुटने टेक दिये, और संत अन्तोनियो की समाधि में रखे हुए ममीकृत शव में एक आनन्द की सिहरन कौंध गई।

उसी शाम, दो सन्देशवाहक कबूतर, एक नर दूसरी मादा ने अपने साथ इस अद्भुत चमत्कार की सूचना लिए बाज़िलीका से ट्रेंट के लिए उड़ान भरी। आप पूछेंगे, ट्रेंट ही क्यों, रोम क्यों नहीं जहाँ चर्च के वरिष्ठ अधिकारी पाए जाते हैं। उत्तर सरल है। वर्ष 1545 से लेकर चर्च के धर्माधिकारियों की सभा ट्रेंट में होती है। जहाँ वे, उनके अनुसार, लूथर और उसके अनुयायियों पर जवाबी हमले की तैयारी में जुटे रहते हैं। इतना कहना काफ़ी है कि पवित्र धर्मग्रंथों और परम्परा पर आज्ञप्ति जारी कर दी गई है। सामान्य रूप से मूल पाप, तर्कसंगति, और धर्मअनुष्ठान पर। साफ़ ज़ाहिर है कि शुद्ध आस्था का स्तम्भ संत अन्तोनियो की बाज़िलीका, को स्थायी रूप से सूचित करने की आवश्यकता है कि ट्रेंट में क्या चल रहा है। जो इतना समीप है। केवल बीस लीग दूर, मात्र पक्षी की उड़ान, उचित रूप से पर्याप्त, कबूतरों के लिए, जो दोनों स्थानों के बीच वर्षों से उड़ान भर रहे हैं। इस बार, हालाँकि, पादुआ से पहली सूचना आई है। क्योंकि बाज़िलीका के द्वार पर एक हाथी रोज़-रोज़ थोड़े ही घुटने टेकता है। इस प्रकार यह इस बात का प्रमाण है कि धर्म शिक्षा का सन्देश पूरे पशु जगत के लिए है और गालीली के समुद्र में सैकड़ों सूअरों के डूब जाने का ख़ेदजनक कारण अनुभवहीनता हो सकती है। चूँकि ये हुआ चमत्कार करनेवाली मशीन के दाँतों को चिकना करने से पहले। अब महत्त्वपूर्ण बात आज यह है कि कैम्प में धर्मानुयायियों की लम्बी-लम्बी क़तारें, सभी हाथी के दर्शन करने और उसके बाल ख़रीदने के अवसर का लाभ उठाने के लिए लालायित, फ्रिटज के द्वारा स्थापित धन्धा,

जब उसे लगा कि बाज़िलीका की तिजोरी से मेहनताना आनेवाला नहीं। हम महावत की निंदा नहीं करते, अन्य लोग जिन्होंने ईसाई धर्म के लिए न्यूनतम किया उन्हें भरपूर पुरस्कृत किया गया। कल यह घोषणा कर दी जाएगी कि हाथी के बालों की एक ख़ुराक दिन में तीन बार लेना घातक अतिसार का अचूक इलाज है। और यदि बालों का गुच्छा बादाम तेल में भिगोने के बाद उसी तेल से उत्साहपूर्वक खोपड़ी की त्वचा पर, दिन में तीन बार, मालिश की जाए तो, यह निराशाजनक गंजेपन का हल हो सकता है। फ्रिटज माँग को पूरा करने में असमर्थ है। कमर पर लटकी उसकी पोटली पैसों से भारी हो चली है। यदि क़ाफ़िला वहाँ एक सप्ताह टिक जाता, तो वह धनी हो जाता। उसके सारे ग्राहक पादोआ से नहीं हैं। कुछ मैश्त्र से और कुछ वेनिस से भी आ रहे हैं। सुनने में आया है कि आर्चदुक और उनकी पत्नी आज नहीं लौटेंगे, शायद कल भी नहीं, क्योंकि वे डोज के महल में मज़े से हैं। फ्रिटज के लिए प्रसन्नता की बात है। उसे नहीं मालूम था कि उसके पास इतने कारण होंगे हाब्सबर्ग के घराने का आभारी होने के लिए। उसे आश्चर्य हुआ कि हाथी के बाल बेचने का यह विचार उसे पहले क्यों नहीं आया जब वह भारत में था और तब उसे यह सूझा कि हास्यास्पद संख्या में देवी-देवता, उपदेवता और असुरों के बावजूद उस देश में, जहाँ उसने जन्म लिया था, अत्यधिक कम अंधविश्वासी थे, इस सभ्य और ईसाई यूरोप की तुलना में, जहाँ बेचनेवाले की झूठी बातों पर भरोसा कर, लोग सहर्ष हाथी के बाल ख़रीद लेते हैं।

अपने सपनों के लिए दाम चुकाना सबसे बदतर निराशा की परिस्थिति है। अन्त में, बैरेक के राजपत्र की भविष्यवाणी के विपरीत, आर्चदुक और उनकी पत्नी अगले दिन दोपहर लौट आए, यात्रा का अगला चरण आरम्भ करने के लिए तैयार। चमत्कार की सूचना डोज के महल तक पहुँच चुकी थी, पर कुछ विकृत रूप में, तथ्यों के बार-बार संचारित होने का परिणाम, सत्य या कल्पित, असल या काल्पनिक, आंशिक पर आधारित, चश्मदीद गवाह से लेकर उन लोगों के वृत्तान्त जिन्हें ख़ुद की आवाज़ सुनना अच्छा

लगता है। जैसा कि हम सब जानते हैं कि कोई भी कथावाचक एक पूर्णविराम जोड़ने की इच्छा को नहीं दबा पाता, कभी-कभी तो अर्धविराम भी। आर्चदुक ने अपने परिचायक को बुला भेजा स्पष्ट करने के लिए कि क्या हुआ था, इतना चमत्कार के बारे में जानने के लिए नहीं, जितना इसके पीछे का कारण जानने के लिए। इस विषय पर, परिचायक के पास पर्याप्त जानकारी नहीं थी, इसलिए महावत फ्रिटज को बुलाया गया, जिसके पास, उसकी भूमिका को देखते हुए, अधिक महत्त्वपूर्ण जानकारी होनी चाहिए। आर्चदुक ने बिना बात घुमाए पूछा, मुझे बताया गया कि मेरी अनुपस्थिति में एक चमत्कार हुआ। जी हाँ, श्रीमान। जिसमें सोलीमाँऊ का हाथ था। बिलकुल सही, श्रीमान। तुम्हारा मतलब है कि हाथी ने स्वयं निर्णय ले लिया, बाज़िलीका के द्वार पर जाकर घुटने टेकने का। मैं इसे ऐसा नहीं कहूँगा, श्रीमान। तो फिर कैसे कहोगे? आर्चदुक ने पूछा। श्रीमान, मैं ही सोलीमाँऊ को लेकर वहाँ गया था। मुझे यही लगा था, भले ही इस बात में मेरी रुचि नहीं है। मुझे तो यह बताओ यह विचार किसके दिमाग़ की उपज थी। मुझे तो बस यह करना था, श्रीमान, हाथी को मेरे कहने पर घुटने टेकने थे। और तुम्हें यह आज्ञा किसने दी? श्रीमान, मुझे इस विषय पर बोलने की अनुमति नहीं है। क्या तुम्हें किसी ने मना किया है?

बिलकुल नहीं, परन्तु समझदार को एक इशारा ही काफ़ी होता है। और यह इशारा तुम्हें किसने किया? क्षमा कीजिए, श्रीमान। पर, यदि तुमने इसी वक़्त मेरे प्रश्न का उत्तर नहीं दिया तो, तुम बुरी तरह पछताओगे। बाज़िलीका का पादरी था। और उसने तुमसे क्या कहा था? उसने कहा कि उन्हें एक चमत्कार की आवश्यकता है और सोलीमाँऊ वह चमत्कार कर सकता है। तब तुमने क्या उत्तर दिया? यही कि सोलीमाँऊ चमत्कार करने का आदी नहीं था और प्रयास असफल हो सकता था। और पादरी की क्या प्रतिक्रिया थी? उन्होंने कहा कि यदि मैंने उनकी बात नहीं मानी तो मुझे पछतावा होगा, बिलकुल वही शब्द जो आपने अभी-अभी कहे। फिर क्या हुआ? तब, मैंने पूरी सुबह सोलीमाँऊ को मेरे इशारे पर घुटने टेकना सिखाया, जो बहुत कठिन तो था, पर

अन्त में मैं कामयाब हो गया। तुम एक अच्छे महावत हो। आप बहुत दयावान हो, श्रीमान। तुम एक सलाह मानोगे? जी, श्रीमान। किसी और को हमारे बीच हुई बातचीत के बारे में मत बताना। बिलकुल, श्रीमान, मैं याद रखूँगा। अब जाओ और सोलीमाँऊ के दिमाग़ से यह बकवास विचार निकलवा दो कि वह गिरजाघरों के द्वारों पर घुटने टेककर चमत्कार कर सकता है। चमत्कार से और भी बहुत सारी आशाएँ होती हैं। उदाहरण के लिए, युद्ध में कटी हुई टाँग की जगह नई टाँग पैदा हो जाना, कल्पना करो युद्ध के मैदान में इस प्रकार के कौतुक के बारे में। जी, श्रीमान। अब तुम जा सकते हो। एकान्त में, आर्चदुक को आभास हुआ कि उन्होंने शायद कुछ अधिक बोल दिया, और, यदि महावत ने अपना मुँह खोल दिया, तो उन्हें उस संवेदनशील राजनीतिक सन्तुलन का कोई लाभ नहीं मिलेगा जिसे वह लूथर के सुधार और धार्मिक परिषद की प्रतिक्रिया के मध्य स्थापित करने का प्रयास कर रहे थे। आख़िरकार, फ्रांस का हेनरी चतुर्थ भविष्य में कहेगा, पेरिस एक सामूहिक प्रार्थना सभा के योग्य है। ऐसा सोचते ही, एक विषादपूर्ण परछाईं मैक्समीलियन के चेहरे पर उतर आई, शायद इसलिए कि जीवन में कुछ बातें अधिक दुख देती हैं। उस अहसास से कि किसी ने अपने नौजवानों के आदर्शों के साथ विश्वासघात किया। आर्चदुक ने स्वयं को समझाया कि वे परिपक्व हैं और बीती बातों को अधिक महत्त्व नहीं देते, और कैथोलिक चर्च के अति प्रचुर धन, सदा की भाँति, एक जोड़ी दक्ष हाथों की प्रतीक्षा कर रहे थे, अभी तक की घटनाओं ने सिद्ध कर दिया था कि उनके आर्चदुक वाले हाथों में राजनयिक लाभ हासिल करने की विशेष प्रतिभा थी, जब तक चर्च यह मान के चले कि आस्था के विषय के परिणाम, समय-समय पर, उसे लाभ पहुँचाते रहेंगे। फिर भी, हाथी की असत्य चमत्कार की कहानी सहनशीलता की सीमाएँ पार कर गई थी।

बाज़िलीका के लोग, उसने सोचा, पागल हो गए होंगे, आख़िरकार, उनके पास पहले से ही एक ऐसा संत था जो टूटे मटके के एक टुकड़े से पूरा मटका बना सकता था, और जो, पादुआ में रहते हुए, उड़कर लिस्बन

जा सकता था अपने पिता को फाँसी के फंदे से बचाने के लिए, तो एक महावत के पास जाकर उसके हाथी से एक झूठा चमत्कार क्यों करवाना, आह, लूथर, लूथर, तुम कितने सही थे। अपने विचारों का मंथन करके, आर्चदुक ने अपने परिचायक को बुला भेजा, उसे उन्होंने अगले दिन प्रस्थान की तैयारी करने को कहा, सम्भवत: सीधा ट्रेंट की ओर, यदि आवश्यक हुआ तो, रास्ते में एक रात का पड़ाव, यदि और कोई रास्ता न मिले। परिचायक ने कहा कि दूसरा विकल्प अधिक दूरदर्शी था, क्योंकि उसके अनुभव के अनुसार सोलीमाँऊ की गति पर अधिक भरोसा नहीं किया जा सकता, वह लम्बी रेस का धावक है। उसने बात समाप्त की, यह कहते हुए, महावत लोगों की आस्था का फ़ायदा उठा रहा था और उन्हें हाथी के बाल बेच रहा था ताकि वे एक ऐसी औषधि बना सकें जो किसी का इलाज नहीं कर सकती। उसे मेरी तरफ़ से कहो कि यदि उसने ऐसा करना बन्द नहीं किया तो उसे जीवन-भर पछताना पड़ेगा, जो बहुत लम्बा नहीं होगा, महामहिम की आज्ञा का तुरन्त पालन होगा, हमें इस धोखाधड़ी पर जितनी जल्दी हो सके लगाम लगानी होगी, हाथी के बाल का यह धंधा पूरे क़ाफ़िले को हतोत्साहित कर रहा है। विशेषकर गंजे कवचधारियों को, तो ठीक है।

मैं इस मसले का हल चाहता हूँ, मैं हमारी शेष यात्रा में पीछा करती सोलीमाँऊ के चमत्कार की कथित कहानी को रोक तो नहीं सकता, पर कम-से-कम कोई यह नहीं कह सकता कि हाब्सबर्ग घराना एक झूठे महावत के गुनाहों का लाभ उठा रहा है और मूल्यवर्धित कर वसूल रहा है मानो यह एक क़ानूनी व्यावसायिक प्रचालन हो, श्रीमान, मैं मामले की तुरन्त छानबीन करूँगा, महावत की हँसी बन्द हो जाएगी, हमारी मजबूरी है कि हाथी को वियना तक ले जाने के लिए हमें उसकी ज़रूरत है। पर आशा करता हूँ, कि उसे सबक़ मिलेगा, जाओ, आग बुझाओ इससे पहले कि कोई जल जाए। फ्रिटज इतनी कठोर सज़ा के लायक़ नहीं था। यह उचित है कि दोषी पर आरोप लगाकर सज़ा मिलनी चाहिए, परन्तु वास्तव में न्याय को हल्का करनेवाली परिस्थितियों

का संज्ञान लेना चाहिए, सबसे पहले, झूठे चमत्कार का विचार महावत का नहीं था, यह विचार संत एन्थनी की बाज़िलीका के पादरियों का था, जिन्होंने पहले इस ठगी की रूपरेखा बनाई, यदि उन्होंने ऐसा न किया होता, तो फ्रिटज को कभी चमत्कार के उत्पादक की केशिका प्रणाली का लाभ उठाकर धनी बन जाने का विचार न सूझता। आर्चदुक और उनके परिचायक को अपने छोटे बड़े पापों को याद रहना चाहिए था, क्योंकि, इस विश्व में कोई ऐसा नहीं जिसने अपराध न किया हो, और वे अधिकांश से बहुत कम, उस प्रसिद्ध कहावत दाल में काला को याद रखना चाहिए, जो आज के सन्दर्भ में, यह सिखाती है कि अपने पड़ोसी की आँख में शहतीर देखना सरल है। अपनी आँख में हाथी के बाल देखने की तुलना में। इसके अलावा, यह वैसा चमत्कार नहीं है जो लोगों के मस्तिष्क में लम्बे समय तक रहेगा, या आनेवाली पीढ़ियों के। आर्चदुक के अनुमान के विपरीत, झूठे चमत्कार की कहानी शेष यात्रा में उनका पीछा नहीं करेगी और शीघ्र विलुप्त हो जाएगी। क़ाफ़िले के लोगों को, चाहे वे कुलीन हों या साधारण, सैनिक हों या असैनिक, ट्रेंट क्षेत्र, के आसपास बन रहे बादलों के बारे में सोचना होगा, उन पर्वतों पर जो, आल्प्स पर्वत श्रृंखला की दीवार के पहले आते हैं। जो पहले, वर्षा, फिर कठोर ओले, और, निस्सन्देह बर्फ़, सड़े फिसलन भरी बर्फ़ से ढक जाती हैं। तब हो सकता है कि क़ाफ़िले के किसी सदस्य को अहसास हो कि आख़िर में, बेचारा भोला भाला हाथी चर्च के इतिहास में एक घिनौनी कड़ी का एक मासूम प्रतिभागी था, और महावत उस भ्रष्ट जमाने की तुच्छ उत्पत्ति जिसमें हम रहते हैं। अलविदा, संसार, तुम बद से बदतर होते जा रहे हो।

आर्चदुक की प्रबल इच्छा के बावजूद, पादोआ और ट्रेंट के बीच की दूरी को एक ही चरण में तय करना असम्भव था। सोलीमाँऊ ने महावत की आज्ञा का पालन करने की भरसक कोशिश की, दरअसल, महावत अपने धन्धे की असफलता की अपनी खीझ उस पर निकालना चाहता था जिसकी शुरुआत इतनी अच्छी हुई थी परन्तु जो अचानक बन्द हो गया था, परन्तु हाथी, वे भी

जिनका वज़न चार टन होता है। उनकी भी कुछ शारीरिक सीमाएँ होती हैं। वास्तव में, सब कुछ अच्छा हो गया। अपनी मंज़िल पर शाम को पहुँचने के बजाय, वे ट्रेंट दोपहर को ही पहुँच गए, जब उनका स्वागत सड़क पर खड़ी जनता ने अभिवादन और तालियों से किया। आकाश अभी तक क्षितिज के एक से दूसरे छोर तक बादलों से आच्छादित था जो ठोस बादल के समान दिखाई देता था, पर बारिश नहीं हो रही थी। क़ाफ़िले के मौसम विशेषज्ञ, जो कि उनका पेशा है। एक स्वर थे, भारी बर्फ़बारी होनेवाली है। उन्होंने कहा। जब क़ाफ़िला ट्रेंट पहुँचा, संत विजिलियस के प्रधान गिरजाघर के बाहर चौराहे के ठीक केन्द्र में एक अप्रत्याशित घटना उनका इन्तज़ार कर रही थी। चौराहे के ठीक केन्द्र में हाथी की एक आदमक़द प्रतिमा या, लकड़ी के तख़्तों से निर्माण कार्य जो लगता था जिन्हें जल्दबाज़ी में कीलों द्वारा जोड़ दिया गया था, शारीरिक आकार में सटीकता लाने का प्रयास कम किया गया था, भले ही उठी हुई सूँड़ शामिल की गई थी, दाँतों को सफ़ेद रंग से प्रदर्शित किया गया था, ये, अन्दाज़ लगाया जाता है। सोलीमाँऊ की प्रतिमा है। ठीक है। हो सकता है। क्योंकि इस प्रजाति का कोई प्राणी देश के इस क्षेत्र में नहीं पाया जाता न ही किसी अन्य हाथी द्वारा ट्रेंट में भ्रमण का कोई उल्लेख था, हाल के भूतकाल में तो बिलकुल नहीं। जब आर्चदुक ने हाथी की प्रतिमा देखी, वह सिहर उठा। उसके भयानक सपने सच हो चुके थे, चमत्कार की सूचना साफ़ तौर पर ट्रेंट पहुँच चुकी थी, और शहर के धर्माधिकारियों को, इसका लाभ प्राप्त हो चुका था, भौतिक और आध्यात्मिक, क्योंकि सभा इसकी दीवारों के भीतर हो रही थी, और पुष्टि हो चुकी थी, अब हम कैसे बताएँ, पादोआ और संत एन्थोनी की बाज़िलीका की एक प्रकार की साझी शुद्धि, और उन्होंने इसका प्रदर्शन हड़बड़ी में चमत्कार करनेवाले प्राणी की प्रतिमा का निर्माण करवाने का निर्णय लिया ठीक उसी प्रधान गिरजाघर के सामने जहाँ कारडीनल, बिशप, और धर्म विशेषज्ञ सालों दर साल सभा करते आए हैं। जब उन्होंने पास से देखा, आर्चदुक ने हाथी की पीठ पर बड़े-बड़े छिद्र

दिखाई दिये, एक गुप्त दरवाज़े की तरह, जिसने उन्हें तुरन्त ट्रोज़न घोड़े के बारे में सोचने पर विवश कर दिया, हालाँकि यह स्पष्ट था कि प्रतिमा के इन गुप्त दरवाज़ों के भीतर पर्याप्त स्थान नहीं होगा, एक बच्चों के समूह के लिए भी नहीं, अगर वे लिलिपुट के हों तो अलग बात है। पर यह असम्भव है क्योंकि यह शब्द अभी तक आविष्कृत नहीं किया गया था। स्थिति को स्पष्ट करने के लिए, आर्चदुक ने अपने परिचायक को यह पता लगाने के लिए भेजा कि वह असुरी ढाँचा वहाँ क्या कर रहा था जो उन्हें चिन्ताग्रस्त कर रहा था।

परिचायक लौट आया। चिन्ता की कोई बात नहीं थी। प्रतिमा को ऑस्ट्रिया के मैक्सीमिलियन के ट्रेंट आगमन के उपलक्ष्य में तैयार किया गया था, इसका अन्य कारण, यह सच था, वह आतिशबाज़ी के लिए पटाखों का एक ढाँचा था, जो रात होने पर लकड़ी के फ्रेम से फोड़ा जाना था। आर्चदुक की साँस में साँस आई, हाथी के कारनामे की ट्रेंट में अधिक महत्ता नहीं थी, जलाए जाने के अलावा, सम्भावना थी कि पटाखों से फ़्यूज़ के तार जोड़कर लकड़ी को प्रज्वलित किया जाएगा, जिसे दर्शकों को ऐसा दृश्य प्रस्तुत किया जाए, जो आनेवाले कई वर्षों पश्चात, विशेषण विगनेरियन नाम का अधिकारी होगा। ऐसा ही हुआ। रंगों के तूफ़ान के उपरान्त, जिसमें सोडियम का पीला, कैल्सियम का लाल, ताँबे का हरा, पोटेशियम का नीला, मैगनीशियम का सफ़ेद और लोहे से सुनहरा, सभी ने चमत्कार किए, जिसमें सितारे, फव्वारे, मोमबत्तियाँ, और प्रकाश के फव्वारे हाथी के ढाँचे से फूट पड़े मानो अपरिहार्य स्रोत हों, उत्सव एक विशाल अलाव के आसपास सम्पन्न हुआ जिसके इर्द-गिर्द ट्रेंट के निवासियों को खड़े होकर हाथ सेंकने का अवसर मिला, दूसरी ओर, सोलीमाँऊ, एक अस्थायी आश्रय में अपने चारे का दूसरा गट्ठर चबा रहा था। आग धीरे-धीरे चिंगारियों का ढेर बनती जा रही थी, ठंड के कारण यह अधिक टिक नहीं पाई, और जल्द ही राख बन गई, हालाँकि तब तक, मुख्य उत्सव समाप्त होने के पश्चात, आर्चदुक और उनकी पत्नी सोने के लिए जा चुके थे। हिमपात आरम्भ हो गया।

वे रहे आल्प्स पर्वत। हाँ, वे रहे, पर वे ठीक से नहीं दिखाई दे रहे हैं। बर्फ़ धीमे-धीमे गिर रही है। कपास के फाहे समान, पर यह मृदुलता एक छलावा है। जैसा हमारा हाथी आपको बताएगा, क्योंकि उसकी पीठ पर दर- बदर बढ़ती बर्फ़ की एक मोटी चादर है। जिसे महावत को अब तक देख लेना चाहिए था, वह एक उष्ण देश से है जहाँ इस प्रकार का मौसम अकल्पनीय है। बेशक प्राचीन भारत में, उत्तर में, पर्वतों और हिमाच्छादित चोटियों की कमी नहीं है। पर सुभ्रो, जो अब फ्रिटज बन गया है। उसके पास अन्य प्रदेशों के भ्रमण के लिए कभी इतना धन नहीं होता था। बर्फ़ के साथ उसे पहला अनुभव लिस्बन में हुआ, गोवा से कुछ दिन आने के पश्चात, जब एक ठंडी रात को, उसने आकाश से एक सफ़ेद धूल गिरते देखी, जैसे आकाश से आटा छनकर नीचे गिर रहा हो, जो ज़मीन को छूते ही पिघल जाता था। विशाल श्वेत खुला मैदान जैसा अद्भुत दृश्य की तुलना नहीं की जा सकती, जहाँ तक दृष्टि पहुँच सकती है। शीघ्र, कपास के फाहे बड़े, भारी फाहे बन हवा में उड़कर, महावत के चेहरे पर थपेड़े लगाने लगे। ओवरकोट में लिपटकर सोलीमाँऊ की पीठ पर बैठे, फ्रिटज को कुछ ख़ास ठंड नहीं लगी, पर निरन्तर लगातार चेहरे पर लगते थपेड़े उसे परेशान करने लगे मानो वे ख़तरनाक चुनौती हों। उसे बताया गया था कि ट्रेंट से बोलज़ानो की यात्रा मात्र एक भ्रमण के समान है। लगभग दस लीग, या कुछ कम, पिस्सू की कूद जितनी, पर इस मौसम में नहीं, जब लगता है कि बर्फ़ अपने पंजों के द्वारा जकड़कर किसी या हर प्रकार के संचालन को रोकना या धीमा करना

चाहती हो, साँस लेना भी, मानो किसी भी असावधान यात्री को आगे नहीं बढ़ने देना चाहती। सोलीमाँऊ भली-भाँति जानता है। प्रकृति द्वारा इतनी शक्ति दिये जाने के बावजूद, वह अपने पाँव को केवल पीड़ा के साथ इतनी तीव्र ढलानों पर खींच सकता है। हमें नहीं मालूम कि वह क्या सोच रहा है। पर इन आल्प्स के मध्य, हमें इस बात पर पूरी तरह से भरोसा है कि वह हाथी ख़ुश नहीं है। उन अवसरों के अलावा जब क़ाफ़िले का निरीक्षण करने के लिए कवचधारी बर्फ़ीली पहाड़ियों में ऊपर या नीचे ढलानों पर चढ़ जाते हैं। ताकि क़ाफ़िले का छितराव या मार्ग परिवर्तन न हो जो उस बर्फ़ीले स्थान में घातक हो सकता है। लगता है कि रास्ता केवल हाथी और महावत के लिए ही बना है। उनके वालादोलीद से प्रस्थान के पश्चात से ही, उन्हें आर्चदुक और उनकी पत्नी की बग्घी के पास, चलने की आदत हो गई, महावत को अपने आगे न देख परेशान हो जाता है। पर हम हाथी के बारे में बात करने का दुस्साहस नहीं कर सकते, क्योंकि जैसा हमने पहले कहा, हमें नहीं मालूम वह क्या सोच रहा है। आर्चदुक की बग्घी यहीं कहीं है। परन्तु दिखाई नहीं दे रही, न ही चारा लदी गाड़ी, जो ठीक उसके पीछे चल रही थी, उसकी कोई ख़बर नहीं। महावत ने पीछे मुड़ के देखा, वह दैवी निगाह से उसका जायज़ा लिया कि सोलीमाँऊ की पिछली टाँगों पर बर्फ़ की एक परत जम चुकी थी।

हालाँकि उसे शीत खेलों के विषय में कुछ नहीं पता, उसे लगा कि बर्फ़ पतली और भुर जानेवाली थी, शायद हाथी के बदन के तापमान के कारणवश, जो बर्फ़ को पूरी तरह जमने नहीं देगा। कम-से-कम यह तो अच्छा है। उसने सोचा। फिर भी, स्थिति के बिगड़ने से पहले, वह उसे निकाल देना चाहता था। अत्यधिक सावधानी बरतते हुए, ताकि फिसल न जाए, महावत हाथी की पीठ पर फिसलकर बर्फ़ की परत तक पहुँचा, जो न तो पतली न ही भुरभुरी निकली, जैसे पहले प्रतीत हो रही थी। बर्फ़ पर किसी को भरोसा नहीं करना चाहिए, यह पहली महत्त्वपूर्ण सीख है। जमी हुई बर्फ़ के समुद्र

पर क़दम रखकर हम दूसरों को यह आभास दे सकते हैं कि हम पानी पर चल सकते हैं। पर यह असत्य है। जितना असत्य सोलीमाँऊ का संत एन्थोनी की बाज़िलीका के द्वार पर घुटने टेकने का चमत्कार है। अकस्मात बर्फ़ धँस सकती है और भगवान जाने तब क्या हो। फ्रिटज की समस्या हाथी की त्वचा से उस मनहूस बर्फ़ को बिना किसी औज़ार के निकाल फेंकना था, एक गोलाकार धार वाला स्पैचुला उत्तम होता, पर यहाँ कोई स्पैचुला उपलब्ध नहीं है। यदि ऐसी कोई वस्तु उन दिनों रही होती। इसका एक ही हल है। अपने नंगे हाथों का उपयोग, और हम आलंकारिक रूप में नहीं कह रहे। महावत की उँगलियाँ ठंड से सुन्न पड़ चुकी थीं जब उसे समस्या के असली कारण का पता चला, वास्तव में, हाथी के मोटे खुरदरे बाल बर्फ़ में जम चुके थे, और इस दिशा में आगे बढ़ने का मतलब था एक लम्बी लड़ाई, क्योंकि हाथी की त्वचा से बर्फ़ हटाने के लिए वहाँ स्पैचुला मिल पाना असम्भव था, ना ही कैंची थी हाथी के उलझे बाल काटने के लिए। शीघ्र स्पष्ट हो गया कि बर्फ़ से प्रत्येक बाल छुड़वाना फ्रिटज की शारीरिक व मानसिक क्षमता के बाहर था, और मजबूर होकर उसे यह विचार त्याग देना पड़ा इससे पहले कि वह स्वयं एक दयनीय हिम मानव बन जाए, जिसके मुँह में सिगार न होकर नाक के स्थान पर एक गाजर होती। वही बाल जो एक फलते-फूलते व्यवसाय का आधार थे, आर्चदुक के नैतिक मूल्यों के कारण सिर उठाते ही कुचल दिया गया था, अब वे असफलता का कारण बन चुके थे, जिससे हाथी की सेहत पर होनेवाले परिणाम अभी ज्ञात नहीं थे। मानो अभी कोई कमी रह गई थी, एक अन्य अत्यावश्यक घटना घट गई।

घबराए हुए हाथी को लगा कि महावत का वज़न उसके कंधों पर न होकर उसकी पिछली टाँगों पर सरक गया है। हाथी भटकाव के स्पष्ट संकेत देने लगा, मानो उसे मार्ग दिखाई न दे रहा हो और मालूम न हो कि उसे जाना कहाँ है। फ्रिटज के पास घुटनों के बल रेंगकर अपने मूल स्थान पर लौट आने के अलावा और कोई विकल्प नहीं था, और लगाम अपने हाथ

में लेने का। जहाँ तक हाथी की पीठ पर जमी बर्फ़ का प्रश्न है। हम प्रार्थना करते हैं कि कुछ अप्रिय घटना न घटे। यदि आसपास मज़बूत शाखाओं वाला तीन मीटर ऊँचा वृक्ष जो भूमि के समानान्तर होता, तो सोलीमाँऊ स्वयं को उनसे रगड़कर असुविधाजनक और ख़तरनाक बर्फ़ की परत से मुक्ति पा लेता, जैसे सभी हाथियों ने आदमकाल से किया है। जब कोई खुजली असहनीय हो जाती। अब बर्फ़ की तीव्रता दोगुनी हो गई थी, हालाँकि कहने का अर्थ यह नहीं है कि एक दूसरे कारण का परिणाम था, मार्ग की ढलान और सीधी हो गई थी, मानो समतल मैदानी इलाक़े में घिसटने से थक गई हो और आकाश की ओर चढ़ जाना चाहती हो, भले ही निचली स्तर पर ही हो। उसी प्रकार जैसे हमिंग पक्षी सपने में भी पैतरल पक्षी के शक्तिशाली तूफ़ान में फड़फड़ाना नहीं सोच सकता न ही सुनहरे बाज़ की वादी के ऊपर आलीशान उड़ान को। हम सब एक विशेष कार्य करने के लिए जन्म लेते हैं। परन्तु हमेशा एक अपवाद की सम्भावना रहती है। जैसे सोलीमाँऊ था, वह इस बात के लिए पैदा नहीं हुआ था, पर उसके लिए कोई अन्य विकल्प नहीं था कोई तरकीब सोचकर तीव्र ढलान का सामना करने के अलावा, जो उसने अपनी सूँड़ आगे बढ़ाकर किया, वह योद्धा प्रतीत हो रहा था जो युद्ध में आक्रोश से प्रवेश करता है मृत्यु या विजय हासिल करने के लिए। चारों ओर बर्फ़ की सफ़ेद चादर फैली है।

इस क्षेत्र को जाननेवाला कहता है कि इस प्राकृतिक छटा के पीछे एक अद्वितीय सौन्दर्य छिपा है। परन्तु कोई ऐसा नहीं मानेगा, हम तो कभी नहीं। बर्फ़ वादियाँ निगल गई, वनस्पति को दफ़न कर दिया, यदि आसपास कोई घर है भी तो वे कठिनाई से दृष्टिगोचर हो रहे हैं। चिमनी से निकलता धुआँ ही जीवन का संकेत है। गीली लकड़ी जलाकर कोई प्रतीक्षा कर रहा था, दरवाज़ा लगभग बर्फ़ से अवरोधित, संत बर्नार्ड गर्दन पर ब्रांडी का एक बैरल लिए। बिना उसके अहसास किये, सोलीमाँऊ ढलान के ऊपर पहुँच गया था और वह पुन: सामान्य रूप से साँस ले सकता था, और अथक मेहनत के

बाद, विशेषकर एक महावत उसकी पीठ पर और बर्फ़ की जमी परत उसकी पिछली टाँगों पर, अब वह सामान्य गति से चल सकता है। बर्फ़ का परदा थोड़ा झीना पड़ चुका था, और कुछ तीन या चार सौ मीटर की दूरी तक आगे देखा जा सकता था, मानो संसार ने, आख़िरकार, निर्णय ले लिया हो, मौसम की सामान्य स्थिति पुनर्स्थापित करने का। शायद दुनिया यही चाहती थी, पर कुछ असामान्य घट गया है। नहीं तो यहाँ लोगों, घोड़ों और गाड़ियों का जमावड़ा कैसे समझा जा सकता है। मानो वे किसी मनोरम स्थान पर पिकनिक मनाने आए हों। फ्रिटज ने सोलीमाँऊ को जल्दी अपने क़दम बढ़ाने के लिए कहा, और सुनिश्चित किया कि वह पुन: क़ाफ़िले में अपने साथियों के साथ मिल गए थे, जिसके लिए अधिक समय नहीं लगा, क्योंकि, जैसा हम जानते हैं। ऑस्ट्रिया का एक ही आर्चदुक है। फ्रिटज हाथी से नीचे उतरा और पहले मिलनेवाले व्यक्ति से उसने पूछा, क्या हुआ, और तुरन्त उत्तर पाया, महामहिम की बग्घी का आगे वाला धुरा टूट गया, बड़ा बुरा हुआ, महावत बोला, बढ़ई अपने सहायकों की सहायता से नया धुरा डाल रहा है। हम एक घंटे के अन्दर फिर से आगे बढ़ पाएँगे, कैसे उनके पास एक था, एक क्या, एक धुरा, तुम्हें हाथियों के बारे में बहुत जानकारी हो सकती है। परन्तु लगता है शायद तुम्हें मालूम नहीं कि इस जैसी यात्रा पर निकलने से पहले कोई अतिरिक्त कल-पुर्जे लिये बिना नहीं चलता, महामहिम को चोट तो नहीं आई, नहीं, उन्हें थोड़ा भय लगा जब बग्घी एक ओर लड़खड़ा गई, अब वे कहाँ हैं। दूसरी बग्घी में विश्राम कर रहे हैं। थोड़ी देर बाद, रात घिर आएगी, इस प्रकार के हिमपात के बीच, सड़क हमेशा प्रकाशित रहती है। कोई नहीं भटकेगा, कवचधारियों के सार्जेंट ने कहा, वह उसी व्यक्ति से बात कर रहा था। यही हुआ, क्योंकि इस पल चारा ढोनेवाली गाड़ी आ पहुँची, इसी क्षण, पर्वत पर अपना चार टन वज़न घसीटने के बाद सोलीमाँऊ को अपनी शक्ति को ताज़ा करने की आवश्यकता अनुभव हुई थी। अमन कहने के लिए समय से पहले, फ्रिटज ने फुर्ती से दो चारे के बंडल वहीं खोल

दिये, और दूसरे अमन से पहले, यदि उसने कहा होगा, हाथी अपना भोजन चबा रहा था। क़ाफ़िले के पीछे से कवचधारी आ पहुँचे और उन्हीं के साथ बाक़ी सदस्य, ठंड से सुन्न और लीग पर लीग अथक परिश्रम करने के कारण थके-हारे, पर समूह के साथ मिल जाने पर प्रसन्न। आर्चदुक की दुर्घटना के बारे में चिन्तन करने पर यह एक दैवी घटना प्रतीत होती है। जैसा कि सदा उपेक्षित लोकमत का सामान्य ज्ञान हमें सिखाता है। और जिसने एक बार पुन: दर्शाया है कि भगवान सीधी बात टेढ़ी-मेढ़ी पंक्तियों में लिखता है। और उसे बाद वाली अधिक पसन्द हैं। जब धुरा लगा दिया गया और मरम्मत कार्य का निरीक्षण कर लिया गया, आर्चदुक और उनकी पत्नी अपनी आरामदायक बग्घी में लौट आए, और क़ाफ़िला, पुनर्गठित होकर, निकल पड़ा, अपने सभी सदस्यों को कड़ी चेतावनी के साथ, सैनिक और असैनिक, हर क़ीमत पर साथ रहने की, और पुन: न छितर जाने की, जिसके कारण सौभाग्यवश घातक परिणाम नहीं हुए थे। देर रात हो चुकी थी जब क़ाफ़िला बोलज़ानो पहुँचा।

अगले दिन क़ाफ़िले के सदस्य देर तक सोए, आर्चदुक और उनकी पत्नी एक रजवाड़े के घर ठहरे, शेष लोग बोलज़ानो के छोटे शहर में फैल गए, कुछ यहाँ, कुछ वहाँ, कवचधारियों के घोड़े उन अस्तबलों में विभाजित हो गए जहाँ कहीं स्थान उपलब्ध मिला, बाक़ी लोगों को निजी घरों में आश्रय मिल गया क्योंकि बाहर सोना हितकर नहीं होता, अगर सम्भव नहीं, यदि उनमें बाक़ी की रात में बर्फ़ साफ़ करने की शक्ति होती, सर्वाधिक कठिन काम था सोलीमाँऊ के लिए आश्रय का प्रबन्ध करना। बहुत खोज करने के बाद आश्रय मिल गया, चार खम्भों पर टाइल लगी छत, जिसने उसे तारों के नीचे सोने की तुलना में अधिक सुरक्षा प्रदान की, यह वाक्य पुर्तगाली व्यंजना बाहर का फ्रांसीसी लयात्मक संस्करण है। जबकि यह उतना ही अनुपयुक्त है। दरअसल, बाहर का अर्थ होता है नमी वाली रात, एक प्रकार की ओस या धुंध, ये सब मौसम सम्बन्धी तुच्छ बातें है। जब इनकी तुलना आल्प्स पर्वतों के हिमपात से की जाए तो वे सरलता से बेदाग़ चादर या नश्वर बिछौना जैसे कवितामयी वाक्यों को न्यायोचित ठहराएँगी। उसके लिए चारे के कम-से-कम तीन गट्ठर छोड़ दिये गए थे भूख मिटाने के लिए किसी मनुष्य के समान। जहाँ तक महावत का प्रश्न है। वह भाग्यशाली था, जब आश्रय आवंटित किए जा रहे थे, उसे भूमि पर बिछाने के लिए एक बिछौना और ओढ़ने के लिए एक कम्बल दिया गया, जिसकी ऊर्जायुक्त क्षमता उसके ऊपर ओवरकोट डालने से बढ़ गई, हालाँकि वह अब तक कुछ गीला था। जिस परिवार ने उसे आश्रय दिया उनके पास एक कमरा था

जिसमें तीन बिस्तर थे, एक माता-पिता के लिए, दूसरा इनके तीन बेटों के लिए, जिनकी आयु नौ से चौदह वर्ष के बीच थी, और तीसरा उनकी सत्तर वर्षीय दादी और दो नौकरानियों के लिए। आश्रय देने का मुआवज़ा उन्होंने फ्रिटज से हाथी की कहानियाँ सुनाने के रूप में माँगा, जिसे फ्रिटज ने सहर्ष स्वीकार कर लिया, और आरम्भ सबसे महत्त्वपूर्ण कहानी से किया, गणेश का जन्म, समापन किया हाल ही के, उसके विचार से, आल्प्स पर्वत की साहसिक चढ़ाई के साथ, जिसके बारे में, हमें लगता है। काफ़ी कहा जा चुका है। तब पिता अपने बिस्तर से बताया, जब उसकी पत्नी उसके बग़ल में खर्राटे ले रही थी, कि प्राचीन इतिहास और तत्पश्चात दंतकथाओं के अनुसार, प्रसिद्ध कारथाजीनियन जनरल, हनीबाल ने अपनी सेना और अफ्रीकी हाथियों के साथ पिरेने पर्वत पार किया था, लगभग आल्प्स के इसी क्षेत्र से, जिसके कारण रोम के सैनिकों को बहुत भारी कठिनाई का सामना करना पड़ा था, जबकि आधुनिक संस्करण के अनुसार, वे विशाल कानों और बड़े शरीर वाले अफ्रीकी हाथी नहीं थे, अपितु तथाकथित जंगल के हाथी थे, जो घोड़ों से बड़े नहीं थे। पर तब भी भारी हिमपात हुआ था, वह बोला, और कोई साफ़ रास्ते भी नहीं थे, लगता है तुम्हें रोमन पसन्द नहीं हैं फ्रिटज बोला। सच तो यह है कि हम यहाँ इतालवी से अधिक ऑस्ट्रियाई हैं।

जर्मन भाषा में हमारे शहर का नाम बोज़न है। मैं सच कहूँ, मुझे बोलज़ानो अधिक पसन्द है। महावत बोला, यह सुनने में सरल है। वह इसलिए कि आप पुर्तगाली हैं। पुर्तगाल से यात्रा कर यहाँ आने से मैं पुर्तगाली नहीं हो जाता, तो फिर आप कहाँ से हैं श्रीमान? यदि आपको मेरा पूछना बुरा न लगे। मैं भारत में जन्मा, और मैं एक महावत हूँ। महावत? हाँ, हाथी की देखभाल करनेवालों को महावत कहा जाता है। ऐसा है तो, कारथाजीनियन जनरल की सेना में भी बहुत सारे महावत रहे होंगे, वह हाथियों को महावत के बिना कहीं नहीं ले जा सकता था, वह उन्हें युद्ध में ले गया, मनुष्यों द्वारा छेड़ा हुआ, सही है। इसके अलावा और कोई होता भी तो नहीं। वह व्यक्ति एक दार्शनिक था।

देर अगली सुबह, शक्ति पुनर्स्थापित और लगभग भरे पेट, के साथ फ्रिटज ने परिवार को उनकी आवभगत के लिए आभार प्रकट किया, और यह देखने निकल गया कि उसके पास अभी तक देखभाल करने के लिए एक हाथी था। उसने स्वप्न देखा था जिसमें सोलीमाँऊ आधी रात को बोलज़ानो छोड़ आसपास के पर्वत और वादियों में घूमने चला गया था, नशे के प्रभाव में, जो केवल बर्फ़ के प्रभाव के कारण हो सकता है। जबकि इस विषय पर ग्रंथ सूची, केवल अनीबाल के आल्प्स युद्ध घातक परिणाम के अपवाद के अलावा, हाल के समय में, थकाऊ एकरसता के साथ, उन लोगों की टूटी टाँगों और बाजुओं के रिकॉर्डों से भरी पड़ी हैं जो स्कीइंग के शौक़ीन हैं। जी हाँ, उन दिनों, जब कोई पर्वत की चोटी से गिरकर, हज़ारों मीटर नीचे वादी के तल तक पहुँचता था अन्य दुर्भाग्यपूर्ण साहसी के समान पसलियों, अस्थियों और खोपड़ियों से खचाखच भरा हुआ। हाँ, वही जीवन था। कुछ कवचधारी चौराहे पर एकत्र हो चुके थे, कुछ घोड़ों पर सवार, अन्य नहीं, और बाक़ी उन्हें साथ देने के लिए पहुँच रहे थे। हिमपात हो रहा था, पर धीरे-धीरे। सदा जिज्ञासु, अपनी आवश्यकता के कारण, कोई उसे सीधे बताता नहीं था, महावत सार्जेंट से पूछने चला गया कि क्या हो रहा था। उसे केवल एक विनम्र शुभ प्रभात कहने की आवश्यकता थी, क्योंकि सार्जेंट, सब समझ जाता था, और सब सूचना दे देता था, हम ब्रेसानोन या ब्रिक्सन जा रहे हैं। जैसा हम जर्मन भाषा में कहते हैं। आज यह लघु यात्रा होगी, दस लीग से भी कम। फिर, आशाएँ उकसानेवाले एक लघु विराम के पश्चात, उसने कहा, लगता है ब्रिक्सन में, हमें कुछ दिनों का विश्राम मिलेगा, मैं तो केवल अपने लिए कह सकता हूँ, सोलीमाँऊ तो एक क़दम तक नहीं चल पा रहा, यह मौसम उसके लिए उपयुक्त नहीं है। उसे निमोनिया हो सकता है और मैं यह देखना चाहूँगा कि महामहिम इस बेचारे जानवर की अस्थियों का क्या करेंगे, सब ठीक ही होगा, सार्जेंट बोला, अभी तक तो सब अच्छा ही हुआ है। फ्रिटज के पास मान लेने के अलावा अन्य विकल्प नहीं था और वह

सोलीमाँऊ को देखने निकल गया। वह अपने आश्रय में, शान्त लग रहा था, पर महावत, अपने बेचैन स्वप्न के प्रभाव में, इस विचार से पीछा न छुड़ा पाया, कि सोलीमाँऊ दिखावा कर रहा था, मानो वह सच में आधी रात को बोलज़ानो छोड़कर बर्फ़ में घूमने-फिरने निकल गया था, शायद सबसे ऊँची चोटी की चढ़ाई करने, जहाँ, कहा जाता है कि सदा बर्फ़ रहती है। ज़मीन पर चारे का अंश नहीं था जो वह उसके लिए डालकर गया था, एक तिनका तक नहीं, जिससे कम-से-कम यह तो आशा की जा सकती थी कि वह छोटे बच्चों के समान भूख से नहीं रिरियाएगा, जबकि, यह सर्व विदित नहीं है कि हाथी, दूसरे प्रकार का बच्चा है। शारीरिक रूप से नहीं, पर उसकी कच्ची बुद्धि के कारण। दरअसल, हमें नहीं मालूम कि हाथी क्या सोच रहा है। पर हमें यह भी नहीं मालूम कि बच्चा क्या सोच रहा है इसके अलावा जो हमें बच्चा बता देता है। परन्तु किसी को, मुख्य रूप से, उसकी बात पर अधिक विश्वास नहीं करना चाहिए। फ्रिटज ने संकेत दिया कि वह सवार होना चाहता है। और हाथी ने शीघ्रता और सटीकता से मानो अपनी किसी ग़लती के लिए क्षमा चाहता हो, अपना दाँत उसे पैर रखने के लिए उसकी ओर बढ़ा दिया, ठीक वैसे जैसे कोई रकाब हो, फिर उसका शरीर अपनी सूँड़ में लपेट लिया, आलिंगन में भर लिया। एक ही बार में, उसने फ्रिटज को अपनी पीठ पर बैठा लिया, जहाँ उसे आरामदेह स्थिति में टिकने दिया।

फ्रिटज ने अपने पीछे नज़र दौड़ाई, आशा के विपरीत उसे बर्फ़ की कोई परत नज़र नहीं आई। यह एक ऐसा रहस्य था जो वह कभी सुलझा नहीं पाएगा। या तो हाथी में, किसी भी हाथी में, इसमें विशेषकर, स्वविनियमन तापन तंत्र है। जो मानसिक एकाग्रता की अवधि के पश्चात, मोटी बर्फ़ की परत पिघला देने में सक्षम है। या फिर पर्वतों पर गति से चढ़ने-उतरने के प्रयास ने कथित बर्फ़ को त्वचा से अलग कर दिया उन बालों के भूल-भुलैया के बावजूद जिसने फ्रिटज को विचलित कर डाला था। प्रकृति के कुछ रहस्य, पहली नज़र में, अभेदनीय लगते हैं। पर विवेक हमें सिखाता है कि

उन्हें यूँ ही रहने दें, कहीं ऐसा न हो कि अधूरा ज्ञान हमारे लिए अच्छे के बजाय बुरा साबित हो। उदाहरण के लिए, सोचो, आदम के साथ स्वर्ग में क्या हुआ जब उसने साधारण-सा दिखनेवाला सेब खा लिया। हो सकता है कि वो फल भगवान द्वारा रचित स्वादिष्ट कला थी, जबकि कुछ लोग तो यहाँ तक कहते हैं कि वह तो सेब था ही नहीं, वह तरबूज का एक टुकड़ा था, पर, जो भी रहा हो, बीज तो शैतान द्वारा ही डाले गए थे। वे थे तो आख़िर, काले रंग के।

आर्चदुक की बग्घी अपने महान, प्रसिद्ध, अति विशिष्ट, सवारियों की प्रतीक्षा कर रही है। फ्रिटज हाथी को क़ाफ़िले में उसके निर्धारित स्थान की ओर ले जाता है। बग्घी के पीछे, परन्तु सतर्क दूरी बनाकर, अपने जैसे धोखेबाज़ की उपस्थिति से आर्चदुक को ग़ुस्सा न दिलाने की इच्छा से, जिसने ठेठ हद तक ठगी की पारम्परिक हद पार तो नहीं की थी, परन्तु फिर भी कुछ बेचारे गंजे आदमियों को ठग लिया था, उनमें कुछ साहसी कवचधारी थे, यह कहकर कि उनके बाल सैमसन[1], उस पौराणिक हस्ती के बालों जैसे घने उगेंगे। उसे चिन्ता करने की कोई आवश्यकता नहीं थी, आर्चदुक ने उसकी ओर देखा तक नहीं, उनके मन में तो कई अन्य बातें चल रही थीं, उनकी इच्छा थी कि वे रात ढलने से पूर्व ब्रेसानोन पहुँच जाएँ पर अब देर हो चुकी थी। उन्होंने अपने सहयोगी के द्वारा क़ाफ़िले के प्रधान को आज्ञा दी, जिसका सारांश तीन लगभग समानार्थी शब्दों में किया जा सकता था, गति, स्फूर्ति, शीघ्र, यह याद दिलाते हुए कि स्वाभाविक है।

बर्फ़ गिरने से विलम्ब होने के प्रभाव जो अब अधिक तीव्रता से गिरनी आरम्भ हो गई थी, और मार्गों की बदहाल स्थिति, सामान्य तौर पर बुरी और अब और बुरी। यात्रा भले ही दस लीग की रही हो, जैसा उस सहायक सार्जेंट

1. इजराइली पौराणिक पात्र जिसने फिलिस्तीनियों के विरुद्ध संघर्ष किया और अपने लम्बे बालों के लिए प्रसिद्ध हुआ।

ने महावत से कहा था, परन्तु, आज के हिसाब से दस लीग पचास हज़ार मीटर या दसियों हज़ारों क़दम होते हैं। पुराने मापदंडों के अनुसार, तथ्यों से बचा नहीं जा सकता, अंक तो अंक होते हैं। ये इनसान और पशु जिस हाल में एक और दिन की कष्टदायक यात्रा पर निकले हैं। उन्हें झेलना पड़ता है। विशेषकर वे लोग जिनके सर पर छत नहीं होती, और ऐसे लोग बहुत बड़ी संख्या में हैं। शीशे के पीछे से बर्फ़ कितनी सुन्दर दिखती है। आर्चदुक की पत्नी मरिया ने भोलेपन में अपने पति से कहा, आर्चदुक मैक्सीमिलियन, परन्तु हम जो बाहर हैं। हमारी आँखें तेज़ हवा से अंधी हो चुकी हैं। और हमारे शरीर बर्फ़ से तर-बतर हो चुके हैं। हमारे हाथों में ऐंठन हो रही है और पाँव मानो नारकीय आग में जल रहे हैं। यही उपयुक्त समय है भगवान से पूछने का कि हमें कौन से पापों की सज़ा मिल रही है। जैसा किसी कवि ने कहा है कि देवदार के वृक्ष आकाश को भले ही संकेत करें, पर ईश्वर इन्हें उत्तर नहीं देता। वह तो मनुष्यों को भी उत्तर नहीं देता, भले ही बहुसंख्यकों को बचपन से सही प्रार्थनाओं का ज्ञान हो, समस्या तो उस भाषा की खोज की है जिसे भगवान भली-भाँति समझ पाए। कहावत है कि जब ठंड होती है। तो सबके लिए एक समान होती है। परन्तु कुछ लोगों को यह कुछ अधिक लगती है। बहुत अन्तर है उस बग्घी में यात्रा करने में जिसकी भीतरी दीवारों पर रोयेंदार फर और दुशाले लगे हों, और मूसलाधार गिरती बर्फ़ में पैदल यात्रा करने में, या उस रकाब में पाँव रखकर सवारी करने में जो टूरनिकेट[1] के समान कसा महसूस होता है प्रसन्नता तो तब उस सूचना से हुई, जो सार्जेंट ने फ्रिटज को दी थी, ब्रेसानोन में एक बढ़िया विश्राम की सम्भावना की, सूचना बसंत ऋतु की बयार के समान क़ाफ़िले में फैल गई, पर तब निराशावादियों ने, एक स्वर में, भुलक्कड़ों को ख़तरनाक ईज़ारको गलियारे की याद दिलाई, आगे आनेवाला और कहीं अधिक विषम, जो ऑस्ट्रिया के क्षेत्र में आता है।

1. ऐसा यंत्र जिसका पेच कसने से धमनियों में रक्त प्रवाह रुक जाता है।

ब्रैन्नर गलियारा। यदि अनिबाल[1] के पास इनमें से एक को भी पार करने की हिम्मत होती, तो हमें ज़ामा[2] की लड़ाई को देखने के लिए इतनी प्रतीक्षा नहीं करनी पड़ती, हमारे स्थानीय सिनेमा में, अन्तिम, कारथाजीनियन सेना की शिपियो अफरीकानुस के हाथों निर्णायक पराजय, रोमन पर बैनित्तो के सबसे बड़े पुत्र वित्तोरीनो मुसोलिनी द्वारा निर्मित फ़िल्म। उस अवसर पर, अनिबल को हाथियों से कुछ लाभ नहीं हुआ।

सोलीमाँऊ के कधों पर बैठा अपने चेहरे पर लगातार हवा के थपेड़ों द्वारा बर्फ़ की निष्ठुरता झेलता, फ्रिटज उच्च विचारों को विस्तार कर उन्हें विकसित करने की स्थिति में नहीं है। हालाँकि, वह आर्चदुक से अपने सम्बन्ध बेहतर बनाने के बारे में सोचता रहता है। परन्तु वे उसके साथ बात करना तो दूर, उसकी ओर देखते तक नहीं। वालादोलीद से शुरुआत तो अच्छी हुई थी, पर सोलीमाँऊ का, रोज़श की ओर जाते हुए रास्ते में पेट ख़राब हो गया, जिसके कारण दो भिन्न सामाजिक वर्गों, महावत और आर्चदुक के बीच समन्वय उत्पन्न करने जैसे एक भले कार्य को क्षति पहुँची थी। थोड़ी सद्भावना द्वारा, सब कुछ भुलाया जा सकता था, पर जो ग़लती फ्रिटज या सुभ्रो या जो भी उस शैतान ने की थी, शीघ्र धनी बन जाने के पागलपन में जो माध्यम अपनाया था वह ग़ैर क़ानूनी और नैतिक रूप से निन्दनीय था, और उस भाईचारे में आदर पुनर्स्थापित करने की आशा को छिन्न-भिन्न कर दिया था, वह जादुई पल द्वारा, जो ऑस्ट्रिया के भावी शहंशाह को हाथियों के महावत को क़रीब ले आया था। संशयवादी सही कहते हैं कि मानवता का इतिहास अवसर गँवा देने की अनेकानेक घटनाओं से भरा पड़ा है। सौभाग्यवश, भला हो कल्पनाशक्ति की असीम कृपा का कि हम ग़लतियाँ भुला देते हैं। कमियों को क्षमतानुसार भरसक प्रयास करके पूरा कर देते

1. कारथाजीनियन जनरल जिसने रोमन साम्राज्य के विरुद्ध युद्ध किया।
2. ज़ामा नगर तूनिसिया में वह नगर है जहाँ रोमन सेना ने 202 ईसा पूर्व हनीबाल की सेना को परास्त कर दिया।

हैं। अँधेरे गलियारों में रास्ता बना लेते हैं। जो रास्ते के अभाव में अँधेरे ही रहते, और उन दरवाज़ों की चाबियाँ खोज निकालते हैं। जो कभी बन्द हुए ही नहीं थे। फ्रिटज भी बिलकुल यही कर रहा है जबकि सोलीमाँऊ, अपने भारी-भरकम पैर कठिनाई से उठाता हुआ, एक, दो, एक, दो, बर्फ़ में आगे बढ़ते चला जा रहा है। जबकि जिस शुद्ध पानी से यह बनी है वह घातक रूप से अपना रूप बदलकर सर्वाधिक फिसलनेवाली बर्फ़ बन जाती है। फ्रिटज दिमाग़ पर बहुत ज़ोर लगाकर सोचता है कि उसका वीरता का एक करतब आर्चदुक की कृपा को पुनर्स्थापित कर सकता है। परन्तु, वह जितना अधिक प्रयास करता है। उतना ही उसे कोई उत्तम उपाय नहीं सूझता जो महामहिम की सहानुभूति युक्त नज़र को एक क्षण के लिए भी उसकी ओर आकर्षित कर सके। इसी क्षण, वह आर्चदुक की बग्घी के धुरे की कल्पना करता है। जो एक बार टूट चुका है। वह दोबारा टूट जाता है। बग्घी ख़तरनाक ढंग से एक ओर झुक जाती है। अकस्मात असन्तुलन से बग्घी का दरवाज़ा खुल जाता है। और असहाय आर्चदुक की पत्नी बर्फ़ पर जा गिरती है। जहाँ वह अपने अनेकों घाघरों सहित ढलान पर लुढ़कने लगती है। और गिरते जाती है। लुढ़कना केवल तब थमता है, जब वह खाई के तल तक पहुँच जाती है। बिना कोई चोट लगे।

महावत के लिए अवसर आ चुका था। अपनी छड़ी के द्वारा जो स्टीरिंग व्हील का काम करती है। फुर्ती से हाथी को संकेत दिया, वह सोलीमाँऊ को खाई के किनारे ले गया और धीरे-धीरे नीचे उतारता चला गया, जहाँ चार्ल्स पंचम की बेटी पड़ी हुई है। स्तम्भित और सदमे से निष्क्रिय। कुछ कवचधारी उसके पीछे आने का प्रयास करने लगे, पर आर्चदुक ने उन्हें रोक दिया, रहने दो, देखते हैं कि वह कैसे स्थिति का सामना करता है। उनके कहने की देर थी कि आर्चदुक की पत्नी ने, स्वयं को हाथी की सूँड़ में लिपटा, फ्रिटज की टाँगों के बीच बैठा पाया, शारीरिक आत्मीयता की ऐसी स्थिति उत्पन्न हो गई जो, अन्य परिस्थितियों में अत्यन्त लज्जाजनक होती। यदि वह पुर्तगाल

की रानी होती, तो उसे सीधे अपना अपराध स्वीकारने के लिए जाना पड़ता, यह तो तय है। ऊपर, कवचधारी और क़ाफ़िले के अन्य लोग उत्साह से इस साहसिक कारनामे को देखकर तालियाँ बजा रहे थे, जबकि हाथी को इस बात का अहसास था कि उसने क्या कर दिखाया, धीरे-धीरे रास्ते पर आने के लिए ऊपर चढ़ आया, जहाँ आर्चदुक ने अपनी पत्नी को बाँहों में भर लिया और सर उठाकर महावत को ऊपर देखते हुए कास्टीलियन भाषा में कहा, बहुत अच्छे, फ्रिटज, धन्यवाद। फ्रिटज का भेजा तो ख़ुशी से वहीं फट जाता, सदा यही अनुमान लगाया कि ऐसा हो सकता था जो शुद्ध आह्लाद से भी कम है। यदि जिस घटना का अभी हमने उल्लेख किया वह एक रुग्ण कल्पनाशक्ति का एक विकृत फल न होता। वास्तविकता तब उजागर हुई, जब उसने स्वयं को हाथी के कंधे पर उकड़ूँ बैठा पाया, बर्फ़ के नीचे लगभग अदृश्य, पराजित सम्राट की दयनीय छवि, पुन: दर्शाते हुए कि तारपइया[1] पहाड़ कापीटोलियो पहाड़ी[2] के कितने समीप है। दूसरे पर्वत पर तो सदाबहार पत्तों का ताज पहनाया जाता है और पहले के ऊपर से धक्का दे दिया जाता है वहाँ, जहाँ सारा यश उड़न-छू हो जाता है। सारी इज़्ज़त हवा हो जाती है। केवल उपेक्षित अस्थियाँ ही शेष रह जाती हैं। बग्घी का धुरा नहीं टूटा था, आर्चदुक की पत्नी अपने पति के कंधे पर सिर रखे सो रही थी, इस बात से बेख़बर कि एक हाथी ने उसके प्राणों की रक्षा की और पुर्तगाल से आनेवाला महावत इस दैविक शक्ति का माध्यम बना इतनी आलोचना किए जाने के बावजूद, विश्व दिनोंदिन अच्छे-बुरे ढंग से काम करने के रास्ते खोज लेता है, यदि आप मुझे फ्रांसीसी संस्कृति को सम्मानित करने का अवसर दें तो मैं इस कहावत का उपयोग करूँगा, जिसका आशय यह है कि यदि वास्तव में अच्छी घटनाएँ स्वयं नहीं घटतीं, तो स्वतंत्र कल्पनाशक्ति एक सन्तुलित

---

1. पौराणिक कथानुसार रोमन कमांडर की बेटी जिसे देशद्रोह के लिए इसी पहाड़ से धक्का देकर मार डाला गया।
2. रोम शहर की सात पहाड़ियों में से एक।

संयोजन की रचना कर लेती है। यह सत्य है कि महावत ने आर्चदुक की पत्नी को नहीं बचाया, पर वह कर सकता था, उसने इसकी कल्पना तो की थी, और यही महत्त्वपूर्ण है। उसने स्वयं को पुन: अकेला और शीत और बर्फ़ के ठंडे दाँतों में जकड़ा पाया, पर भला हो उन लिस्बन में किये आन्तरिक भाग्यवादी विश्वास का, फ्रिटज का मानना था कि यदि भाग्य के पटल पर आर्चदुक का उसके साथ सुलह करना लिखा है तो वह दिन अवश्य आएगा। इस सन्तोषजनक निश्चितता से आश्वस्त होकर, उसने स्वयं को सोलीमाँऊ के मस्त क़दमों पर ध्यान केन्द्रित किया, एक बार फिर सृष्टि में अकेला, निरन्तर हो रहे हिमपात में, आर्चदुक की बग्घी का पिछला भाग कहीं दिखाई नहीं दे रहा था। अल्प दृश्यता के बावजूद वे आगे बढ़ पा रहे थे, परन्तु दिशाहीन। इस बीच, आसपास का प्राकृतिक दृश्य बदल चुका था, पहले तो निर्मल, सौम्य, हल्की ढलान, लगभग लहरदार, अब यदि एक उग्र प्रवृत्ति से सोचा जाए तो पर्वतों ने किस प्रकार ज्यामितीय अनुक्रम में विभंजन की कयामती प्रक्रिया को अंजाम दिया होगा। केवल बीस[1] लीग लगे थे गोलाकार पर्वत स्कंध से जिन्हें पहाड़ियाँ कहा जा सकता है। ऊबड़-खाबड़ पहाड़ों तक जो या तो चिर कर कन्दरा उत्पन्न करते हैं या ऊँचे उठकर एक गगनचुम्बी पर्वत चोटी। जिसकी ढलानों से तीव्रता से गिरती चट्टानें, मानो भविष्य में स्की करनेवालों के लिए नये प्राकृतिक दृश्य और नये रास्ते बनाती हैं।

लगता है हम ईज़ारको गलियारा पहुँचनेवाले हैं। जिसे ऑस्ट्रियाई एईज़ाक बुलाने पर अड़े हैं। हमें वहाँ तक पहुँचने के लिए एक घंटा और चलना होगा, परन्तु बफ़ीले परदे में एक दैविक कमी का अर्थ है कि एक लघु क्षण के लिए, हम उसे दूर से देख सकते हैं। पर्वत का एक लम्बवत विभाजन। ईज़ारको गलियारा, महावत ने कहा। और यह वही था। यह समझ पाना कठिन है कि आर्चदुक मैक्सीमिलियन ने वर्ष के इस समय ऐसी यात्रा

1. एक लीग 4.82803 कि.मी. का होता है।

करने का निर्णय क्यों लिया, पर यह ऐसे ही इतिहास में लिखा है। अपरिवर्तनीय प्रलेखित तथ्य, इतिहासकारों द्वारा समर्थित और उपन्यासकारों द्वारा पुष्टिकृत, जिन्हें कुछ नामों के साथ स्वतंत्र खिलवाड़ करने के लिए माफ़ कर देना चाहिए, इसलिए नहीं कि पता लगाना उसका अधिकार है। इसलिए कि उसको कुछ रिक्त स्थानों को भरना पड़ता है ताकि कहानी की शुद्ध सम्बद्धता बनी रहे। यह जगज़ाहिर है कि इतिहास हमेशा चयनशील ही नहीं, भेदभावपूर्ण भी होता है। यह जीवन से वही चुनता है जो इतिहासकार को सामाजिक दृष्टि से ऐतिहासिक और रुचिकर लगता है और बाक़ी तथ्यों को अस्वीकार कर देता है। बिलकुल वहाँ, जहाँ उसे तथ्यों की व्याख्या मिल सकती है। वस्तुओं की कोरी वास्तविकता। मैं सच कहूँगा, मैं क़सम खाकर सच कहता हूँ कि उपन्यासकार, कहानीकार, मिथ्यावादी होना कहीं बेहतर है। या महावत, उसकी वाहियात कोरी कल्पना, जिस तरफ़ झुकाव उसे जन्म से या धन्धे के कारण हुआ। हालाँकि फ्रिटज के पास सोलीमाँऊ पर जाने के अलावा और कोई विकल्प नहीं है। फिर भी हमें यह तो मानना पड़ेगा कि जो कहानी हम बताते आ रहे हैं वह किसी अन्य महावत के साथ ऐसी न होती। अभी तक, फ्रिटज हर मोड़ पर एक महत्त्वपूर्ण पात्र रहा है। चाहे वह नाटकीय हो या हास्यप्रद। यहाँ तक कि भले ही वह एक हास्यप्रद व्यक्तित्व लगे, जब भी एक चुटकी हास्यजनक स्थिति की आवश्यकता महसूस हुई मात्र रणनीतिक दृष्टि से कहानी के लिए उचित समझा गया, बिना कोई प्रतिक्रिया या भाव प्रकट किये मानमर्दन सहन करना, किसी को यह जताए बिना कि उसके अलावा, दूसरा और कोई नहीं था उत्पाद को गन्तव्य तक पहुँचाने के लिए, और इस मामले में, हाथी को वियना तक ले जाने के लिए। ये टिप्पणियाँ उन पाठकों को अनावश्यक लग सकती हैं जिन्हें पात्रों के तथाकथित समर्थन के लिए सामान्य वाक्यांशों के उपयोग की तुलना में पाठ की धाराप्रवाह में अधिक रुचि होती है परन्तु यह तो स्पष्ट था कि फ्रिटज को, हाल में उसके साथ घटी कुछ अमंगलकारी घटनाओं के बाद, अपने कंधे पर एक मित्र के हाथ की

आवश्यकता थी, और यही हमने किया, उसके कंधे पर हाथ रखा। जब मन मचलता है तो, ये हमें दिवास्वप्न के पंखों पर बिठाकर उड़ जाता है। हमें दूरी का पता ही नहीं चलता, विशेषकर तब, जब पैर हमारे न हों। यदा-कदा गिरते बर्फ़ भूले-भटके बर्फ़ के फाहे के अलावा, हिमपात अब लगभग समाप्त हो चुका है। हमारे ठीक सामने सँकरा रास्ता प्रसिद्ध ईज़ारको गलियारा है। दोनों तरफ़ खड़ी कंदरा की सीधी दीवारें मानो रास्ते के ऊपर ध्वस्त हो जाएँगी। फ्रिटज का दिल भय से ज़ोर-ज़ोर से धड़कने लगा, उसे अपनी अस्थियों में एक विचित्र ठंडक अनुभव हुई, जो उसने पहले कभी महसूस नहीं की थी। वह उस भयावह सर्वव्याप्त चुनौती में अकेला था, आर्चदुक के कड़े निर्देश थे कि क़ाफ़िला एकजुट व संसंजक होना चाहिए, क्योंकि यही उसकी सुरक्षा की गारंटी थी, ठीक उसी प्रकार जैसे पर्वतारोही रस्सी पकड़कर साथ-साथ चलते हैं। पर आदेश को ताक पर रख दिया गया था। एक कहावत, यदि इसे कहा जाए तो, जो पुर्तगाली होने के साथ भारतीय और वैश्विक भी है।

इस प्रकार की स्थिति को सुरुचिपूर्ण और वाक्पटुता के साथ प्रकट करती है। वह करो जो मैं कहता हूँ, वह नहीं जो मैं करता हूँ। आर्चदुक ने यही किया था, उन्होंने आदेश दे दिया था, एक साथ रहना, पर जब समय आया, हाथी और महावत जो उनके ठीक पीछे चल रहे थे उनकी प्रतीक्षा करने के बजाय, जैसे उन्हें करना चाहिए था, विशेषकर जब वह एक के मालिक थे और दूसरे के उस्ताद, वे, आलंकारिक रूप से कहा जाए तो, अपनी एड़ी घोड़े की पसलियों में दबाकर लात से संकेत दिया, और सीधे उस ख़तरनाक गलियारे के अन्तिम छोर तक देर और अँधेरा होने से पहले के लिए। जरा सोचिए, यदि कवचधारियों के नेता ने शीघ्र गलियारा पार करके अपने बाक़ी बचे सदस्यों की पहुँचने की प्रतीक्षा की होती, आर्चदुक और उनकी पत्नी, सोलीमाँऊ और महावत फ्रिटज, चारा ढोनेवाली गाड़ी, और अन्तिम में उनके साथी कवचधारी पीछे साथ देते हुए, बीच में तिजोरी, सन्दूक़, पेटियों से लदे वैगन, और ढेरों सेवादार, सभी एकत्र, पर्वत का उनके ऊपर गिरने का या

बर्फ़ की फिसलती ऐसी चट्टान जो पहले कभी नहीं देखी गई उन्हें बर्फ़ में दफ़न कर दे, गलियारे को बसंत तक अवरुद्ध कर दे। अहंभाव, साधारणतया, मानव प्रजाति का सर्वाधिक नकारात्मक और अस्वीकृत गुण है। जो कुछ परिस्थितियों में, अपना अच्छा पहलू भी दर्शाता है। ईज़ारको गलियारे से अपना बचाव करके, जो एक मौत का गलियारा बन चुका है। हमने अपने सहयात्रियों की जान बचाई, जो पहुँच जाने के पश्चात बिना किसी यातायात अवरोध की बाधा के अपनी यात्रा जारी रख सकते थे, निष्कर्ष यह है कि मनुष्य को स्वयं की ओर खींचना सरल है ताकि सभी लोग सुरक्षित हो सकें। किसने सोचा था कि यह एक नैतिक कार्य ही नहीं है जो यह दिखता है। पर जितना यह अपने आप का खंडन करता है यह और प्रभावशाली हो जाता है। इतने स्पष्ट प्रमाण से सामना करने पर और अपने सौ मीटर पीछे अकस्मात गिरने की आवाज़ उन्हें चौंकने से, बर्फ़ का बड़ा भाग, उन्हें भयभीत करने के लिए काफ़ी था, फ्रिटज ने सोलीमाँऊ को चलने का आदेश दिया। आदेश सोलीमाँऊ को रूढ़िवादी लगा। इतनी जोखिमपूर्ण स्थिति के लिए चलने का नहीं, दुलकी चाल का, बेहतर एक सरपट दौड़ का आदेश होना चाहिए जो उसे ईज़ारको गलियारे के ख़तरों से बचा सके। यह सब शीघ्र हुआ, जितनी शीघ्रता से संत एन्थोनी को अपनी चौथी इन्द्रिय का प्रयोग करके अपने पिता को सूली से बचाने के लिए लिस्बन पहुँच गए थे। दुर्भाग्यवश, सोलीमाँऊ ने अपनी शक्ति का कुछ अधिक आकलन किया था। कुछ मीटर गलियारे से बाहर निकलने के उपरान्त, उसकी सामने की दोनों टाँगें जवाब दे गईं, और वह घुटनों के बल बैठ गया, उसके फेफड़े मानो फटे जा रहे हों। महावत हालाँकि भाग्यशाली था। ऐसा गिरना उसे अपने हाथी के सिर के ऊपर से उड़ाने के लिए काफ़ी था, परिणाम तो केवल भगवान ही जानता है। परन्तु सोलीमाँऊ की सुप्रसिद्ध स्मरण शक्ति में उस ग्रामीण पंडित की याद ताज़ा हो गई जिसने उसका भूत उतारने की चेष्टा की थी, जब अन्तिम क्षण में, सोलीमाँऊ ने अपनी दुलत्ती की ताक़त कम कर दी थी जो घातक हो सकती

थी। अन्तर बस इतना था कि सोलीमाँऊ ने अपनी बची-खुची शक्ति का उपयोग करके अपने गिरने के वेग को कम कर दिया, जिससे उसके घुटने ज़मीन पर बर्फ़ के फाहे के समान हल्के से लगे।

हम नहीं जानते कि उसने यह कैसे किया, और हम उससे पूछेंगे भी नहीं। जादूगरों के समान हाथियों के भी अपने रहस्य होते हैं। जब उन्हें बोलने और चुप रहने में एक को चुनने के लिए विवश किया जाए, तो हाथी हमेशा चुप रहना पसन्द करता है। इसलिए उसकी सूँड़ लम्बी हो गई, ताकि, लकड़ी के तने ढोने के अलावा यह महावत के लिए लिफ़्ट का काम करती है। इसका अतिरिक्त लाभ यह है कि यह बेलगाम ज़ुबान पर लगाम लगाने का काम करती है। फ्रिटज ने हल्के से सोलीमाँऊ को बताया कि उसका अपने पैरों पर खड़ा होने के लिए हल्का प्रयास करने का समय आ गया था। उसने हाथी को आदेश नहीं दिया, ना ही उसने छड़ी से भिन्न प्रकार के आक्रामक झटके और कोंचने का प्रयोग किया, उसने केवल अपनी इच्छा प्रकट की, जो एक बार फिर यह दर्शाता है कि दूसरों की भावनाओं का सम्मान करना एक प्रगतिशील और प्रसन्न जीवन सुनिश्चित करता है जहाँ तक सम्बन्धों और प्रेम का प्रश्न आता है। यही अन्तर है कहने में उठो, और आग्रहपूर्वक कहने में तुम्हारा उठने के बारे में क्या ख़याल है। कुछ लोग तो यहाँ तक कहते हैं कि ईसा मसीह ने दूसरे वाक्य प्रयोग किया था, जो इस बात का प्रमाण है कि मृतोत्थान, आख़िर, लाज़ारूस[1] की स्वतंत्र इच्छाशक्ति पर आधारित था न कि चमत्कारी शक्तियों पर, भले ही वे कितनी ही अलौकिक रही हों। यदि लाज़ारूस पुनर्जीवित हो गया क्योंकि उसे विनम्रता से बोला गया था, बस सामान्य सी बात है। यह स्पष्ट हो गया था कि यह युक्ति अच्छे परिणाम देती आ रही है। सोलीमाँऊ, ने पहले अपनी दाईं फिर बाईं टाँग सीधी करके, फ्रिटज को अनिश्चित ऊर्ध्वता पर तुलनात्मक सुरक्षित कर दिया, क्योंकि,

1. मारिया का भाई जिसे ईसा मसीह ने पुनर्जीवित कर दिया था, चार दिन मृत रहने के बाद।

अब तक, फ्रिटज हाथी की गर्दन पर कुछ कड़े बालों पर निर्भर था यदि उसे सोलीमाँऊ की सूँड़ से नीचे धीरे-धीरे उतरना होता था। सोलीमाँऊ अपनी चार टाँगों पर लौट आया है। चारे की गाड़ी आ जाने से प्रसन्न, जो बर्फ़ के ढेरों से जूझती रही, भला हो दो जोड़ी बैलों के साहसी काम का, जो चुस्त-दुरुस्त क़दमों से गलियारे के अन्तिम छोर की ओर बढ़ रहे थे, और हाथी की भूख के साथ। सोलीमाँऊ की डूबती आत्मा को मानो पुरस्कार मिल गया हो अपने साष्टांग शरीर को जीवनदान देने के लिए, जो उस क्रूर श्वेत परिदृश्य में लगता था मानो पुनः उठ नहीं पाएगा। खाना परोस दिया गया था, फ्रिटज और गाड़ीवान ब्रांडी के घूँट के साथ अपने जीवन का उत्सव मना रहे थे, सोलीमाँऊ उत्साहित होकर गट्ठर के गट्ठर चबाए जा रहा था। केवल बर्फ़ में फूल खिलने की कमी रह गई थी और बसंत के छोटे परिंदों के तीरोल लौट आने और अपने गीत चहचहाने की। पर आपको सब कुछ नहीं मिल सकता। यही काफ़ी है कि फ्रिटज और गाड़ीवान ने अपनी बुद्धि लगाकर, क़ाफ़िले के कुछ भागों के छितर जाने के झुकाव का हल ढूँढ़ना चाहिए, मानो उनका आपस में कुछ लेना-देना ही न हो। यह, हम कहेंगे, एक द्विपक्षीय हल था, पर निस्सन्देह आनेवाली समस्या का एक अलग पूर्ववर्ती, वह यह, यदि योजना का लक्ष्य अपना उल्लू सीधा करना होता तब भी। अच्छा लगता है यह जानकर कि आप दूसरी पार्टी पर भरोसा कर सकते हैं। दूसरे शब्दों में एक एकीकृत हल, इसी क्षण से, बैल और हाथी, सदैव, एक साथ यात्रा करेंगे, चारे की गाड़ी आगे और हाथी पीछे, भूसे की गंध नथुनों में, ऐसा कह सकते हैं। चाहे जितना भी तार्किक संज्ञान इस छोटे समूह का स्थलाकृतिक विभाजन लगे, और किसी में नकारने की हिम्मत नहीं, जो भी अब तक हासिल किया गया है वह, सर्वसम्मति की दृढ़ इच्छा से हुआ है। और इसका श्रेय, आर्चदुक और उनकी पत्नी को जाता है। जिनकी बग्घी आगे जा चुकी है। दरअसल, वह अब तक ब्रैसानोन पहुँच चुकी होगी। यदि ऐसा है तो, हमें अधिकार से यह बता दें कि सोलीमाँऊ को दो सप्ताह के

लिए एक पर्यटन स्थल में विश्राम मिलेगा, एक सराय जिसका नाम होहन फैल्ड है। जिसका अर्थ, उचित रूप से, खड़ी भूमि होता है। यह स्वाभाविक है कि कुछ लोगों को विचित्र लगेगा कि इतालवी क्षेत्र में स्थित एक सराय का नाम जर्मन भाषा में हो, परन्तु इसे सरलता से समझाया जा सकता है यदि हम याद करें कि यहाँ बहुत सारे अतिथि ऑस्ट्रियाई और जर्मन होते हैं। जिन्हें घर जैसा माहौल अच्छा लगता है। इन्हीं कारणवश, अल्गार्व, जैसा कि बाद में कोई बताने का कष्ट करेगा, प्राया, प्राया न कहलाकर समुद्र तट बीच कहा जाएगा, पेश्कादोर न कहकर मछुआरा कहा जाएगा, उसे अच्छा लगे या न लगे, और, जहाँ पर्यटन परिसरों का प्रश्न है उन्हें अल्दईया न कहकर होलीडे विलेज कहा जाएगा, विलेज द वाकौंस या फैरीएनर्नोत। बात इस हद तक पहुँच जाएगी कि लोजश द मोदश नहीं रहेंगे, क्योंकि, ये एक तरह की गोद ली हुई पुर्तगाली भाषा है। बुतिक, और, अंग्रेज़ी में अनिवार्य रूप से, फ़ैशन शॉप, कम अनिवार्य रूप से फ्रांसीसी में मोद, और स्पष्ट रूप से कहें तो जर्मन में मोदजैशाफ्ट। एक जूते की दुकान का नाम शूज़ है। इस विषय में और बात नहीं की जाएगी। यदि कोई यात्री मदिरालय और रात के क्लब के नाम इकट्ठा करे, जैसे कोई बालों में जूँए ढूँढ़ता है तो सीनश के तट का पूरा चक्कर लगा लेने पर भी उसे कठिनाई से एक पुर्तगाली शब्द मिलेगा। वहाँ यह इतनी तिरस्कृत भाषा है कि अल्गार्व के बारे में कहा जा सकता है। इन दिनों जब सभ्यताएँ बर्बरता पर उतर आई हैं। यह पुर्तगाल की भूमि है क्योंकि वह नहीं बोली जाती। और ब्रैसानोन भी वैसा है।

कहा जाता है। लियो टॉल्स्टॉय द्वारा पहली बार कहे जाने के बाद कि सभी ख़ुशहाल परिवारों का इतिहास अलग नहीं होता, एक जैसे होते हैं। उनके बारे में कहने को बहुत कम होता है। लगता है यही बात प्रसन्न हाथियों पर भी लागू होती है। सोलीमाँऊ को ही देख लीजिए। ब्रैसानोन में बिताए दो सप्ताह के दौरान, उसने विश्राम किया, सोया, पेट भर के खाया-पीया, चार टन चारा हड़प कर गया और तीन हज़ार लीटर पानी पी गया, इस प्रकार उसने पतले होने के सारे अभियान जो उस पर पुर्तगाल, स्पेन और इटली, की लम्बी यात्रा के दौरान थोपे गए थे उनकी भरपाई कर ली, क्योंकि सदा उसके खाद्य भंडार की नियमित रूप से आपूर्ति कर पाना सम्भव नहीं हो पाता था। अब जबकि सोलीमाँऊ ने अपनी शक्ति पुन: प्राप्त कर ली थी, वह गोल-मटोल और सुन्दर लग रहा है। केवल एक सप्ताह बाद, उसकी थुलथुली, झुरियों भरी त्वचा ने कील पर लटके कोट की तरह लटकना बन्द कर दिया है। आर्चदुक को यह शुभ समाचार दे दिया गया और उन्होंने हाथी को उसके अपने घर में देखने का मन बना लिया, यानी, उसके अस्तबल में, चौराहे में आर्चदुक की प्रभुता और एकत्रित भीड़ के सामने परेड करवाकर सोलीमाँऊ की वर्तमान उत्तम शारीरिक स्थिति का शानदार प्रदर्शन करने के स्थान पर, केवल वे और उनकी पत्नी। स्पष्ट है कि फ्रिटज इस मुलाक़ात के दौरान उपस्थित था, परन्तु, यह जानते हुए कि आर्चदुक और उसके बीच सन्धि अभी औपचारिक रूप से नहीं हुई है। या कभी होगी भी, वह सावधान और तटस्थ बना रहा, अनावश्यक उनका ध्यान आकर्षित करने

का प्रयास किए बिना, पर इस आशा से कि आर्चदुक, कम-से-कम, बधाई या प्रशंसा के कुछ शब्द कहेंगे, छोटी सी ही सही। ऐसा ही हुआ। मुलाक़ात के अन्त में, आर्चदुक ने उस पर एक उड़ती सी नज़र डाली और बोले, तुमने अच्छा काम किया है फ्रिटज। सोलीमाँऊ बहुत प्रसन्न होगा, फ्रिटज ने उत्तर दिया, मुझे कुछ और की इच्छा भी नहीं है श्रीमान। मेरा जीवन आपकी सेवा में अर्पित है महामहिम। आर्चदुक ने कोई उत्तर नहीं दिया, एक संक्षिप्त स्वर हँ के अलावा, हँ, एक प्राचीन स्वर, यदि प्रथम नहीं तो, जिसका कोई भी व्यक्ति अपनी इच्छानुसार कुछ भी अर्थ निकाल सकता है। फ्रिटज अपने मन:स्थिति और जीवनदर्शन के आधार पर घटनाओं का सकारात्मक दृष्टि से अवलोकन करने में प्रवृत्त था, और आर्चदुक या कल के भावी सम्राट के मुख की अकस्मात शुष्क बुदबुदाहट के बावजूद, फ्रिटज ने इसको, मनवांछित सहमति की दिशा में, एक छोटा मगर सशक्त क़दम माना। वियना पहुँचने तक प्रतीक्षा करके देखते हैं। क्या होगा?

ब्रैसानोन से ब्रोन्नर गलियारे की दूरी इतनी कम है कि क़ाफ़िले को छितरने का समय ही नहीं मिलेगा। न समय न ही दूरी, जिसका अर्थ है कि हम उसी नैतिक धर्मसंकट से जा टकराएँगे, जिससे ईज़रको गलियारे जाने से पूर्व टकराए थे, यानी, हमें एक साथ यात्रा करनी चाहिए या अलग। यह कल्पना करने से भी डर लगता है पूरे के पूरे क़ाफ़िले, अग्रिम पंक्ति के कवचधारियों से लेकर अन्तिम पंक्ति के कवचधारियों का गलियारे की सँकरी दीवारों के बीच फँस जाना, हिमस्खलन और भूस्खलन का निरन्तर भय बने रहना। इस समस्या का हल भगवान के हाथों में छोड़कर उसे ही निर्णय लेने देना चाहिए। यह चिन्ता, समझ आती है। परन्तु हमें एक अन्य चिन्ताजनक पहलू नहीं भूलना चाहिए। हम चलते जाएँगे, चलते जाएँगे, जो होगा देखा जाएगा। हालाँकि यह चिन्ता, भले ही स्वाभाविक लगे, हमें एक अन्य चिन्ता के बारे में नहीं भूलना चाहिए। जानकारों के अनुसार, ब्रोन्नर गलियारा ईज़ारको गलियारे से दस गुना अधिक दुर्गम है। कुछ लोग तो

इसे बीस गुना बताते हैं। और कहते हैं कि प्रति वर्ष कुछ शिकार होते हैं। हिमस्खलन के नीचे दबे हुए या ऊँचे पर्वतों से फिसले बड़े पत्थरों के नीचे कुचले हुए, भले ही जब वे लुढ़कना शुरू करते हैं तो उन्हें देखकर नहीं लगता कि परिणाम इतना भयंकर होगा। आशा करते हैं कि एक दिन ऐसा समय भी आएगा जब, पुल के निर्माण द्वारा ऊँचाइयों को पार कर लिया जाएगा, और इन गहरे गलियारों को समाप्त कर दिया जाएगा जिनमें हम लगभग ज़िन्दा दफ़न हो चुके हैं। दिलचस्प बात ये है कि जिन लोगों को इन गलियारों से होकर गुज़रना पड़ता है वे हमेशा एक भाग्यवादी समर्पण के साथ करते हैं। जो, उन्हें भले ही भयभीत न करे, उनकी आत्मा को एकाग्रचित्त और शान्त रखता है। एक निरन्तर जलनेवाली उस लौ के समान जिसे कोई भीषण तूफ़ान नहीं बुझा सकता। लोग तो बहुत कुछ कहते हैं पर सब सच नहीं होता। कुछ लोग ऐसे भी होते हैं जो सरलता से विश्वास कर लेते है कि तेल में सने हाथी के बाल, गंजेपन को दूर कर सकते हैं। उसी प्रकार वे मानते हैं कि उनके अन्दर एक ज्योति है जो उन्हें जीवन पथ पर दिशा दिखाएगी, पहाड़ी गलियारों में भी। जो भी हो, जैसे एक आल्प्स पर्वतों के एक ज्ञानी साधु ने कहा था, हम सभी को मरना तो पड़ेगा।

मौसम अच्छा नहीं है। जो वर्ष के इस समय, जैसा बहुत बार दर्शाया गया है। कोई नई बात नहीं है। यह सच है कि बर्फ़ धीरे-धीरे गिर रही है। और दृश्यता सामान्य हो चुकी है। परन्तु हवा के ठंडे थपेड़े मानो किसी तेज़ धार के औज़ार हों जो हमें कपड़ों के नीचे काटने आए हों, भले ही वे कपड़े गर्म ही क्यों न हों। कवचधारियों से पूछो। तेज़ी से फैलती अफ़वाह के अनुसार, उनके आज ही प्रस्थान करने का कारण है कि कल मौसम की स्थिति और अधिक ख़राब होनेवाली है। क्योंकि, यदि उत्तर दिशा में हम कुछ किलोमीटर आगे बढ़ जाते हैं तो आल्प्स का सर्वाधिक दुर्गम भाग, हमारे पीछे छूट जाएगा। यानी, अन्य शब्दों में कहा जाए तो, शत्रु के वार करने से पहले ही उस पर टूट पड़ो।

ब्रैसानोन के बहुत लोग आर्चदुक मैक्सीमिलियन और हाथी का प्रस्थान देखने आए थे उन्हें एक शुभ सूचना का पुरस्कार मिला। जब आर्चदुक और उनकी पत्नी बग्घी में बैठने ही वाले थे कि सोलीमाँऊ ने बर्फ़ीली ज़मीन पर घुटने टेक दिये, एक ऐसा करतब जिसने तालियों और सीटियों के एक लम्बे प्रवाह को जन्म दिया जो एक रिकॉर्ड बनने के योग्य है। आर्चदुक मुस्कराने लगे, परन्तु उनकी मुस्कराहट शीघ्र ही एक नाराज़गी में बदल गई यह सोचकर कि यह नया चमत्कार शायद फ्रिटज की एक चाल थी, जो किसी भी युक्ति से उन्हें मनाना चाहता था। आर्चदुक का मानना सही नहीं था, हाथी का व्यवहार बिलकुल स्वाभाविक था और उसके मन से पैदा हुआ था, कहा जा सकता है। यह उन सबको धन्यवाद करने का संकेत था जो इसके योग्य थे, आम हाहन फैल्ड धर्मशाला में दो सप्ताह की उत्तम आवभगत के लिए, जहाँ उसने ख़ुशी के पूरे दो सप्ताह बिताए थे, और, इसीलिए, अत्यन्त ख़ुशहाली से बीते थे। किसी को इस सम्भावना को नज़रअन्दाज़ नहीं करना चाहिए कि हाथी, अपने महावत और आर्चदुक के सम्बन्धों में खटास आ जाने के कारण सही मायने में चिन्तित था, और यह कृत्य उसकी तरफ़ से इस आग पर पानी डालने के समान था, जैसा लोग भविष्य में कहने लग जाएँगे और फिर धीरे-धीरे भूल जाएँगे। ताकि असली मुद्दे को अनदेखा करने पर हमें किसी पक्षपात का दोषी न ठहराया जाए हम इस बात को नज़रअन्दाज़ नहीं कर सकते कि मात्र शोध कारणों से ही नहीं, कि फ्रिटज ने या तो सोच-समझकर या ग़लती से अपनी छड़ी द्वारा सोलीमाँऊ के दाहिने कान को छुआ था, जैसे हमने पादुआ में देखा क्या हुआ, कि कान एक उत्तम संवेदनशील चमत्कारी अंग है। अब तक हमें पता चल जाना चाहिए कि मानव की आत्मा का सबसे सटीक और उपयुक्त नमूना भूल-भुलैया है। जब आत्मा की बात होती है। सब कुछ सम्भव है।

क़ाफ़िला प्रस्थान के लिए तैयार है। वातावरण में प्रत्यक्ष आशंका और घबराहट का बोलबाला है। स्पष्ट है कि लोग ब्रैन्नर गलियारा और उसकी

दुर्गमता को दिमाग़ से निकाल नहीं पा रहे। इन घटनाओं के सूत्रधार को यह स्वीकार करने में कोई संकोच नहीं कि उसे डर है कि उसमें आगे आनेवाले गलियारे को वर्णन करने की क्षमता नहीं है। ईज़ारको गलियारे पर अपनी अक्षमता उसे हर प्रकार से छुपानी पड़ी थी पाठकों को द्वितीयक विषयों में उलझाकर, जो महत्त्वपूर्ण तो थे, पर साफ़ तौर पर मुख्य विषय से भटक गए थे। दुर्भाग्यवश फ़ोटोग्राफ़ी का सोलहवीं सदी में अभी अविष्कार नहीं हुआ था, यदि हुआ होता तो हल बहुत सरल हो जाता, उस ज़माने के हेलीकॉप्टर से ली गई कुछ फ़ोटो डाल दी होती, तब पाठकों को भरपूर सन्तुष्टि हो जाती और हमारी कहानी की असाधारण अचूक सूचना पहुँचाने के प्रयास की पुष्टि भी हो जाती। वैसे तो, समय है यह बताने का कि अगला शहर, जो ब्रैसानोन से कुछ दूरी पर है। इतालवी भाषा में, चूँकि अभी हम इटली में हैं; वितिपेनो है। ऑस्ट्रियाई और जर्मनी के लोग उसे स्टैर्ज़िंग क्यों बुलाते हैं। यह हमारी समझ से परे है। फिर भी, बिना आग में हाथ डाले, हम मानते हैं कि हो सकता है कि पुर्तगाल के अलगार्व क्षेत्र में जितनी पुर्तगाली बोली जाती है उसकी तुलना में इस भाग में इतालवी भाषा अधिक बोली जाती है।

हम ब्रैसानोन से प्रस्थान कर चुके हैं। यह बात समझ से परे है कि इस जैसे इतने दुर्घटना सम्भावित क्षेत्र में, जहाँ एक के बाद एक सिर को चकरा देनेवाले पहाड़ों की श्रृंखलाओं की कोई कमी नहीं, वहाँ इतनी गहरी कन्दराएँ ईज़ारको और ब्रैन्नर गलियारों को खोदने की क्या आवश्यकता पड़ गई थी, इनको भयावह गलियारों को धरती पर उन कम प्राकृतिक सुन्दरता वाले स्थानों पर डाला जाना चाहिए था, जहाँ इतनी असाधारण, आश्चर्यजनक, भौगोलिक अद्‌भुत घटना, पर्यटन उद्योग की सहायता से, साधारण, कष्ट झेलते स्थानीय जनता के लिए लाभदायक होने की सम्भावना हो सकती थी। आपकी सही सोच के विपरीत, हमारी कथा वर्णन की समस्या को ध्यान में रखते हुए जो ईज़ारको गलियारे का वर्णन करते समय उजागर हो गई थीं, ये टिप्पणियाँ ब्रैन्नर गलियारे के वर्णन की पूर्वानुमानित कमी को भरने के लिए नहीं हैं,

जिसमें हम घुसनेवाले हैं। ये हैं। यही, एक तुच्छ कोशिश यह जानने की कि इस वाक्य में कितनी सच्चाई है। मेरे पास शब्द नहीं हैं। हमें वास्तव में शब्द कम पड़ जाते हैं। लोग कहते हैं कि दक्षिण अमेरिका, शायद अमाज़ोनिया में, आदिवासियों द्वारा बोली जानेवाली भाषा में, बीस से अधिक, शायद सत्ताईस से अधिक, याद आया, तरीक़े हैं हरे रंग को व्यक्त करने के लिए। यदि हमारी शब्दों की निर्धनता से तुलना की जाए, तो आपको लगेगा कि उनके लिए उस जंगल की व्याख्या करना अति सरल होगा जिसमें वे रहते हैं। सभी तरह के हरे रंगों के मध्य रहते हैं। बारीकी से विभेदित हरा रंग, सूक्ष्म, लगभग आँखों को न दिखनेवाली बारीकियाँ। हमें नहीं मालूम कि उन्होंने कोशिश की या नहीं, यदि की भी तो क्या वे परिणाम से सन्तुष्ट हुए। हमें तो बस इतना ज्ञात है कि एकवर्णी दृष्टिकोण से समस्या का हल नहीं हो सकता, क्यों, हमें इन पहाड़ों की शुद्ध श्वेत रंग से अधिक दूर जाने की आवश्यकता नहीं है, क्योंकि, हो सकता है कि श्वेत रंग के लिए बीस अलग-अलग प्रकार हों जिन्हें आँखें भाँप तो नहीं सकतीं, परन्तु इनके अस्तित्व का बोध इन्हें हो जाता है। सत्य, यदि हम इसे इसके मौलिक रूप में स्वीकार करना चाहें, तो यह समझ जाएँगे कि किसी दृश्य का शब्दों द्वारा वर्णन करना सम्भव नहीं है। या यूँ कहिए, यह सम्भव तो है पर सार्थक नहीं है। मुझे तो लगता है कि शब्द 'पर्वत' लिखने का भी कोई औचित्य नहीं जब हम इतना भी नहीं जानते कि पर्वत स्वयं को क्या नाम देता। जहाँ चित्रकला की बात है। यह अन्य विषय है। इससे रंगपट्टिका सत्ताईस भिन्न-भिन्न प्रकार के हरे रंग बना सकती है जिन्हें प्रकृति ने भी अनदेखा कर दिया, और कुछ ऐसा भी जो हरा लगता ही नहीं, परन्तु, इसी को तो हम कला कहते हैं। चित्रांकित वृक्षों से पत्ते नहीं गिरा करते।

हम ब्रैन्नर गलियारे तक पहुँच चुके हैं। आर्चदुक के एक विशेष आदेशानुसार, चुपचाप निःशब्द। जो कुछ अब तक हुआ, उसके विपरीत, क़ाफ़िला जिसने, मानो भय से एक सामुदायिक प्रभाव डाला हो, छितरने की

ओर कोई झुकाव नहीं दिखाया है। आर्चदुक की बग्घी के घोड़े अपने नथुनों से अपने ठीक आगे चल रहे कवचधारियों के घोड़ों के पिछली टाँगों को लगभग छू रहे थे, सोलीमाँऊ आर्चदुक की इत्र की शीशी के इतना निकट था कि वह उसकी मनमोहक गंध सूँघ सकता है जब कभी चार्ल्स पंचम की बेटी को तरोताज़ा होने की आवश्यकता होती है। बाक़ी का क़ाफ़िला, चारे और पानी के कुंडे से लदी गाड़ी, बिलकुल पीछे चल रही है मानो मंज़िल तक पहुँचने का यही एक विकल्प हो। सभी ठंड से काँप रहे हैं। परन्तु सबसे अधिक भय से। कपटी दरारें कगार तक बर्फ़ से भरी पड़ी हैं। जो कभी-कभी टूटकर धड़ाम से क़ाफ़िले के ऊपर गिर पड़ती हैं। और ये छोटे-छोटे हिमस्खलन, ख़तरनाक न होते हुए भी, भय के स्तर को ऊँचा कर देते हैं। कोई भी अपनी आँखों से प्रकृति की सुन्दरता का आनन्द लेने की हिम्मत नहीं जुटा पा रहा, जबकि दूसरी ओर वे लोग भी हैं जो इस स्थान से परिचित हैं। और अपने पड़ोसी से कहते हैं यह और भी सुन्दर लगता है जब यहाँ बर्फ़ नहीं होती, क्या मतलब है तुम्हारा और सुन्दर, उनके साथी ने पूछा, चकित होकर, यह ऐसी चीज़ नहीं है जो शब्दों में कही जा सके। वास्तविकता के लिए सबसे बड़ा निरादर, जैसी भी हो, वास्तविकता है। जब प्राकृतिक दृश्य का वर्णन करने का विफल प्रयास किया जाए, उन शब्दों के माध्यम से जो हमारे नहीं हैं। न ही कभी थे, इससे हमारा मतलब है शब्द जो करोड़ों पन्नों पर उभरे हैं और बोले गए हैं। फिर हमारे बोलने की बारी आती है। थके-हारे शब्द, एक हाथ से दूसरे हाथ से गुज़रते, हरेक हाथ में अपना एक अति विशिष्ट अंग पीछे छोड़े यदि हमें लिखना होता, उदाहरण के लिए, एक क्रिस्टलीय धारा, जो प्राय: प्राकृतिक दृश्यों का वर्णन करने के लिए प्रयोग किया जाता है। हम यह कभी नहीं सोचते कि धारा क्या इतनी ही क्रिस्टलीय है जितनी हमने पहली बार इसका अवलोकन किया था, या अब वह धारा नहीं रही और उसके स्थान पर बहता दरिया बन गया है या बदक़िस्मत, सबसे बदसूरत और बदबूदार दलदल। भले ही ऐसा पहली दृष्टि में न लगे, परन्तु यह सब हमारी पहली

धारणा से क़रीबी से सम्बधित है कि किसी प्राकृतिक दृश्य का वर्णन करना लगभग मुमकिन नहीं है या, और विस्तार से कहा जाए, कोई भी अन्य वस्तु। किसी भरोसे वाले व्यक्ति के मुख से जो, इन स्थानों से परिचित है। जैसे वे वर्ष की भिन्न-भिन्न ऋतुओं में दृष्टिगोचर होते हैं। इस प्रकार के हमारे शब्द उसको सोचने पर विवश कर देंगे। यदि वह व्यक्ति, ईमानदारी और, अपने लम्बे अनुभव के आधार पर, कहे कि आँखों से देखा हुआ शब्दों के माध्यम से वर्णन कर पाना असम्भव है। भले वह बर्फ़ हो या फिर हरा-भरा बग़ीचा, कैसे बता पाने की हिम्मत कर सकता है उसे जिसने अपने पूरे जीवन काल में कभी ब्रेन्नर गलियारा पार न किया हो और न ही स्वप्न में उस सोलहवीं सदी में, जब कोई सड़कें या पेट्रोल पम्प नहीं हुआ करते थे, गर्म नाश्ता और कॉफ़ी, ना ही रात बिताने के लिए कोई मोटल, जहाँ आप ठंड से बचने के लिए रात बिता सकते, जबकि बाहर एक तूफ़ान उमड़ता और एक भटका हुआ हाथी दुख-भरी चिंघाड़ें मारता है। हम वहाँ नहीं थे, हमें जो भी जानकारी मिली हम उसी रास्ते पर चल दिये, जो सन्दिग्ध हो सकती है। उदाहरण के लिए, एक पुरातन उत्कीर्णन, केवल अपनी आयु और साधारण डिज़ाइन के कारण हमारे आदर का अधिकारी बन जाता है। अनीबाल की सेना में एक हाथी को एक दर्रे में गिरता दिखाता है। जब, विशेषज्ञों के अनुसार, सच तो यह है कि कारथाजीनियन सेना के आल्प्स पर्वत की कठिनाई पार करने के दौरान, एक हाथी तक नहीं खोया था। यहाँ भी कोई नहीं खोया था। क़ाफ़िला अभी भी संगठित है। एकत्रित और दृढ़ संकल्पित, ख़ूबियाँ इसलिए, कम प्रशंसनीय नहीं हैं क्योंकि, जैसा हमने पहले कहा, शुद्ध स्वार्थी आकांक्षाओं के कारण। परन्तु कुछ अपवाद हैं। कवचधारियों की मुख्य चिन्ता, उदाहरण के लिए, निजी सुरक्षा की नहीं है। बल्कि अपने घोड़ों की है। फिसलन भरी, निष्ठुर, नीली स्लेटी बर्फ़ पर चलने को विवश, जहाँ करभिकास्थिक टूटने का परिणाम अत्यधिक घातक होता। इस पल तक, सोलीमाँऊ द्वारा संत अन्तोनियो की बाज़िलीका के द्वार पर पादोआ में किया गया चमत्कार, भले ही हठी

लूथरीयन ऑस्ट्रिया के आर्चदुक मैक्सीमिलियन द्वितीय को न पसन्द आया हो, पर उसने क़ाफ़िले को सुरक्षित रखा है। साथ चल रहे केवल शक्तिशाली लोगों को ही नहीं, परन्तु साधारण लोगों को भी, जो प्रमाण है इस बात का, यदि उनकी ज़रूरत भी है। एक संत के दुर्लभ और शानदार चमत्कारी गुण का जो फरनान्दो द बुल्योंईश नाम से जन्म लिया और जिनके कारण दो शहर, लिस्बन और पादोआ, के मध्य सदियों से विवाद चला आ रहा है। व्यर्थ ही, कहना पड़ेगा, क्योंकि स्पष्ट है कि जीत का झंडा पादोआ ने लहराया और दूसरी ओर लिस्बन को सड़क पर परेड, लाल मदिरा और भुनी हुई सारडिन मछली, गुब्बारों और मारजोरम के गमलों से ही सन्तोष करना पड़ा। केवल इतना जानना ही काफ़ी नहीं कि फरनान्दो द बुल्योंईश कैसे और कहाँ पैदा हुए थे, हमें प्रतीक्षा करनी पड़ेगी यह जानने के लिए कि संत अन्तोनियो की मृत्यु कैसे और कहाँ होगी।

अभी तक हिमपात हो रहा है। यदि आप मेरे वाक्य में एक साधारण कहावत के प्रयोग करने की गुस्ताख़ी को क्षमा करें तो कहूँगा कि कड़ाके की ठंड पड़ रही है। धरती पर निष्ठुर बर्फ़ के कारण फूँक-फूँककर क़दम रखना पड़ रहा है। हालाँकि, पहाड़ अभी ख़त्म नहीं हुए हैं। लगता है कि फेफड़ों ने बेहतर साँस लेना आरम्भ कर दिया है। कम प्रयास के साथ, उस विचित्र दमनकारी संवेदना से मुक्त, जो अभेद्य ऊँचाइयों से नीचे उतरती है। अगला शहर ईन्नसब्रक है। ईन्न नदी के किनारे, यदि आर्चदुक ने अपना विचार जो अपने परिचायक को ब्रैसानोन में बताया था, कि वियना तक की दूरी का भाग नौका द्वारा पार किया जाएगा, नदी के प्रवाह द्वारा नीचे जाते हुए, पहले ईन्न से पास्साओ तक, फिर डेन्यूब नदी, दोनों ही सशक्त प्रवाह वाली नदियाँ, विशेषकर डेन्यूब, जिसे ऑस्ट्रिया में दोनाओ बुलाया जाता है। लगता है कि हमारी यात्रा शान्तिपूर्ण होनेवाली है। इतनी शान्तिपूर्ण जितनी ब्रैसानोन में दो सप्ताह के लिए हुई थी, जहाँ नोट करने योग्य कोई घटना नहीं घटी थी, शाम की सभा में बताने योग्य कोई परिहास भरा प्रसंग नहीं हुआ, न ही

अपने पोते-पोतियों को सुनाने के लिए कोई भूतों की कहानी, इसीलिए लोगों ने स्वयं को भाग्यशाली माना, सुरक्षित होहन फैल्ड सराय पहुँचकर, अपने परिवारों से दूर, सभी परेशानियाँ कुछ देर के लिए स्थगित, लेनदारों को अपने धैर्य पर नियंत्रण रखना पड़ा, कोई पत्र ग़लत हाथों में नहीं गया, संक्षेप में कहा जाए, जैसे बड़े-बूढ़े कहते थे, और विश्वास करते थे कि भविष्य केवल भगवान जानता है। आओ हम आज का दिन भरपूर जी लें, कल किसने देखा है। रास्ते में फेर-बदल आर्चदुक की कोई सनक नहीं है। भले ही इसमें दो मुलाक़ातें और जुड़ गई हैं जो आंशिक रूप से औपचारिक थीं और आंशिक रूप से केन्द्रीय यूरोप में राजनीतिक परिस्थितियों का आकलन, पहली मुलाक़ात बावेरिया के दुक के साथ वास्सेरबर्ग में, दूसरी लम्बी मुलाक़ात, अरनस्ट, बावेरिया के दुक राजकुमार आर्चबिशप साल्जबर्ग के साथ, मुल्डार्फ में। अब मार्गों के विषय पर लौट आते हैं। यह सच है कि ईन्नसब्रक से वियना का मार्ग बहुत अच्छा है। जिसमें कोई प्रलयकारी भौगोलिक लक्षण नहीं है। जैसे आल्प्स पर्वत, और भले ही यह सीधी न हो, पर इसे पक्का पता है कि इसे कहाँ जाना है। दूसरी ओर, नदियों का लाभ यह है कि वे सड़कों के समान होती हैं। जो गतिशील होती हैं। वे अपनी इच्छानुसार यात्रा कर सकती हैं। विशेषकर शक्तिशाली ईन्न और डेन्यूब जैसी नदियाँ। इस परिवर्तन का सर्वाधिक लाभ सोलीमाँऊ को मिलेगा जिसे, पानी पीने के लिए, नौका के किनारे जाकर, अपनी सूँड़ पानी में डालकर चूस लेना पड़ेगा। दूसरी ओर, उसे बिलकुल अच्छा नहीं लगेगा यदि उसे पता चलेगा कि तटीय शहर हाल का एक इतिहासकार, ईन्नसबर्ग से थोड़ी दूर, फ्रान्ज़ श्वीगर नाम का लेखक लिखेगा, मैक्सीमिलियन शान से स्पेन से लौटे हैं। अपने साथ एक हाथी लाए हैं। जिसकी ऊँचाई बारह फुट है। और रंग चूहे जैसा है। सोलीमाँऊ द्वारा सुधार, जैसा कि हम उसे जानते हैं। शीघ्र, स्पष्ट और तीक्ष्ण होगा। हाथी का रंग चूहे जैसा नहीं, बल्कि चूहे का रंग हाथी जैसा है। और यह भी जोड़ दिया जाएगा, कृपा करके और सम्मान किया जाए।

सोलीमाँऊ के शानदार क़दमों पर लहराते, फ्रिटज ने बर्फ़ को हटाया जो उसकी भौंहों पर जम गई थी और वियना में अपने भविष्य के बारे में सोचने लगा, वह महावत है और महावत ही रहेगा, इसके अलावा वह कुछ और हो भी नहीं सकता, उसकी लिस्बन की यादें, जहाँ, वहाँ की जनता ने उसका स्वागत किया, राजदरबार से सम्भ्रान्त लोग भी तशरीफ़ लाए थे, जो सीधे और स्पष्ट रूप से कहा जाए तो जनता से ही हैं। और फिर शीघ्र ही भुला दिया गया, इसने उसे सोचने पर विवश कर दिया कि वियना में, उसे हाथी के साथ एक बाड़े में डालकर सड़ने के लिए छोड़ दिया जाएगा। कुछ तो होनेवाला है। सालोमाँऊ, वह बोला, यह यात्रा तो केवल एक मध्यान्तर थी, इस बात से ख़ुश हो जाओ कि महावत सुभ्रो ने तुम्हें तुम्हारा असली नाम लौटा दिया है। तुम्हें जीवन मिलेगा, अच्छा या बुरा, जिसके लिए तुम पैदा हुए और जिससे तुम बच नहीं सकते, परन्तु मैं तो महावत बनने के लिए पैदा नहीं हुआ, दरअसल, कोई भी व्यक्ति महावत बनने के लिए जन्म नहीं लेता भले ही उसके लिए इसके पूरे जीवन में कोई अन्य द्वार न खुले, वैसे देखा जाए, तो मैं एक जोंक हूँ, तुम्हारी पीठ के कड़क बालों में छुपी एक जूँ, शायद मैं तुम्हारे जितना लम्बा जीवन न जी पाऊँ, मनुष्यों का जीवनकाल हाथियों से छोटा होता है। यह सभी जानते हैं। पता नहीं मेरे चले जाने के बाद तुम्हारा क्या होगा, ये लोग दूसरा महावत बुला लेंगे, किसी को तो सोलीमाँऊ की देखभाल करनी ही पड़ेगी, शायद आर्चदुक की पत्नी अपनी सेवा देना चाहे, यह हास्यप्रद होगा, आर्चदुक की पत्नी हाथी की सेवा करती, या राजकुमारों में से कोई एक जब वे बड़े हो जाएँगे, जो भी होगा, मेरे प्यारे दोस्त, तुम्हारा भविष्य सुरक्षित है। पर मेरा नहीं, मैं एक महावत हूँ, एक जोंक, मात्र एक उपांग।

लम्बी यात्रा से अत्यन्त थके-हारे, हम ईन्नसब्रक नगर, कैथोलिक कैलेंडर की एक महत्त्वपूर्ण तिथि पर पहुँचे, ईसाई उत्सव, वर्ष पन्द्रह सौ बावन में। आर्चदुक का स्वागत करनेवाले ऑस्ट्रिया के सर्वप्रथम शहर में

बहुत बड़ा उत्सव[1] मनाया जा रहा था पूर्वानुमान के अनुसार। यह स्पष्ट नहीं था कि तालियाँ आर्चदुक के लिए बजीं या हाथी के लिए, भविष्य में सम्राट बननेवाले को इससे कोई अन्तर नहीं पड़ता, उनके लिए, सोलीमाँऊ, अन्य चीज़ों के अलावा, एक प्रथम श्रेणी का राजनीतिक अस्त्र है। जिसकी महत्ता छोटी-मोटी ईर्ष्या के कारण कम नहीं हो सकती। वास्सेरबर्ग और मयुल्डोरफ में उनके स्वागत की सफलता का श्रेय ऑस्ट्रिया में अब तक अपरिचित एक पशु को जाता है। जिसे मैक्सीमिलियन द्वितीय ने अपनी प्रजा को ख़ुश करने के लिए मानो किसी जादू से प्रकट कर दिया हो निम्न वर्ग से उच्च वर्ग तक। हाथी की यात्रा का अन्तिम पड़ाव हर्षित शोरगुल से परिपूर्ण एक शहर से दूसरे शहर जंगली आग की तरह फैल जाएगा, और उन स्थानों के कलाकारों और कवियों के लिए प्रेरणास्रोत बन जाएगा जहाँ से गुज़रेगा, जो अपनी क्षमता से बढ़कर चित्र, उत्कीर्णन और यादगार मेडल बनाए जाएँगे, या कवितामयी धुनें तैयार की जाएँगी, उसी प्रकार जिस प्रकार प्रख्यात मानववादी कैस्पर ब्रूशियस ने, लिन्ज़ शहर की म्युनिसिपैलिटी के लिए तैयार की थी। लिन्ज़ शहर में क़ाफ़िला जलपोत, नौकाएँ और लट्ठों का बेड़ा छोड़कर बाक़ी की यात्रा पैदल करेगा, किसी के लिए यह पूछना स्वाभाविक है कि आर्चदुक ने ऐशो-आराम के साथ नदी की यात्रा क्यों नहीं की, क्योंकि जिस डेन्यूब नदी से वे लिन्ज़ पहुँचे थे, वही नदी वियना भी जाती थी। ऐसा सोचना भोलेपन की निशानी है। कठोर शब्दों में कहा जाए तो ये अज्ञानी लोग, यह समझने में असफल हैं कि भली-भाँति सोचे-समझे प्रचार अभियान की सामान्य रूप से देश के जीवन में, और विशेष रूप से राजनीति और वाणिज्यिक उद्यम में क्या भूमिका होती है। क्या होता यदि ऑस्ट्रिया के आर्चदुक मैक्सीमिलियन वियना के बन्दरगाह पर उतरने की भूल कर बैठते। अब बन्दरगाह, छोटे या बड़े, नदी के हों या समुद्र के, अपने रख-रखाव या स्वच्छता के लिए कभी

1. ऐपीफेनी—जब ईसा मसीह ने दर्शन दिये।

नहीं जाने गए, और संयोगवश, जब वे हमें संगठित सामान्यता में दिखते हैं तो हमें याद रखना चाहिए कि यह नज़ारा मात्र अनगिनत और कभी-कभार अन्तर्विरोधी अव्यवस्था का चेहरा नहीं है। क्या होता यदि आर्चदुक अपने क़ाफ़िले, और हाथी सहित, बक्सों और बोरियों और अन्य नाना प्रकार के बंडलों से खचाखच भरे घाट पर उतरते, उस कचरे के बीच, अनियंत्रित भीड़ में, वे कैसे इन लोगों के बीच रास्ता बनाकर, शहर के नये मार्गों तक पहुँचने के पश्चात एक भव्य परेड की तैयारी कर पाते। यह एक अत्यन्त साधारण, नीरस, उदासीन प्रवेश होता, तीन साल की अनुपस्थिति के बाद। यह ऐसे ही नहीं होगा। मयुल्डोरफ में आर्चदुक अपने परिचायक को बुलाकर उसे एक स्वागत उत्सव की योजना बनाने का आदेश देंगे जो कार्यक्रम के लिए उचित हो, या कार्यक्रमों के लिए, सबसे पहले तो, स्पष्ट है। अपने और अपनी पत्नी के आने की ख़ुशी में, दूसरे, प्रकृति के इस अजूबे की आने की ख़ुशी में, हाथी सोलीमाँऊ, जो वियना की जनता को उतना ही अचम्भित कर देगा वैसे ही जैसे उसने उन सबको किया जिन्होंने उसे पुर्तगाल, स्पेन और इटली में देखा, जो सही मायनों में, बर्बरता वाले क्षेत्र नहीं हैं। सन्देशवाहक घुड़सवार बयोगरमाइस्टर के लिए आदेश लेकर वियना रवाना हो गए, आदेश में आर्चदुक ने सड़कों पर लोगों के दिलों में अपनी इच्छा को प्रतिबिम्बित होते देखने की इच्छा प्रकट की थी, प्रेम जो उनके और उनकी पत्नी के दिल में इस शहर के लिए था। वैसे भी, एक सिर हिलाना या पलक झपकाना एक अन्धे के लिए क्या मायने रखता है। बाक़ी हिदायतें भी दी गई थीं, केवल आन्तरिक उपयोग के लिए, यह सुझाव देते हुए कि ईन्न और डेन्यूब नदियों की यात्रा का लाभ उठाते हुए इनसानों और पशुओं का एक सफ़ाई अभियान, भले ही, कारण समझ जाना चाहिए, इसमें बर्फ़ीले ठंडे पानी में नहाना शामिल नहीं था, कथित सफ़ाई अभियान एक सतही स्तर तक ही रहेगा। हर सुबह, आर्चदुक और उनकी पत्नी को स्नान के लिए बड़ी मात्रा में गर्म पानी उपलब्ध कराया जाता, इसके कारण क़ाफ़िले के सदस्य अपनी निजी सफ़ाई के बारे

में चिन्ता कर उदास आहें भरते और बड़बड़ाते, काश मैं भी आर्चदुक होता। उन्हें मैक्सीमिलियन द्वितीय के हाथों में केन्द्रित शक्ति से कोई सरोकार नहीं था, वास्तव में, उन्हें शायद यह पता भी नहीं होगा कि उसका करना क्या है। पर उन्हें गर्म पानी का लालच अवश्य था, जिसके उपयोग के बारे में उन्हें कोई संशय नहीं था।

लिन्ज़ में उतरने तक, अपने लक्ष्य साधने के उद्देश्य से आर्चदुक ने क़ाफ़िले को संगठित करने की स्पष्ट योजना बना डाली थी, विषेशकर जहाँ वियना की जनता पर उनकी वापसी का मनोवैज्ञानिक प्रभाव डालने का प्रश्न था, आख़िर, वह राजधानी थी, इसलिए उच्च राजनीतिक संवेदनाओं का गढ़ था। कवचधारी जो अब तक दो समूहों में बाँटे गए थे अग्रिम और अन्तिम पंक्तियों में, एकत्र होकर क़ाफ़िले के आगे हो गए। उनके ठीक पीछे हाथी था, जो, हमें मानना पड़ेगा, एक रणनीतिक चाल थी अलेखाईन चाल के समान, जब हमें यह पता चलेगा कि आर्चदुक की बग्घी क़ाफ़िले में तीसरे स्थान पर आएगी। मक़सद स्पष्ट था, सोलीमाँऊ को सर्वाधिक प्रमुखता प्रदान करना, जो सही था, क्योंकि वियना ने आर्चदुक को देख रखा था, परन्तु वे पहली बार किसी हाथी को देख रहे थे। लिन्ज़ से वियना बत्तीस लीग की दूरी पर है। और रास्ते में दो पूर्वनियोजित मध्यवर्ती विराम आएँगे, पहला मेल्क और दूसरा एम्सटैटन शहर, जहाँ वे रात बिताएँगे, लघु विराम, ताकि क़ाफ़िला वियना में प्रवेश करते समय तरोताज़ा दिखे। मौसम उतना अच्छा नहीं है। बर्फ़ गिर रही है। और हवा में अभी तक ठंडी चुभन है। परन्तु ईज़ारको और ब्रैन्नर गलियारों की तुलना में, यह स्वर्ग का मार्ग प्रतीत होता था, हालाँकि उस आकाशीय स्थान पर मार्गों का होना सम्भव नहीं लगता, क्योंकि आत्माएँ, जब वे प्रवेश की सब अनिवार्य आवश्यकताएँ पूर्ण कर लेती हैं तो उन्हें तुरन्त एक जोड़ी पंख मिल जाते हैं। अधिकृत यातायात का एकमात्र साधन। एम्सटैटन शहर के बाद कोई विराम नहीं होगा। गाँव के लोग आर्चदुक को देखने के लिए सड़क तक आ गए, और एक ऐसे पशु को अपने सामने पाया जिसके

बारे में उन्होंने थोड़ा सुन रखा था और जिसने उनकी बोधगम्य उत्सुकता और बेतुकी समझ को जाग्रत कर दिया, जैसे एक लड़के के साथ हुआ, जब उसने अपने दादा से पूछा कि हाथी को हाथी क्यों कहते हैं। तो जवाब आया, क्योंकि उसकी सूँड़ होती है। एक ऑस्ट्रियाई, निम्न वर्ग से होने पर भी, साधारण नहीं होता, उत्सुकतावश उसको सब जानना होता है। दूसरा विचार जो इन अच्छे लोगों में उभरा, जैसे हम उन्हें संरक्षण भाव से बुलाते हैं। वह यह था, कि जिस देश से सोलीमाँऊ आया था क्या वहाँ सबके पास हाथी था, उसी तरह जैसे यहाँ के लोगों के पास घोड़ा, खच्चर, या अधिकतर गधा होता है। और वे काफ़ी दौलतमन्द होंगे यदि वे इस आकार के पशु को खिला-पिला सकते थे। इस बात की पुष्टि तब हुई जब हमें सड़क के बीचोबीच रुकना पड़ा ताकि सोलीमाँऊ खाना खा सके, क्योंकि, जाने किसी बात को लेकर, वह नाश्ते से ख़ुश नहीं था और नाक चढ़ा दी। एक छोटी-सी भीड़ उसके आसपास इकट्ठी हो गई, हाथी की गति से हैरान, जिससे वह सूँड़ के द्वारा चारे के बंडल मुँह में ठूँसता और निगल जाताा था पहले वह अपने जबड़ों में दो बार घुमाता था, जो बाहर से तो नज़र नहीं आते थे, पर कल्पना करना कठिन नहीं था। जैसे-जैसे क़ाफ़िला वियना की ओर बढ़ रहा था, मौसम में धीरे-धीरे ही सही पर स्पष्ट सुधार दिखाई देने लगा। कुछ असाधारण नहीं, अभी भी घने बादल तो थे, पर बर्फ़ गिरनी बन्द हो चुकी थी। किसी ने कहा, यदि ऐसे ही चलता रहा, हम वियना में नीले साफ़ आसमान और खिली धूप में पहुँचेंगे। परन्तु ऐसा कुछ नहीं हुआ, इस यात्रा में चीज़ें भिन्न हो सकती थीं यदि मौसम ने उस उदाहरण का पालन किया होता, जो एक दिन वाल्टज़[1] के शहर नाम से जाना जाएगा। यदा-कदा क़ाफ़िले को रुकना पड़ता था क्योंकि आस-पड़ोस के गाँवों के लोग अपने नाच-गान की प्रतिभा को प्रस्तुत करना चाहते थे, जिससे विषेशकर आर्चदुक की पत्नी प्रसन्न हो

1. प्रसिद्ध नृत्य का नाम।

जाती थी, जिसकी ख़ुशी आर्चदुक बाँट लेते थे एक हितैषी, पिता समान, जो आम रवैये से मेल खाता है। क्या आशा करें, वह एक औरत है। वियना की मीनारें और गुम्बद दिखाई देने लगे थे, शहर के दरवाज़े खुले थे, और लोग सड़कों और चौराहों पर आ गए थे, आर्चदुक और उनकी पत्नी के सम्मान में अपने सबसे अच्छे कपड़े पहनकर। वालादोलीद ने भी इसी प्रकार हाथी का स्वागत किया था, परन्तु आईबेरिया के लोग बच्चों की तरह सरलता से प्रसन्न हो जाते हैं। ऑस्ट्रिया के वियना में, लोग अनुशासन और सुव्यवस्था में विश्वास करते हैं। इसमें ट्यूटोनिक संस्कृति की झलक मिलती है। जैसा भविष्य में देखने को मिलेगा। सबसे शक्तिशाली हस्ती शहर लौट रही है। और लोगों में आदर और बिना शर्त सम्मान की भावना है। जीवन, बहुत सारे रहस्य छिपाए रहता है और उन्हें तभी उजागर करता है। जब उनकी आशा भी नहीं होती। हाथी मस्त चला जा रहा था, नपे-तुले क़दमों से, उस व्यक्ति के समान जो जानता है कि जल्दबाज़ी का मतलब गति नहीं होता।

अकस्मात, एक पाँच साल की बच्ची, जैसा हमें बाद में पता चला, जो क़ाफ़िले को अपने माता-पिता के साथ देख रही थी, अपनी माँ का हाथ छोड़कर हाथी की ओर भागी। उन सबके मुँह से एक आह निकली जो एक त्रासदी के घटने का इन्तज़ार कर रहे थे, हाथी के पैरों तले बच्ची का कुचले जाना, आर्चदुक की घर वापसी पर दुर्भाग्य का कलंक, राष्ट्रीय शोक, शहर के प्रतीक चिह्न पर काला धब्बा। स्पष्ट है कि वे सोलीमाँऊ को नहीं जानते थे। उसने सूँड़ को बच्ची के शरीर पर लिपटाकर हवा में झंडे की तरह उठा लिया, जीवन के झंडे को अन्तिम क्षण में बचा लिया, जब वह समाप्त होने की कगार पर था। बच्ची के रोते-बिलखते माता-पिता सोलीमाँऊ की ओर दौड़े और बच्ची को अपनी बाँहों में ले लिया, सुरक्षित, नये जीवन के साथ, बाक़ी सभी लोगों ने तालियाँ बजाईं, उनमें से बहुत सारे लोगों की अनियंत्रित भावनाओं के कारण अविरल अश्रुधारा बहने लगी, कुछ लोग इसे चमत्कार कहने लगे, इस बात से अनभिज्ञ कि सोलीमाँऊ पादोआ में संत एन्तोनियो

की बाज़ीलिका के द्वार पर घुटने टेककर चमत्कार कर चुका है। पर इस नाटकीय दृश्य जो हमने अभी-अभी देखा अभी समाप्त नहीं हुआ था, आर्चदुक अपनी बग्घी से नीचे उतरते देखे गए, फिर अपनी पत्नी की उन्होंने उतरने में सहायता की, उसके बाद, दोनों हाथ में हाथ डाले, हाथी के पास गए, जिसे अभी तक लोगों ने घेर रखा था जो उसे नायक मानकर तालियाँ बजा रहे थे, जो वह आनेवाले लम्बे समय तक बन जानेवाला था, एक हाथी की कहानी बनकर जिसने वियना की एक बच्ची को निश्चित मृत्यु से बचाया था, जो हज़ारों बार दोहराई जाएगी और हज़ारों बार वर्णित की जाएगी। जब लोगों ने आर्चदुक और उनकी पत्नी को आते देखा, सब शान्त हो गए, और उनके लिए रास्ता छोड़ दिया। अभी तक उनके चेहरे पर सदमा साफ़ झलक रहा था, कुछ दर्शकों के लिए अपने आँसुओं पर नियंत्रण करना कठिन हो रहा था। फ्रिटज हाथी की पीठ से नीचे उतरकर प्रतीक्षा कर रहा था। आर्चदुक ने उसके सामने खड़े होकर उसकी आँखों में देखा। फ्रिटज ने अपना सिर झुकाया और आर्चदुक का दाहिना हाथ अपने सामने पाया। खुला और आशावान, श्रीमान मेरी हिम्मत नहीं हो रही, वह बोला, और अपने हाथ आगे बढ़ा दिया, जो हाथी की त्वचा को लगातार छूने के कारण मैले हो गए थे, इसके बावजूद, दोनों की तुलना में, हाथी अधिक साफ़-सुथरा था, क्योंकि फ्रिटज को याद भी नहीं था कि अन्तिम स्नान उसने कब किया था, जबकि सोलीमाँऊ किसी जल स्रोत के आगे बढ़ ही नहीं पाता था बिना उसमें डुबकियाँ लगाए। जब आर्चदुक ने अपना हाथ नहीं खींचा तो फ्रिटज के पास उसे थाम लेने के अलावा और कोई विकल्प नहीं बचा, अपने खुरदरे हाथ, एक महावत के खुरदरे हाथ ने उस व्यक्ति के कोमल हाथों को छुआ जिसने कभी अपने वस्त्र स्वयं नहीं पहने थे। तब आर्चदुक ने कहा, एक दुर्घटना से बचाने का धन्यवाद, परन्तु मैंने तो कुछ किया ही नहीं, श्रीमान, इस धन्यवाद का श्रेय सोलीमाँऊ को मिलना चाहिए। हो सकता है, तुमने भी अपना योगदान दिया, ठीक है। मैंने वही किया जो मैं कर सकता था, श्रीमान, नहीं तो मैं महावत

न होता, यदि सभी वही करें जो वे कर सकते हैं तो यह संसार निस्सन्देह एक बेहतर स्थान बन जाएगा। यदि महामहिम का यही मानना है तो सच ही होगा। तुम्हें क्षमा कर दिया है। इसलिए चाटुकारिता की कोई आवश्यकता नहीं। धन्यवाद, श्रीमान। वियना में तुम्हारा स्वागत है। आशा करता हूँ कि तुम और सोलीमाँऊ वियना के योग्य हो, और तुम यहाँ प्रसन्न रहोगे। यह कहने के साथ ही मैक्सीमिलियन अपनी बग्घी की ओर चल दिये, अपनी पत्नी का हाथ थामे उसके आगे। चार्ल्स पंचम की पुत्री पुनः गर्भवती है।

हाथी चल बसा लगभग दो वर्ष बाद, पन्द्रह सौ तिरपन के अन्तिम महीने में, एक बार फिर सर्दियों में। मौत का कारण ज्ञात न हो सका, उन दिनों रक्त जाँच, छाती का एक्स-रे, एंडोस्कोपी, एम.आर.आई. और अन्य टेस्ट नहीं होते थे जो आजकल रोज़मर्रा की बात हो गई है। पशुओं के लिए तो क़तई नहीं, जो नर्स के अभाव में मर जाते हैं। जो अपना हाथ उनके माथे पर रखे। उसकी चमड़ी निकालने के अलावा, उसकी अगली दोनों टाँगें काट ली गईं ताकि एक बार साफ़ और स्वच्छ होने के बाद, उन्हें महल के द्वार पर, चलने में प्रयोग में लाई जानेवाली छड़ियों, छतरियों और गर्मी में छाते को रखने के लिए प्रयोग किया जाए। जैसा आप देख ही सकते हैं। आर्चदुक के सामने घुटने टेकना सोलीमाँऊ को भारी पड़ा। महावत को परिचायक के हाथों अपनी पगार का एक भाग मिला, जिसमें आर्चदुक के आदेशानुसार, एक अच्छी-ख़ासी बख़्शीश जोड़ दी गई, इस धन से उसने सवारी करने के लिए एक खच्चर और अपने थोड़े से सामान के सन्दूक़ ढोने के लिए एक गधा ख़रीद लिया। उसने घोषणा कर दी कि वह लिस्बन जा रहा था, पर उसका देश में प्रवेश करने का कोई रिकॉर्ड नहीं है। या तो उसने अपना निर्णय बदल दिया या रास्ते में ही उसकी मृत्यु हो गई।

कुछ सप्ताह पश्चात, आर्चदुक का एक पत्र पुर्तगाली दरबार पहुँचा। पत्र के माध्यम से उन्होंने बताया था कि हाथी सोलीमाँऊ की मृत्यु हो गई थी, परन्तु वियना की जनता उसे कभी नहीं भूल पाएगी, क्योंकि उसने एक शिशु के प्राणों की रक्षा उसी दिन की थी जिस दिन वह शहर पहुँचा था। पत्र